EUPHORIA

BAND 2

Der Tanz der Götter

Impressum:

Erste deutsche Auflage
Copyright © November 2024 Nina Nell
Umschlaggestaltung: Nina Nell
Urheberrecht des Coverbildes: Pixabay Satz
und Layout: Nina Nell

Verlag: BoD · Books on Demand GmbH, In de Tarpen 42,
22848 Norderstedt
Druck: Libri Plureos GmbH, Friedensallee 273,
22763 Hamburg

ISBN: 978-3-7693-0932-4

www.euphoria-lane.de

Der Kampf gegen die Wirklichkeit ist des Leides bester Freund.
Die Akzeptanz sein ärgster Feind.
Und doch die Erlösung und sein letztendliches Schicksal.

1

Die Wahrheit

»Überall auf der Welt treten seltsame Wetterphänomene auf«, erklang die Stimme der Nachrichtensprecherin aus dem Fernseher. Dabei sah man verwackelte Bilder von Nebelschwaden, die durch einen Ort zogen. Es sah unheimlich aus. »Führende Wissenschaftler erklären die plötzlich auftretenden Unwetter und Nebelschwaden mit dem Klimawandel.«

Lucy lauschte aufmerksam der Nachrichtensprecherin, sah sich die Bilder interessiert an und schnappte nebenbei hier und da ein paar Gedankenfetzen der Gäste auf, die mit ihr im Café saßen. Sie mischten sich in das Geklapper von Geschirr, in das das Mahlgeräusch der Kaffeemaschine und in das leise Gemurmel der Leute, die sich unterhielten. Eine Frau, die ganz hinten im Raum saß, verfluchte innerlich ihren Mann, der offenbar fremdging. Sie starrte in ihre Tasse und biss die Zähne vor Wut so sehr zusammen, dass ihre Kiefermuskeln hervor traten. Lucy bekam die Wucht ihrer Emotionen ungefiltert zu spüren. Ein Mann, der nur zwei Tische weiter saß, fluchte ebenfalls in Gedanken. Er schimpfte jedoch auf die Bedienung, die ihm kalten Kaffee gebracht hatte. Und ein Junge, er war vermutlich erst 16 oder 17, lauschte ebenfalls aufmerksam den Nachrichten. Genauso wie Lucy. Doch er lachte innerlich über die Meldungen, was Lucy ein wenig stutzig machte. Sie löste ihren Blick von dem Fernsehgerät, das neben der Theke an der Wand hing und sah den Jungen an. Er lachte nicht nur in Gedanken, sondern auch in Wirklichkeit. Er amüsierte sich über die Naivität der Menschen, zu glauben, dass diese Unwetter etwas mit dem Klimawandel zu tun hätten. Er wusste es besser. Und er hätte es gern in die Welt hinaus geschrien. Aber niemand hätte ihm geglaubt. *Verschwörungstheoretiker!*, hätten sie geschrien. Oder ihn gar ausgelacht. Seine Emotionen waren noch überwältigender, als die der betrogenen Frau von dem anderen Tisch. Sie waren kraftvoll, verzweifelt und stürmisch. Und sie fühlten sich ganz anders an, als die Emotionen all der anderen Leute hier. Viel konzentrierter und geordneter.

Lucy sah ihn interessiert an. Irgendetwas war besonders an diesem Jungen. Sie konnte seine Besonderheit jedoch nicht deuten, was ihre Aufmerksamkeit nur umso mehr fesselte. Neugierig betrachtete sie ihn. Er trug ein seltsames, sehr klobiges Lederarmband, das fast die Hälfe seines rechten Unterarmes einnahm. Und bis auf seine hellblaue Jeans und die blauen Streifen an seinen Sneakers, trug er ausschließlich weiße Kleidung. Als sie in sein Gesicht sah, spürte sie seine Emotionen noch deutlicher. Sein Gesichtsausdruck wirkte erschreckend verzweifelt. Und sie spürte diese Gefühle bis ins Mark. In seinem Kopf schimpfe er über die Ahnungslosigkeit der Menschen und er war sich sicher, dass die Dummheit der Menschheit der Untergang der Welt sein würde.

Darauf hätte Lucy am liebsten ein »Amen« ausgerufen. Dieser Meinung war sie ebenfalls schon lange. Doch sie wurde jetzt von Miriam abgelenkt, die ihr gegenüber saß und die den Jungen mit der Wucht ihrer Gedanken und Gefühle noch bei weitem übertraf. Sie schleuderte ihr nicht nur erschreckende Emotionen, sondern auch die übelsten Katastrophengedanken entgegen, die Lucy durch die kurze Ablenkung glücklicherweise für einen Moment hatte ausblenden können. Doch jetzt, wo sie Miriam wieder ins

Gesicht sah, bohrten sie sich erneut in ihren Kopf. Sie schnappte nach Luft. Lucy hätte ihre Gedanken gar nicht lesen müssen, um zu erfahren, was sie gerade von ihr hielt. Es war ihr deutlich vom Gesicht abzulesen. Miriam sah sie mit einem Blick an, der ihr äußerst unangenehm war. Schrecken lag darin. Und ernsthafte Zweifel, ob sie noch ganz bei Sinnen war.

»Bist du total verrückt geworden??« Endlich sprach Miriam die Worte aus, die ihr so deutlich im Gesicht standen.

Lucy seufzte und wandte sich von dem Gedankengeplapper der anderen Leute so gut es ging ab, um sich auf Miriam konzentrieren zu können. Es fiel ihr schwer. Die Gedanken und Emotionen ihrer Umgebung prasselten von Tag zu Tag intensiver auf sie ein. Manchmal fühlte sie sich, als würde sie davon erschlagen werden. Doch als sie Miriam konzentriert in die Augen sah, verwandelte sich das Geplapper in ein zwar etwas nerviges, aber leiseres Hintergrundgeräusch. Sie konnte Miriams Reaktion ja verstehen. Schließlich hatte sie ihr bisher nicht eine Silbe von Nikolas erzählt.

»Du ziehst mit einem Kerl zusammen, den du kaum kennst??«

Ein paar Leute drehten sich um, als sie Miriams schrille, fassungslose Stimme hörten.

»Ich kenne ihn«, entgegnete Lucy etwas peinlich berührt und starrte dabei auf ihre Kaffeetasse, an der sie sich die Hände wärmte. *Er hat mir das Leben gerettet*, hätte sie am liebsten hinzugefügt. *Außerdem kann ich hören, was er denkt und fühlen, was in ihm vorgeht.* Aber sie hielt den Mund. Obwohl sie wusste, dass sie ihr irgendwann die Wahrheit sagen musste. Sie würde sich nicht mit der abgedroschenen Geschichte zufriedengeben, die sie sich für sie ausgedacht hatte. Keine Frau zieht einfach mit einem Mann zusammen, den sie gerade erst kennengelernt hat und mit dem sie nichts weiter verband als Verliebtheit, Leidenschaft und eine seltsame, unergründliche Vertrautheit. Das war wirklich irre. Aber zwischen Lucy und Nikolas gab es mehr. Viel mehr.

»Mach dir keine Sorgen«, sagte Lucy und hob den Kopf, um ihrer Freundin ein sanftes, vertrauenswürdiges Lächeln zu schenken. »Das wird schon gutgehen.«

Miriam zog die Augenbrauen so hoch, dass sich tiefe Furchen in ihrer Stirn bildeten und dann schnaubte sie entsetzt. Ihr Blick war erschreckend. Lucy wusste nicht, ob sie gleich ihr Handy nehmen und einen Seelenklempner anrufen oder ihr links und rechts eine verpassen würde, um sie zur Vernunft zu bringen. Sie sah aus, als würde sie beides tun wollen.

»Du ziehst mit einem wildfremden Mann zusammen, der dir gerade ein Haus geschenkt hat und ich soll mir keine Sorgen machen?? Willst du mich verarschen?«

»Das ist schon in Ordnung«, verteidigte sich Lucy. »Das Haus ist ein Geschenk von…« Sie biss sich auf die Lippe und senkte wieder den Kopf. Sie durfte Alea nicht erwähnen. Doch sie hätte ihr so gern gesagt, dass *sie* es gewesen war, die Nikolas dieses Haus geschenkt hatte. Damit er einen Platz zum Wohnen hatte, während er auf Lucy aufpasste. Wie sollte sie Miriam erklären, dass sie nicht nur mit ihm zusammen wohnte, weil sie total verknallt in ihn war, sondern weil er der Einzige war, der ihre Kräfte in Schach halten konnte? Sie seufzte schwer. Und sie wurde immer nervöser. Sie hatte zwar gewusst, dass dieses Treffen nicht leicht werden würde, aber dass Miriam mit einer solchen Ablehnung reagierte, hatte sie nicht erwartet.

»Von wem?«, fragte Miriam auf einmal.

Lucy sah zu ihr auf.

»Von wem ist das Haus??«, drängte sie. Sie wirkte wütend.

Lucy ließ den Blick durch die Cafeteria schweifen und suchte verzweifelt nach einer Idee. Dabei fiel ihr auf, dass der Fernsehbildschirm neben der Theke auf einmal wild flackerte. *Verflucht*, dachte sie. Sie musste sich beruhigen. Unauffällig sah sie auf Miriams Handy, das neben ihr auf dem Tisch lag. Sie hoffte, dass sie es nicht schon wieder kaputt gemacht hatte. Es war schließlich nagelneu. Ihr altes – das ebenfalls neu gewesen war – hatte sie vor einer Woche geschrottet, als sie sich für Weihnachtseinkäufe getroffen hatten. Sie schaffte es immer noch nicht, ihre Gefühle so zu kontrollieren, dass sie keinen Schaden in ihrer Umgebung anrichteten. Besonders dann nicht, wenn sie nervös wurde. Die Lampe über ihrem Tisch flackerte kurz. Dann flackerte die Lampe am Nachbartisch. Lucy atmete tief ein und versuchte, Nikolas' Rat zu befolgen. Sie durfte die Gefühle, die in ihr aufkamen, nicht verdrängen. Doch es funktionierte nicht. Und als der Junge mit dem verzweifelten Blick das Flackern bemerkte und sie dann ansah, war es gänzlich vorbei. Er sah aus, als wüsste er ganz genau, dass *sie* diejenige war, die das Flackern verursachte. Sie fühlte sich ertappt. Erschrocken erwiderte sie seinen Blick. Und die Worte in seinem Kopf erschreckten sie noch mehr.

Eine Übersinnliche?, fragte er sich. *Gehört sie auch zu X?*

Lucy sah ihn irritiert an. Was meinte er mit X? Und wieso wusste er, dass *sie* diejenige war, die gerade dabei war, den Laden lahmzulegen? Doch plötzlich wurde sie erneut von Miriam abgelenkt.

»Ich will ihn sehen!«, sagte Miriam wütend.

Lucy löste ihren Blick von dem Jungen und stutzte. »Was??«

»Den Typen. Ich will ihn sehen und ihn zur Rede stellen. Vielleicht erzählt *er* mir ja, was hier verflixt noch mal los ist. *Du* tust es ja nicht.«

Sie hatte die Worte noch nicht zu Ende gesprochen, da stand sie schon auf, zog sich energisch ihren Mantel über, steckte ihr Handy ein und griff nach ihrer Handtasche, wobei sie Lucy einen auffordernden Blick zuwarf. Diese nahm noch einen letzten Schluck Kaffee und stand dann ebenfalls auf.

»Er wird dir dasselbe sagen wie ich«, sagte sie vorsichtig und knöpfte ihren Mantel zu. Dabei sah sie noch einmal den Jungen an.

Er konzentrierte sich gerade auf die Lampen. Sie flackerten überraschenderweise nicht mehr. Hatte er das bewirkt?

»Na hoffentlich kann er wenigstens besser lügen als du«, sagte Miriam bissig und ging.

Lucy machte ein schuldbewusstes Gesicht, als Miriam ihr die Tür aufhielt. Sie wandte sich noch einmal um und sah, wie jemand am Fernseher herum hantierte. Er hatte jetzt völlig den Geist aufgegeben. Der Bildschirm war schwarz. Lucy verschwand lieber schnell aus dem Café.

Während sie wortlos durch die Straßen gingen, überlegte sie, wie sie ihre beste Freundin doch noch davon abbringen konnte, tatsächlich mit ihr nach Hause zu fahren, um Nikolas auszufragen. Sie wollte ihn nur ungern mit den Gedanken konfrontieren, die Miriam sich machte. Schließlich konnte er sie so deutlich hören wie sie. Er konnte den ständigen Gedankenstrom der Menschen um ihn herum zwar auch abstellen, aber die Wucht, die auf Grund der Wut und der Sorge hinter Miriams Gedanken steckte, würde selbst *seine* Mauer zum Einsturz bringen. Sie würde ihm diese verrückten Bilder, die sie sich ununterbrochen ausmalte, geradezu um die Ohren hauen. In ihrem Kopf war die Geschichte schon längst klar. Für sie war Nikolas ein Irrer, der Lucy mit einem gigantischen Geschenk locken wollte, um seine psychisch kranken Spielchen an ihr ausleben zu können. Er würde sie womöglich verführen, danach umbringen und schließlich zerstückeln und in das Gemäuer dieses Hauses eingießen. Dass man Lucy mit einem Haus locken konnte, war sonnenklar. Miriam war sich sicher, dass Lucy eine seelisch labile Phase durchlebte und blind vor Liebe war. Sie musste ihre Freundin vor diesem Irren beschützen, der ihre Situation – damit meinte sie ihren seelischen Knacks, den sie ihrer Meinung nach seit der Sache im Sommer hatte – schamlos ausnutzte. Sie wollte ihre Freundin beschützen.

Lucy seufzte schwer, als sie stumm in die Bahn einstiegen.

Miriams Gedanken zu lauschen, war nicht nur anstrengend, es war wie ein Horrortrip durch die Welt der Psychothriller. Sie hätte nie geglaubt, dass sie mindestens genauso viele Horrorszenarien im Kopf hatte wie sie selbst. Sie hatte immer gedacht, *sie* sei die Katastrophentante in dieser Freundschaft. Aber doch nicht Miriam! Miriam war der positivste Mensch, den sie kannte. Doch seit sie wieder Gedanken hören konnte, lernte sie sie auf eine ganze andere Weise kennen. Miriam las ganz offensichtlich zu viele Krimis. Als Lucy hörte, wie sie in Gedanken ein Szenario mit der Polizei durchspielte, um auf alles vorbereitet zu sein, entschied sie sich, ihre Gedanken zu unterbrechen.

»Hör zu«, seufzte sie. »Ich kann verstehen, dass du dir Sorgen machst, aber es gibt absolut keinen Grund dafür. Nikolas ist ein sehr netter und einfühlsamer Mensch und…«

»Die sind *alle* zuerst nett und einfühlsam«, entgegnete Miriam. »Und dann entpuppen sie sich als Psychokiller. Ich habe wirklich gedacht, dass du vernünftiger bist, Lucy. Du benimmst dich wie ein verknallter Teenager!«

Nun ja, damit hatte sie nicht unrecht. Sie *fühlte* sich auch wie ein verknallter Teenager. Und vielleicht war sie wirklich ein bisschen naiv. Als er wieder aufgetaucht war, hatte sie sofort ihre Wohnung gekündigt und sich dann unmittelbar in diesem Traumhaus eingerichtet. Ja, das war wirklich ein bisschen verrückt, wenn man es neutral betrachtete. Sie hätte wahrscheinlich genauso reagiert, wenn Miriam solchen Blödsinn gemacht hätte. Aber Nikolas war anders. Er war ja schließlich nicht von dieser Welt. »Er ist kein Psychokiller«, sagte Lucy vollkommen überzeugt.

»Und woher weißt du das? Was weißt du denn schon von ihm? Wer ist er? Was macht er beruflich?«

Lucy stockte und wich ihrem Blick aus. Sollte sie ihr sagen, dass er Gardist war? Dann würde sie ihr aber weitere Fragen stellen und sie konnte ihr wohl kaum erzählen, dass er seinen Job in der anderen Welt (wie klang denn das?) aufgegeben hatte, um mit ihr zusammen sein zu können. Sie konnte ihr vielleicht sagen, dass er im Ausland einen Job als Gardist gehabt hatte. In Italien zum Beispiel. So wie sie es zu Anfang auch vermutet hatte. Aber wo? Und für wen?

»Siehst du! Du weißt es nicht. Du weiß gar nichts von ihm und fragst mich, warum ich ihn verurteile? Er könnte sonst wer sein!«

»Natürlich weiß ich, was er von Beruf ist«, sagte Lucy und schickte ein überspitztes »Tze!« hinterher, um die Selbstverständlichkeit ihrer Worte zu untermalen. Danach überlegte sie schnell, welcher Beruf zu ihm passen würde. Sie betrachtete die Menschen in der Straßenbahn und hoffte auf irgendeine Idee. Aber ihr fiel nichts ein. Gardist war einfach der Beruf, der perfekt zu ihm passte. Vielleicht noch Polizist, aber das hätte jetzt wirklich wie aus der Luft gegriffen geklungen.

»Weißt du nicht«, murmelte Miriam überzeugt, wandte den Blick seufzend von ihr ab und lehnte sich resignierend in ihrem Sitz zurück. In dem Moment stieg ein älterer Herr in die Bahn ein und setzte sich neben Miriam. Seinen Aktenkoffer stellte er zwischen seine Beine. Er sah wie ein typischer Professor aus und als Lucy den Bruchteil eines Satzes aus seinem Kopf wahrnahm, in dem er über die Hausaufgaben nachgrübelte, die er seinen Schülern aufgegeben hatte, kam ihr eine Blitzidee.

»Er ist Lehrer.«

Miriam hob den Kopf und sah sie skeptisch an. »Lehrer?«

Das war einfach perfekt! Genau dieser Gedanke war ihr nämlich gekommen, als sie gemeinsam durch das Land gejagt worden waren. Während sie sich auf der Flucht näher gekommen waren, hatte er ihr so viel beigebracht. Und er tat es noch immer. Er war ein Lebenslehrer! Das war er wirklich.

»Was für ein Lehrer?«

Wieder stockte sie. Spontan fiel ihr Motivationstrainer ein. Er verstand es wirklich, einem die Ängste und Sorgen zu nehmen und einem klarzumachen, wie mächtig man war. »Äh...«, machte sie grübelnd.

Zum Glück mussten sie jetzt aussteigen. Lucy sprang auf und stieg schnell aus. Aber Miriam ließ nicht locker. Den ganzen Weg von der Bahnstation bis zum Nobelviertel löcherte sie sie mit Fragen, schimpfte, meckerte und regte sich über Lucys Naivität auf. Irgendwann sagte Lucy, er würde an einer Universität unterrichten und eine Doktorarbeit über die Macht des Geistes schreiben. Das ließ Miriam für einen kurzen Moment verstummen. Schließlich war sie eine selbsternannte Expertin, was diese Art von Wissenschaft anging. Als sie sich dann wieder gefasst hatte und nach Luft schnappte, um weiter zu reden, unterband Lucy weitere Fragen mit den Worten: »Den Rest kannst du ihn ja selbst fragen.«

Miriam schnaubte. Und während sie die lange Strecke entlang gingen, der Schnee unter ihren Füßen knirschte und die Idylle in diesem Stadtteil ein wenig ihre Gemüter beruhigte, kramte Miriam in ihrer Handtasche und umfasste mit einem festen Griff ihre Waffe. Sie hatte zur Selbstverteidigung immer ein Kubotan dabei.

Lucy rollte mit den Augen, als sie das mitbekam. Sie sah Miriam an und sagte mit aller Deutlichkeit: »Er *ist* nicht gefährlich.«

Miriam hob eine Augenbraue. »Sagt das naive, dumme Ding, dass mit 'nem Wildfremden zusammen gezogen ist.« Dann betrachtete sie Lucy eine Weile und wirkte dabei sehr besorgt. »Menschen sind grausam, Lucy. Selbst der netteste Mensch kann sich irgendwann als Monster entpuppen. Ich verstehe dich nicht«, fuhr sie fort. »Du malst dir schon dein Leben lang mögliche Katastrophen aus und dann rennst du so blind in eine offensichtliche Falle? Bei deinem Glück ist der Typ womöglich Jack The Ripper!«

Lucy musste lachen, als sie sich Nikolas als Jack The Ripper vorstellte. »Du wirst sehen«, sagte sie dann mit beruhigender

Stimme, »dass er ein ganz wunderbarer und anständiger Mensch ist.« Und dabei beließ sie es. Miriam musste ihn selbst kennenlernen. Dann würde sie schon sehen, dass Nikolas ihr niemals etwas antun würde.

Es dauerte etwa eine halbe Stunde, bis sie die Straße erreichten, in der Lucy neuerdings wohnte. Während sie an all den Häusern vorbei gingen, wartete Miriam gebannt, wann Lucy mit der Sprache heraus rücken würde, welches Haus es denn nun war. Und als sie dann am Ende der Straße ankamen und Lucy schließlich das Gartentor öffnete, lachte Miriam hämisch. »Natürlich ist es das größte und schönste von allen«, sagte sie spöttisch. »Wie könnte es anders sein?!«

Lucy reagierte nicht auf ihren Kommentar. Sie genoss einfach den Augenblick, denn es entlockte ihr jedes Mal ein Lächeln, ihr Haus zu sehen. *Ihr* Haus. Den Palast ihrer Träume. Als sie den Schlüssel aus ihrer Handtasche kramte, öffnete sich jedoch bereits die Tür.

Und da stand er. Der Mann ihrer Träume – im Haus ihrer Träume. Groß und selbstbewusst thronte er im Türrahmen, auf seinen Lippen sein altbekanntes, schelmisches Lächeln, das sogar 80-jährige Frauen dahinschmelzen ließ. Das hatte sie selbst erlebt! Gestern, als eine Nachbarin vorbei gekommen war, um sie in der Nachbarschaft zu begrüßen. Lucys Herz raste los und sprang Nikolas in die Arme, noch bevor sie die Tür erreicht hatte. Sie vergaß fast, dass ihre beste Freundin noch hinter ihr stehen musste und Nikolas womöglich gerade kritisch beäugte. Oder ihn sogar versuchte, mit ihren Blicken zu töten. Sofort klärte Lucy ihn in Gedanken darüber auf, dass sie ihn gerade zu einem Lehrer ernannt hatte.

Ich wusste nicht, was ich sagen sollte. Sie hat mich verrückt gemacht mit ihrer Fragerei, dachte sie ihm entgegen und küsste zur Begrüßung sein Schmunzeln.

Sie spürte in seinen Gefühlen nicht den Hauch von Ärger über ihre verrückte Idee. Nur Verständnis und ein wenig Amüsement. Später würde er sie damit bestimmt aufziehen. Er sah sie mit seinen eisblauen Augen amüsiert an, nickte kurz und wandte sich dann Miriam zu.

Als Lucy sich umdrehte, stand Miriam schon neben ihr. Und wie vermutet, musterte sie Nikolas äußerst kritisch und auch ein wenig herablassend. Das war ihre Art, einen gewissen Abstand zu wahren. Und nach ihren Gedanken zu urteilen, war das auch mehr als notwendig. Nicht nur, weil sie befürchtete, er könne ihrer besten Freundin etwas antun. Sondern hauptsächlich deswegen, weil sie ihn durchaus sympathisch fand und mit aller Macht gegen diese Tatsache anzukämpfen versuchte. Einen Mörder durfte sie doch nicht sympathisch finden! Um das zu erreichen, malte sie sich abermals die unfassbarsten Horrorgeschichten aus. Und es funktionierte. Ihre Abneigung ihm gegenüber stieg an. Lucy konnte sie bis ins Mark fühlen. Sie fing regelrecht an, ihn zu hassen, weil sie sich vorstellte, wie er Lucy die gemeinsten Dinge antat.

Nikolas lächelte sanft, jedoch zeichnete sich in seinem Gesicht auch Schrecken und Fassungslosigkeit über ihre erschreckenden Gedanken und Vorstellungen ab. Lucy konnte sich noch daran erinnern, wie er reagiert hatte, als sie ihn für einen Killer gehalten hatte. Damals hatte ihn das sehr verletzt.

Sie macht sich nur Sorgen um mich, erklärte sie ihm in Gedanken. Dann stellte sie die beiden vor: »Miri, das ist Nikolas. Niko, das ist meine beste Freundin, Miriam.«

Sie gaben sich die Hand.

»Freut mich sehr, dich endlich kennenzulernen«, sagte Nikolas freundlich. »Lucy spricht ständig von dir.«

Miriam reagierte nicht auf seine Worte. Sie ließ seine Hand wieder los und starrte ihn nur an. Als die unangenehme Stille zwischen ihnen jedoch fast zu knistern begann, bat Lucy sie schnell herein. »Das Wohnzimmer wird dir gefallen! Es passen mindestens drei riesige Tannenbäume rein!«, erzählte Lucy aufheiternd und zog sie über die Türschwelle.

Doch als Miriam hinüber schritt und den Boden des Hauses betrat, passierte etwas Unglaubliches. Es erklang ein Geräusch, als würde ein riesiger Bogen Papier zerreißen. Und es war so laut, dass sie alle zusammenzuckten und die Hände nach oben rissen, um sich die Ohren zuzuhalten. In diesem Moment flog Miriam rückwärts aus der Tür und über die Veranda. Dann landete sie schließlich im hohen Bogen auf dem zur Seite geschaufelten Schnee auf der Wiese. Es war, als hätte sie etwas mit einem Seil von der Tür weggerissen. Sie versank im Schnee und stöhnte. Lucy sprang sofort die Stufen hinunter. Nikolas folgte ihr.

»Was zur Hölle war *das* denn??«, stöhnte Miriam. Sie rollte sich von dem kleinen Schneeberg hinunter und ließ sich von Nikolas aufhelfen. Natürlich war er schneller gewesen als Lucy.

»Alles in Ordnung? Hast du dich verletzt?«, fragte er besorgt.

Miriam klopfte sich verwirrt den Schnee von der Kleidung, ignorierte Nikolas und sah dann Lucy an. »Hast du das mitgekriegt??«

Lucy warf Nikolas einen irritierten Blick zu und hörte, wie er auf Alea schimpfte.

»Alea?«, rief Lucy entsetzt. »*Sie* hat das getan?«

»Nicht mit Absicht«, entgegnete er und bedeutete ihr mit einem kurzen Blick, dass sie die Sache vielleicht später klären sollten. Lucy biss sich sofort auf die Lippe, aber es war zu spät.

Miriam sah die beiden verstört an. »*Wer* hat *was* getan?«

Beide sahen sie stumm an, tauschten dann einen Blick – und ein paar Gedanken – und wandten sich dann wieder Miriam zu. »Niemand« sagte Lucy dann schnell. »Niemand hat irgendwas getan. Das war bestimmt nur...«, sie fuchtelte mit der Hand in der

Luft herum und überlegte angestrengt, »Eis. Du bist bestimmt ausgerutscht.«

Miriam blickte sie entrückt an. »Ernsthaft, Lucy?«, sagte sie dann wütend und deutete auf die Haustür. »Das sind bestimmt an die fünf Meter! Ich bin also fünf Meter weit *gefallen*?«

Lucy sah sie ratlos an. Und sie hörte in Miriams Gedanken wilde Spekulationen darüber, wie es Nikolas geschafft haben könnte, sie von der Veranda fliegen zu lassen. Doch jede ihrer Vermutungen klang nach Science Fiction. Sie konnte es sich selbst nicht erklären.

»Miri«, sagte Lucy und hob beruhigend die Hände. »Es ist ja nichts passiert.« Sie betastete ihre Freundin und lächelte aufheiternd.

Doch Miriam entzog sich ihr wütend und sah Nikolas dabei an. »Wenn ihr mir jetzt nicht auf der Stelle erklärt, was hier los ist, werde ich fuchsteufelswild, kapiert?! Ich lasse mich nicht für blöd verkaufen! Was ist da gerade passiert, verdammt? Und wer zum Geier ist Alea?«

»Na schön.« Nikolas seufzte schwer, tauschte mit Lucy einen Blick und nickte dann. »Ich werde es dir erklären. Aber ich vermute, du kannst das Haus erst betreten, wenn du aufhörst, mich zu hassen, Miriam.«

Es war nicht leicht, Miriam davon zu überzeugen, dass Nikolas weder irre war noch einen teuflischen Plan verfolgte oder ihr etwas antun wollte, sobald sie das Haus betrat. Aber schließlich war sie irgendwann mit hinein gekommen. Natürlich, nachdem sie ihre Vorurteile – zumindest ansatzweise – über Bord geworfen hatte und Nikolas so gut es ging neutral betrachtete. Erst dann konnte sie über die Türschwelle treten, ohne wieder durch die Luft geschleudert zu werden. Das Ganze hatte knapp eine Stunde gedauert. Jetzt waren Lucy und Miriam halb erfroren und Nikolas, der in Pulli und Jeans draußen gestanden hatte, hatte nicht einmal kalte Finger bekommen. Es war Lucy ein Rätsel, wie er es schaffte, seinen Körper derart zu kontrollieren.

Lucy hatte Miriam in eine Wolldecke eingewickelt und klammerte sich selbst an ihrer Tasse heißen Tee fest. Als Nikolas Miriam den Kaffee brachte, setzte er sich zu ihnen an den großen Küchentisch. Die Sonne schien hinein und glitzerte in den kleinen Kristallen, die Lucy an die Fenster gehängt hatte. Dadurch wurden regenbogenfarbene Lichtpunkte in den Raum geworfen, die auf dem Boden und an den Wänden tanzten.

Eine Weile lang herrschte betretenes Schweigen. Man hörte nur das Klappern von Miriams Zähnen, das nach ein paar Schlucken Kaffee endlich nachließ. Als sie dann den Kopf hob und Nikolas ansah, ergriff er schließlich das Wort. »Lucy sagt, dass du dich mit übersinnlichen Fähigkeiten auskennst?«

Miriam nickte langsam und vorsichtig, blickte ihn dabei jedoch mehr als skeptisch an.

»Das Haus ist ein Geschenk von einer guten Freundin«, erklärte er. »Ihr Name ist Alea. Sie hat es vor ein paar Monaten gekauft und ein wenig ... modifiziert.« Er machte einen Moment Pause, um nach den richtigen Worten zu suchen. »Du weißt, dass man die Wirklichkeit mit seinen Gedanken beeinflusst, nicht wahr?«

Wieder nickte Miriam. Dieses Mal noch langsamer.

»Nun, ich denke Alea hat es einfach ein wenig übertrieben. Sie hat es ganz sicher gut gemeint, als sie das Haus programmiert hat, aber...«

Miriam unterbrach ihn jedoch mit einer raschen Handbewegung. »Warte«, sagte sie und runzelte die Stirn. Sie fasste sich an den Kopf und zwinkerte ein paar Mal irritiert. »Hast du gerade *programmiert* gesagt?«

Er schwieg einen Moment und sah Lucy dabei an. Dann sprach sie weiter: »Du hast mir doch selbst einmal erzählt, dass man mit Gedanken auf Gegenstände einwirken kann. Du liest doch ständig Bücher darüber, Miri«, sagte Lucy vorsichtig. »Telekinese und so etwas«, fügte sie noch an und war selbst etwas erstaunt darüber, wie selbstverständlich all dies schon für sie geworden war.

Miriam blickte Lucy mit einem solch erstaunten Gesicht an, als sei sie gerade vom Himmel gefallen. »Willst du mir jetzt echt erzählen, dass diese Alea das Haus mit ihren Gedanken so programmiert hat, dass alle, die ins Haus wollen, von der Veranda geschossen werden?«

»Nicht alle«, sagte Lucy schnell. Dann suchte sie nach den richtigen Worten, wobei sie nervös auf ihrer Unterlippe herumkaute. »Nur die, die … einem von uns etwas tun wollen, glaube ich.« Dann sah sie Nikolas fragend an, der ihre Worte mit einem Nicken bestätigte. Also hatte sie mit ihrer Vermutung richtig gelegen. Alea hatte so etwas wie einen Schutzbann auf dieses Haus gelegt. Das war einfach unglaublich!

Miriam wich zurück und stellte ihre Kaffeetasse ab. »Du verarschst mich! Ihr beide verarscht mich! Was soll das? Was habe ich dir getan, dass du mich so behandelst? Dass du mich auf einmal belügst und mir so einen Schwachsinn auftischst? Wir waren mal Freunde, Lucy!« Ihre Stimme wurde immer lauter und bei den letzten Worten war sie aufgestanden und hatte den Stuhl mit den Beinen so heftig nach hinten geschubst, dass er jetzt umkippte und klappernd auf dem beheizten Steinboden landete.

»Ich lüge dich nicht an, Miri!«, sagte Lucy verzweifelt und stand ebenfalls auf. »Das ist die Wahrheit. Alea hat sehr starke Fähigkeiten! Nikolas hat mir erzählt, dass sie weiße Gardistin ist. Und weiße Gardisten sind sehr...«

»Gib dir keine Mühe«, unterbrach Miriam sie. Sie wirkte dabei erschreckend abweisend. »Ich hatte gehofft, dir irgendwie helfen zu können, nach deinem Unfall wieder normal zu werden. Ich dachte, du hättest ein Trauma davon getragen und seist deswegen so seltsam in letzter Zeit. Aber anscheinend hat dich der Typ hier komplett verdreht! Ich gehe.«

Als Miriam zur Tür schritt, stand Nikolas auf. »Warte, Miriam!«, rief er.

Widerwillig drehte sie sich beim Gehen noch einmal um und blieb sofort stehen, als sie sah, was Nikolas tat. Er hatte den Arm ausgestreckt und jonglierte in seiner Handfläche drei von den Schokoladenmuffins, die in einer großen Schale auf dem Tisch standen. Sie schwebten über seiner Handfläche und drehten sich im Kreis, als führen sie auf einem unsichtbaren Karussell. Miriam blieb der Mund offen stehen. Dann löste sich einer der Muffins und schwebte direkt auf Miriam zu. Sie wich erschrocken einen Schritt zurück, öffnete jedoch die Hand, als sich der Muffin direkt vor ihrer Brust befand.

»Gib Lucy keine Schuld«, sagte er. »Ich hatte sie darum gebeten, es geheim zu halten. Und ich bitte dich jetzt um dasselbe. Es darf niemand erfahren, dass ich diese Dinge kann. Wir haben schon einmal erlebt, was passiert, wenn dieses Wissen in die falschen Hände gerät.«

Miriam sah ihn jetzt mit großen Augen an. Sie war erschrocken darüber, was sie gerade gesehen hatte, aber gleichzeitig war sie fasziniert und begeistert. Dann stellte sich in ihr die Frage, was er damit meinte, dass dieses Wissen schon einmal in die falschen Hände geraten war. Sie sagte jedoch nichts.

»Er meint die Sache, die im Sommer passiert ist«, erklärte Lucy und kam ein paar Schritte auf ihre Freundin zu. »Ich bin damals gar nicht zu Hause gewesen«, gestand sie. Endlich konnte sie ihr die Wahrheit sagen. Endlich durfte sie. Es fühlte sich so unglaublich befreiend an, die folgenden Worte auszusprechen: »Ich habe gelogen und das tut mir unendlich leid, Miri. Aber ich wusste nicht, wie ich dir das erklären sollte. Und ich durfte auch nichts sagen.«

Miriam sah sie mitfühlend an. Ihre Wut war plötzlich verflogen und in ihrem Gesicht spiegelte sich Dankbarkeit wider.

Dankbarkeit dafür, dass sie ihr endlich die Wahrheit sagte. »Wo warst du *dann*?«, fragte sie.

Lucy zögerte einen Moment und als sie gerade Luft holte, um ihr alles zu erzählen, erklang erneut ein seltsames Geräusch. Es kam aus dem Wohnzimmer. Lucy kannte dieses fast ohrenbetäubende Rauschen. Sie hatte es früher schon einmal gehört. Sie wusste spontan nur nicht mehr wann und wo.

Sie verließen alle drei rasch die Küche und als sie das Wohnzimmer betraten, erschrak Miriam so sehr, dass sie den Muffin fallen ließ und einen kurzen Schrei ausstieß. Aus dem Nichts erschien gerade in diesem Moment mitten im Wohnzimmer eine Gestalt. Man konnte zunächst nur Umrisse erkennen, die darauf hindeuteten, dass es sich um eine sehr große Person handelte. Das Bild wurde aber rasch deutlicher und innerhalb von Sekunden sah man, um wen es sich bei dem unerwarteten Besucher handelte, der sich da gerade aus einem Lichtbogen heraus manifestierte.

Lucy lachte und Nikolas rief sofort voller Freude seinen Namen aus. »Hilar! Was machst *du* denn hier?«

Hilar setzte das breiteste Lächeln auf, zu dem er fähig war und schlenderte lässig auf seine Freunde zu. Als er dann aber Miriam erblickte, die ihn wie versteinert anstarrte, blieb er irritiert stehen.

Lucy nahm Miriams Hand und rüttelte sanft an ihr. »Das ist schon in Ordnung. Er ist ein Freund von uns.«

Aber Miriam blieb versteinert.

Hilar blickte unsicher an sich hinunter und zupfte seine grüne Uniform zurecht. Er berührte seine Abzeichen, wischte über die Ärmel, als wollte er sie säubern und ging sich dann durch sein stoppeliges, blondes Haar. Dann sah er wieder auf, betrachtete Miriam erneut und blickte dann Nikolas und Lucy ratlos an. »Verdammt. Hätte ich 'was Anderes anziehen sollen?«

2

heimliche Beobachter

Am Abend wurde es so kalt, dass der Schnee, der tagsüber teilweise auf den Straßen geschmolzen war, zu Eis gefror. Jemand ging über die Straße direkt vor Lucys Haus und rutschte auf einer dieser Eisflächen aus. Er konnte sein Gleichgewicht jedoch glücklicherweise halten, so dass er sich nur kurz mit einer Hand am Boden abstützen musste. Dann ging er fluchend weiter, zog sich die Kapuze tiefer ins Gesicht und steckte sich die Hände in die Jackentaschen. Es schien, als wollte er nicht bemerkt werden. Er ging so schnell, dass sein Atem in kleinen Wölkchen an ihm vorbei zog wie der Qualm einer Lokomotive. Am Ende der Straße gab es einen kleinen Park mit vielen Bäumen und einer kleinen Holzhütte, in der – wenn nicht gerade Schnee lag – tagsüber Kinder herum kletterten. Daneben stand eine Laterne, deren Birne jedoch zerbrochen war, sodass die Hütte im Dunkeln lag. Der Mann ging direkt darauf zu.

Als er nah genug war, machte er zwei kurze Pfeifftöne mit dem Mund und dann tauchte eine Gestalt hinter der Hütte auf.

»Du bist zu spät«, brummte die Gestalt im Schatten.

Der Mann schnaubte, zog die Hände aus den Taschen und rieb sie sich kräftig. »Es ist arschkalt. Man kommt kaum von A nach B.«

»Was du nicht sagst«, brummte die Schattengestalt verärgert und kam näher. »Ich stehe hier seit Stunden herum. Ich bin ein einziger Eisklotz.«

Er lachte leise. »Hör auf, zu jammern. Du hast dich für diese Aufgabe freiwillig gemeldet.« Dann drehte er sich um. Von hier aus hatte man eine freie Sicht auf Lucys Haus. Es war hell erleuchtet. An den Fenstern hingen Lichterketten und draußen stand ein geschmückter Tannenbaum, der blinkte. Von dort aus konnte man die Spielhütte im Park nicht sehen. Es war also der perfekte Platz, um das Haus zu observieren, ohne entdeckt zu werden. »Irgendwas Ungewöhnliches heute?«

Der andere steckte sich jetzt eine Zigarette in den Mund und zündete sie an. Sie bot wenigstens ein bisschen Wärme. »Ja«, brummte er. »Wir haben ein Problem.«

Er sah ihn überrascht an. »Von Problemen will der Boss nichts hören«, sagte er. »Es darf dieses Mal nichts schief gehen.«

»Ist mir scheißegal, was er hören will«, brummte der Raucher. »Wir können da nicht rein.«

»Was soll das heißen? Wir sollten doch morgen den Portalschlüssel...«

»Tja, du kannst ja dein Glück versuchen«, unterbrach der andere ihn, zog an seiner Zigarette und lachte. »Wäre ein netter Anblick. Du Hänfling würdest wahrscheinlich noch viel weiter fliegen, als die Kleine heute.«

Der Mann sah ihn verständnislos an. »Die Kleine?«

»Ihre Freundin ist da. Du weißt schon, Miriam«, sagte er, nickte zum Haus und zog noch einmal genüsslich an seiner Zigarette. »Die haben irgendwas mit dem Haus gemacht.« Dann zückte er sein Handy und suchte in der Kontaktliste nach jemandem.

»Verdammt«, sagte der andere und betrachtete die Schatten, die hinter den Gardinen auf und ab gingen. »Dann wird er wohl zu Plan B übergehen.«

Der andere nickte. »Das wird nicht gerade einfach. Halte die Stellung hier. Und wehe du haust wieder früher ab!«, sagte er drohend, wobei er mit dem Finger auf ihn zeigte. Dann machte er sich endlich auf den Weg. Seine Beine waren schon ganz taub von der Kälte und seine Finger konnte er schon seit einer Weile nicht mehr spüren. Er ging zügig auf der gegenüberliegenden Straßenseite des Hauses entlang und zog sich den Kragen seines Mantels nach oben, damit ihn niemand sah. Dann hielt er sich das Handy ans Ohr. Es klingelte. Aber es ging niemand ran.

»Mist«, brummte er und sah auf die Uhr an seinem Handy. Es war spät. Er hätte schon vor einer Stunde anrufen sollen. So wie jeden Tag, wenn die Schicht wechselte. Aber sein dummer Kollege war mal wieder zu spät gekommen. Er nahm noch ein paar Züge von seiner Zigarette und murmelte fluchend etwas vor sich hin, behielt das Handy aber in der Hand, um es gleich noch einmal zu versuchen. Währenddessen blickte er immer wieder zurück, um sicherzugehen, dass ihn niemand bemerkt hatte.

Bald schon war das Haus so weit entfernt, dass er das Blinken des Tannenbaums nur noch schwach aus der Ferne erkennen konnte. Erleichtert ließ er die Schultern sinken. Er war jedes Mal froh, wenn eine Schicht überstanden war. Denn es konnte jederzeit passieren, dass sie von Nikolas erwischt wurden. Ständig wurde ihnen eingehämmert, wie clever er war. Und wie gefährlich. Doch langsam begann er, daran zu zweifeln. Er hatte immer noch nicht bemerkt, dass er beobachtet wurde. Und dass sein Mädchen sogar schon seit Monaten unter ihrer Beobachtung stand. Grinsend zog er an seiner Zigarette. Sie waren überheblich, diese Lumenier. Und das machte sie unvorsichtig und dumm.

Plötzlich hörte er ein Geräusch. Er wandte sich schnell um, sah aber niemanden. Die Straße war leer. Die Leute waren in ihren warmen Häusern bei ihren Familien. Niemand war mehr unterwegs. Schon gar nicht bei dieser Kälte. Aus der Entfernung hörte er leise Weihnachtsmusik aus einem der Häuser erklingen. Doch ansonsten war alles still. Totenstill. Er sah sich noch einmal kurz um und lauschte, hörte aber nichts mehr. Also ging er langsam weiter.

Als er die Nummer erneut wählen wollte, bemerkte er jedoch, dass das Display seines Handys flackerte. Er blieb zunächst irritiert stehen und blickte sein Handy verstört an, doch dann kam ihm ein erschreckender Gedanke. Er sah zu Lucys Haus, das bereits weit entfernt lag. Sie konnte es nicht sein. Ihr Einfluss auf technische Geräte beschränkte sich nicht nur auf Handys. Würde sie dieses Flackern verursachen, würden jetzt auch die Laternen in den Straßen flackern. Und die Lichter in den Häusern. Das hatte er schon mehrmals erlebt. Es musste also jemand Anderes hier sein.

Sofort schmiss er die Zigarette weg und rannte reflexartig los. Er lief so schnell er konnte. So schnell, dass die eisige Luft in seinem Gesicht biss und die vereinzelten Schneeflocken ihm entgegen flogen. Am Ende der Straße bog er in einen Seitenweg ein und rutschte auf dem Gehsteig fast aus. Dann griff er schnell in seine Jacke, um die Waffe zu ziehen. Er umfasste das kalte Metall mit festem Griff und wollte noch einmal die Nummer wählen, doch als er auf sein Handy sah, war es tot. Es ließ sich nicht mehr einschalten. Er fluchte wütend und rannte weiter. Doch als er wieder aufsah, stand urplötzlich jemand vor ihm. Ein riesiger Kerl in einer blauen Uniform. Er erschrak heftig, wollte sofort anhalten und umdrehen, doch er rutschte auf dem Schnee aus und fiel rückwärts hin.

Er schlug mit dem Kopf auf dem eisigen Boden auf und sah benommen nach oben. Dabei richtete er die Waffe auf den blau Uniformierten, doch diese zerfiel augenblicklich zu Staub, der ihm auf die Jacke rieselte. Dann versuchte er, rückwärts von dem Gardisten weg zu kriechen, doch das war nur ein vergeblicher Versuch, mehr Abstand zu ihm zu gewinnen – was völlig sinnlos war. Das wusste er. »Was … was willst du??«, rief er ängstlich.

Der Gardist folgte ihm mit langsamen Schritten und sah ihn

dabei eiskalt an.

»Ich habe niemandem etwas getan!«, rief er verzweifelt und suchte unterdessen das Messer, das hinten in seinem Gürtel steckte.

Jetzt kniete sich der Gardist zu ihm hinunter und lachte leise. »Schamloser Lügner«, sagte er. Seine Stimme war tief und klang bedrohlich. »Du bist Söldner, oder nicht?«

Der Mann sah ihn überrascht an. Woher zum Teufel wusste er das? Woher wusste er überhaupt irgendwas? Ihm wurde versichert, dass all die Gardisten, die in den letzten Monaten Jagd auf sie gemacht hatten, weg waren. Seit Nikolas hier war, waren alle anderen fort. Er rutschte noch ein Stück von ihm weg und versuchte, unauffällig nach dem Messer zu greifen. »Ich … ich meine die beiden. Nikolas und die Frau. *Ihnen* habe ich nichts getan«, sagte er währenddessen, um ihn abzulenken.

»Nein«, sagte der Gardist mit ruhiger Stimme und hob dabei die linke Hand. »Dazu wärst du wohl auch kaum in der Lage.«

In diesem Moment riss etwas an seinem Gürtel und das Messer, das er gerade greifen wollte, flog dem Gardisten direkt in die Hand.

»Bemühe dich nicht«, sagte der Gardist selbstsicher und ließ auch das Messer zu Staub zerfallen. Es rieselte wie feinster Sand zwischen seinen Fingern zu Boden. »Du hast sowieso keine Chance.« Dann streckte er die Hand nach ihm aus und legte sie an seinen Kopf.

»Was soll der Scheiß?«, rief er wütend und schlug ihm die Hand weg.

»Shhh«, machte der Gardist und sah ihn dabei eindringlich an.

Und auf einmal wurden die Glieder des Mannes betonschwer. Sein Oberkörper fiel auf den Gehsteig in den Schnee und sein Kopf schlug erneut hart auf. Er konnte sich nicht mehr bewegen. Er lag da wie ein Brett. Seine Arme, seine Beine, sein Rumpf, alles war wie gelähmt. Er starrte nach oben in das Gesicht des Gardisten. Sein Blick war eiskalt. Wie aus Stein war seine Mimik. Ihm lief ein Schauer über den Rücken. Und das lag nicht nur an dem geschmolzenen Schnee unter ihm, der ihm die Kleidung durchnässte. Dieser Typ hatte einen Blick, der sich geradewegs in seine Seele bohrte. Dann legte er wieder eine Hand an seinen Kopf. Dieses Mal konnte er sie nicht weg schlagen. Er musste geschehen lassen, was auch immer jetzt mit ihm passierte. Erschrocken bemerkte er, dass die Hand des Gardisten kochend heiß war. Es fühlte sich fast so an, als würde sie ihn verbrennen.

»Dachtet ihr ernsthaft, ich lasse es zu, dass ihr euch einen Portalschlüssel holt?«, fragte der Gardist währenddessen. »Marius hat seine Chance auf einen Lumenischen Kristall verspielt.«

Der Mann sah ihn irritiert an. »Wer zum Teufel ist Marius?«

Der Gardist hielt inne und zog die Stirn kraus. »Du kennst Marius nicht?«

»Nein, zum Teufel!«

»Und wer hat dich dann beauftragt?«

Der Mann zögerte einen Moment. »Ich kenne seinen Namen nicht. *Niemand* kennt seinen Namen.«

Während der Gardist ihn prüfend betrachtete, konnte er regelrecht spüren, wie er in seinen Geist eindrang, um nach Informationen zu suchen. Und da waren eine Menge Informationen, die er finden konnte. Er wusste einiges über die Ereignisse im Sommer. Und er wusste eine Menge über die Lumenier. Über ihre Fähigkeiten, ihr geheimes, verstecktes Land, über Nikolas, der als einziger Mensch jemals einen Weg in dieses Land gefunden hatte. Und natürlich über Lucy und was gerade mit ihr geschah.

Der Gardist schien sehr erbost über all diese Informationen zu sein. Doch er wirkte auch enttäuscht, weil er wohl eine wichtige Information nicht hatte finden können. Er sah ihn eindringlich an, bohrte ihm seinen Blick geradezu in seinen Geist und sagte: »Du wirst alles vergessen. Alles, was du über Lumenia weißt. Du wirst dich nicht mehr an die Namen Lucy Meier oder Miriam Jenkins erinnern und du wirst nicht mehr wissen, was im Sommer passiert ist. Und in Zukunft wirst du dich von dieser Gegend fernhalten.«

Plötzlich breitete sich eine schwarze Leere im Kopf des Mannes aus. Eine Dunkelheit, in der alles zu versinken schien, was vor wenigen Momenten noch da gewesen war. Verknüpfungen verschwanden und Informationen lösten sich in Luft auf. Es war, als würden die letzten Stunden, Tage, Wochen und Monate einfach weg radiert werden. Oder als würden sie in einem schwarzen Loch versinken. Er sah den Gardisten erschrocken an, denn irgendwann wusste er gar nicht mehr, warum er überhaupt hier auf dem Boden lag.

Der Gardist löste seine Hand jetzt von seinem Kopf, griff nach seinem Arm und half ihm, aufzustehen. Dann hob er das Handy auf, das auf dem Boden lag. Er hielt es einen Moment lang in der Hand, woraufhin es plötzlich wieder ansprang. Er reichte es ihm mit den Worten: »Sollte dich jemand kontaktieren und dich auf deine Aufgabe ansprechen, richte ihm Grüße von Taro aus.« Mit diesen Worten ließ der blau uniformierte Mann ihn einfach stehen, ging an ihm vorbei und bog in die Hauptstraße ein.

Er sah ihm nach, bis er verschwunden war. Und er überlegte. Lange. In dieser Straße lebte jemand, dessen Namen er vergessen hatte. Er spürte es, irgendwo in einem tief vergrabenen Winkel seines Unterbewusstseins. Jemand Besonderes lebte da. Und ihm kam auch der Name Taro irgendwie bekannt vor. Er löste ein entsetzliches, jedoch unerklärliches Schaudern in ihm aus.

Doch bevor er noch länger darüber nachdenken konnte, klingelte sein Handy. Er sah auf das Display. Eine anonyme Nummer. Noch völlig benommen und verstört ging er ran. »Hallo?«

»Gibt es etwas Neues?«, fragte eine unheimliche, strenge Stimme am anderen Ende.

Er sagte nichts. Denn er wusste nicht, was er sagen sollte. Er dachte nach. Er bemühte sich so sehr, doch sein Kopf war völlig leer. Warum war er hier? Verzweifelt sah er sich um. Es war dunkel und kalt. Und er befand sich in einem Nobelviertel, so wie es aussah. Was zum Geier suchte er in einer Gegend wie dieser? Er fror fürchterlich. Seine Klamotten waren nass und sein Kopf schmerzte. Hatte er einen Unfall gehabt? Konnte er sich deswegen an nichts erinnern?

»Hey, bist du taub?«, schnauzte der Mann am Telefon.

Wieder versuchte er, sich zu konzentrieren. Doch ihm fiel nichts Anderes ein, als: »Da war ein Mann. Ein Mann in einer Uniform.«

Stille. Endlos lange Stille.

»Er sagte«, fuhr er dann irgendwann fort, »ich soll Grüße von Taro ausrichten.«

Wieder war es still. Totenstill. Er hörte ihn nicht einmal atmen.

»Hallo? Was hat das alles zu bedeuten?«

Doch er bekam keine Antwort. Stattdessen fragte die Stimme mit beherrschtem Ton: »Erinnerst du dich an etwas? An irgendetwas?«

Der Mann sah sich wieder um und versuchte, irgendeinen Anhaltspunkt zu finden. Aber da war nichts. Gar nichts. »Woran genau?«, fragte er dann.

Der Mann am anderen Ende seufzte. »Nicht mehr wichtig«, sagte er dann. Er klang wütend. »Geh nach Hause. Du wirst nicht mehr benötigt.«

3

BENOMMEN

Hilar hatte endlich damit aufgehört, im Wohnzimmer auf und ab zu gehen und setzte sich nun auf die Couch. Miriam gegenüber. Sie starrte ihn immer noch an.

Sie sieht mich an, als sei ich ein Alien!, dachte er und richtete diese Gedanken an Lucy und Nikolas. Er fülte sich unter Miriams erstarrten Blicken zunehmend unwohler. Vielleicht hätte es ihm nicht so viel ausgemacht, wenn er ihre Gedanken hätte hören können, um zu erfahren, was in ihr vorging. Aber keiner von ihnen konnte auch nur einen ihrer Gedanken zu fassen kriegen, um sie zu lesen. Nicht mehr. Es waren zu viele. Und sie jagten sich und tobten so schnell durch ihren Kopf, dass selbst Nikolas schwindelig wurde bei dem Versuch, sie zu greifen. Das Einzige, was sie alle deutlich spüren konnten, waren ihre Gefühle. Verwirrung, Schrecken, Faszination, Traurigkeit, Wut, Hass, Ärger, Liebe, Freundschaft … und alles gleichzeitig.

Lucy legte eine Hand auf Miriams Knie und sah sie mitfühlend an. Diese ganze Geschichte zu hören, hatte Miriam völlig überfordert. Und sie konnte es verstehen. Sie war ja noch nicht einmal selbst über die Ereignisse im Sommer hinweg gekommen. Sie hatte nach wie vor Albträume. Und manchmal erschien ihr die Tatsache, dass Nikolas aus einer anderen Welt stammte, immer noch zu verrückt, um wahr zu sein. Obwohl sie schon ein halbes Jahr Zeit gehabt hatte, das alles zu verarbeiten. Wie musste es erst

Miriam gehen, die all das innerhalb von ein paar Stunden erfahren hatte? »Willst du heute Nacht hier bleiben?«, fragte sie sanft. Sie wollte ihre Freundin in diesem Zustand nicht nach Hause schicken. Sie wirkte völlig apathisch.

Miriam sah sie nun an und bewegte ganz langsam ihren Kopf hin und her. »Ich muss nach Hause. Alles sacken lassen und … nachdenken. Das ist einfach zu viel.« Sie sprach jedes Wort so langsam aus, als würde sie sich selbst nicht sprechen hören.

»Ich weiß«, entgegnete Lucy. »Ich konnte es am Anfang auch nicht glauben«, sagte sie. »Es fällt mir immer noch manchmal schwer.«

Lucy spürte Miriams Widerstand gegen die Vorstellung, dass es ein Land gab, das nicht gefunden werden konnte. Ein Land, das man nur mit einem erweiterten Bewusstsein betreten konnte. Sie glaubte ihr zwar, dass sie im Sommer von irgendeinem energetisch aufgeladenen Gegenstand getroffen worden war und sich ihr Körper und ihr Bewusstsein dadurch verändert hatten, aber dass dieser Gegenstand aus einer anderen Welt gekommen war, genauso wie diese beiden Männer, war einfach zu viel. Miriam stand nun auf und Hilar, Nikolas und Lucy taten es ihr gleich.

»Soll Niko dich nach Hause fahren?«, fragte Lucy besorgt.

Wieder schüttelte sie ganz langsam mit dem Kopf.

»Aber … es geht dir doch gut, oder? Muss ich mir Sorgen machen?«

Miriam sah Lucy mit einem Blick an, den sie nicht deuten konnte. Und wieder schüttelte sie ganz langsam mit dem Kopf. »Ich ruf' dich an«, sagte sie klanglos.

Dann begleitete Lucy ihre Freundin zur Tür.

Nikolas blieb mit Hilar im Wohnzimmer stehen und sah zu, wie Lucy ihre Freundin nach draußen brachte.

»Ich glaube, ich habe sie ganz schön erschreckt, oder?«, flüsterte Hilar seinem besten Kumpel zu.

Er nickte. »Ja. Ziemlich.«

»Denkst du, es war eine gute Idee, ihr alles zu erzählen?«, fragte Hilar leise. »Quidea wird das vermutlich nicht gefallen.«

Nikolas seufzte. »Sie ist ihre beste Freundin. Wir konnten sie nicht länger im Unklaren lassen. Lucy war monatelang gezwungen, sie anzulügen. Das hat ihrer Freundschaft nicht gut getan.«

Hilar nickte verständnisvoll. »Sie hat es allerdings nicht gut aufgenommen.«

Ja, dachte Nikolas. »Und dabei kennt sie nicht einmal die *ganze* Wahrheit.« Sie hatten ihr bewusst die Tatsache verschwiegen, dass die Kräfte, die im Sommer aus Lucy heraus gebrochen waren, erneut in ihr zum Vorschein kamen. Und das schon seit Monaten. Seit Kurzem hatte Nikolas zwar ein Auge auf Lucy und schwächte ihre Ausrutscher und energetischen Ausbrüche weitestgehend ab, aber er konnte sie ja nicht auf Schritt und Tritt verfolgen. Die schlimmsten Dinge passierten ihr, wenn sie allein unterwegs war. Miriam hatte davon glücklicherweise noch nichts mitbekommen. Sie sah es als Zufall an oder als Lucys persönliche Pechsträhne, dass in ihrer Gegenwart immer die verrücktesten Dinge passierten. Dass Lucy sie *verursachte*, war ihr nicht klar.

Hilar hatte seinen Gedanken interessiert gelauscht und sah Nikolas dabei etwas besorgt an. »Also hat sie es noch nicht unter Kontrolle«, schlussfolgerte er nachdenklich.

»Nein«, sagte Nikolas. »Sie trainiert zwar, aber ihre Gedanken und Emotionen wirken sich nach wie vor vollkommen unkontrolliert auf die Umgebung aus. Und dabei ist es egal, ob es positive oder negative Emotionen sind. In ihrer Nähe spielt alles verrückt. Besonders technische Geräte.«

»Verdammt«, raunte Hilar. »Quidea hätte vielleicht noch mehr Gardisten herschicken sollen, um sie zu überwachen.« Dabei sah er Nikolas besorgt an. »Hast du das im Griff?«

Nikolas nickte seufzend. »Der Splitter hat eine Entwicklung in ihr angestoßen, die viel zu schnell vonstatten geht«, erklärte er. »Für solch eine Entwicklung brauchen die Menschen in dieser Welt normalerweise mehrere Leben. Wenn sie dafür bereit sind, schaffen sie es vielleicht sogar in einem. Bei Lucy ist es auf einen Schlag passiert.« Er ging jetzt zurück zur Couch und ließ sich darauf nieder.

Hilar tat es ihm gleich. Das Feuer im Kamin knisterte gemütlich vor sich hin und beruhigte ihre Gemüter.

»Ihre Energie ist nach wie vor unglaublich hoch«, fuhr Nikolas fort, während er ins Feuer blickte. »Und ich vermute, diese Energie wirkt sich auch auf Miriam aus.«

Hilar sah ihn überrascht an. »Du denkst, Lucy hebt ihre Energie mit an?«, fragte er. Er blickte sich jetzt um, um sicherzugehen, dass Lucy nichts von alldem hörte.

Nikolas nickte. »Vermutlich. Sie verbringen viel Zeit miteinander. Womöglich hat Lucy dieselbe Wirkung auf Miriam, wie der Splitter damals auf Lucy.«

»*Deswegen* ist sie so durch den Wind?«, schlussfolgerte Hilar.

»Es ist gut möglich. Sag aber Lucy nichts«, bat Nikolas ihn. »Sie soll sich keine Sorgen machen.«

Hilar nickte. »In Ordnung. Hast du denn irgendetwas in Miriams Kopfchaos aufschnappen können? Glaubst du, sie kommt klar?«

Nikolas schwieg, formulierte seine Antwort jedoch in seinen Gedanken und baute gleichzeitig eine mentale Wand in seinem Kopf auf, damit Lucy ihn nicht hören konnte. *Ich konnte kaum etwas verstehen, aber ich denke, sie ist in Schwierigkeiten. Sie hätte nicht so reagiert, wenn sie emotional stabil gewesen wäre. Berichte Quidea davon. Er wird wissen, was zu tun ist*, dachte er, woraufhin Hilar nickte. *Und kann ich dich um etwas bitten?*

Klar! Hilar drückte die Brust raus und richtete sich auf, was ihn fast wie einen Riesen erscheinen ließ. Er war stolz, seinem besten Freund einen Gefallen tun zu können. Nikolas war schon so oft für ihn da gewesen, dass er es gar nicht mehr zählen konnte. Jedoch hatte er Hilar in der Vergangenheit nur sehr selten um einen Gefallen gebeten. Er musste sie ihm geradezu aufdrängen, um sich ab und zu bei ihm zu revanchieren. Jetzt hatte er endlich mal eine Chance, für ihn da zu sein, ohne ihm seine Freundschaftsdienste aufdrücken zu müssen. Nikolas wusste das. Und er wusste auch, dass Hilar weit mehr als sein Bestes geben würde. Was äußerst wichtig war. Denn er konnte deutlich fühlen, dass Miriam – und damit auch Lucy – etwas Einschneidendes bevorstand.

»Behalte sie im Auge«, bat er seinen Freund. »Möglicherweise hat Lucys Energie sie völlig aus der Bahn geworfen. Ich glaube, da rollt eine Katastrophe auf sie zu. Und damit auch auf Lucy.« Er konnte allerdings nicht genau sagen, was es war. Es war zu undurchsichtig und Miriams Gedanken waren viel zu chaotisch gewesen, um etwas daraus lesen zu können. Doch es würde eine schwere Zeit auf sie zukommen – das spürte er. Und deshalb brauchte er jede Hilfe, die er kriegen konnte. »Kümmere dich einfach um sie. Pass auf, dass ihr nichts passiert. Das würde Lucy sonst aus der Bahn werfen. Und das dürfen wir nicht riskieren. Sie ist nach wie vor zu gefährlich.«

4

ERSCHÖPFUNG

Lucy kuschelte sich in Nikolas' Umarmung und seufzte leise.

Das Knistern des Kaminfeuers wirkte beruhigend auf sie nach diesem ereignisreichen Tag. Und die Wärme, die Nikolas' Körper ausstrahlte und mit der er sie ganz und gar einhüllte, entspannte sie so sehr, dass ihr fast die Augen zufielen. Schläfrig ließ sie einzelne Momente des Tages noch einmal in ihrem Kopf Revue passieren. Sie hatte sich Miriams Reaktion ganz anders vorgestellt. Wenn es um Übersinnliches ging, war sie immer diejenige gewesen, die sich vor Begeisterung kaum zurückhalten konnte. Sie war ein großer Fan bekannter telekinetisch begabter Menschen, von denen man so hörte. Und sie hatte sich immer gewünscht, auch selbst über solche Fähigkeiten zu verfügen. Sie besaß womöglich jedes Buch, das nur im Entferntesten etwas damit zu tun hatte und liebte jeden Film – egal ob er schlecht oder gut war – in dem der Held besondere Fähigkeiten besaß. Dafür, dass sie sonst eine solche Begeisterung für dieses Thema an den Tag legte, hatte sie heute viel zu abgeklärt auf Nikolas' kleines Muffins-Kunststück reagiert. Irgendetwas war nicht in Ordnung mit ihr. Vielleicht lag es daran, dass sie sie so lange belogen hatte, dachte Lucy. Sie hatte spüren können, wie sehr sie das verletzt hatte. Vielleicht brauchte sie auch wirklich einfach nur Zeit, um die ganze Sache zu verarbeiten. Sie wusste, wie schwer es war, eine solch verrückte Geschichte zu glauben.

Lucy versuchte, sich mit einem tiefen Atemzug die Schläfrigkeit auszutreiben und lehnte ihren Kopf zurück, wobei er auf Nikolas' Schulter landete. Dieser drehte seinen Kopf langsam zu ihr und sah sie tiefsinnig an. Seine Lippen waren den ihren so nah, dass sie sich fast berührten.

»Mach dir keine Sorgen«, flüsterte er. »Es wird alles gut.«

Lucy lächelte. Sie hatte sich schon daran gewöhnt, dass Nikolas einfach jeden ihrer Gedanken kannte. Sie schaffte es nicht immer, eine mentale Mauer aufzubauen, um *geheim* zu denken. So wie er. Jetzt, wo sie darüber nachdachte, fiel ihr auch auf, dass es in seinem Kopf eigenartig still in den letzten Stunden war. Sie runzelte die Stirn und sah ihm in die Augen. »Hast du wieder auf stumm gestellt?« Es war erstaunlich, dass es für sie schon so normal geworden war, Gedanken zu hören. So normal, dass es sie irritierte, wenn es mal still in ihrem Kopf war.

Jetzt lachte er leise. »Ich will dich mit meinen Gedanken nicht stören«, flüsterte er. »Du bist auch so schon erschöpft genug.«

Ja, damit hatte er recht. Sie fühlte sich ausgelaugt und müde. Es war wohl für sie anstrengender gewesen, als sie gedacht hatte, Miriam die Wahrheit zu sagen. Aber trotzdem hatte sie das Gefühl, dass Nikolas seine Gedanken noch aus einem anderen Grund verbarg. Sie spürte nach, ob sie in seinen Gefühlen einen Hinweis auf seine Gedanken finden konnte, aber bemerkte schnell, dass er auch dort eine Mauer aufgebaut hatte. Langsam wurde sie misstrauisch. Doch gerade als sie ihn mit Fragen löchern wollte, kam ein wildes Geplapper von Gedanken aus seinem Kopf, die sich hauptsächlich um Weihnachten, seinen neuen Beruf als Lehrer und Hilar drehten. Lucy machte ein entschuldigendes Gesicht. Über die Lehrersache hatten sie noch gar nicht gesprochen, seit Miriam und Hilar wieder gegangen waren.

Nikolas lächelte und sah nachdenklich ins Kaminfeuer. »Die

Idee ist gar nicht so schlecht«, sagte er. »Ich muss mich ja irgendwie in diese Gesellschaft einfügen. Und zu unterrichten, würde mir sogar gefallen.«

Lucy setzte sich nun auf und sah ihn erfreut an. Sie spürte, dass er damit nur von irgendeinem anderen Thema ablenken wollte. Aber zu ihrem Verdruss funktionierte es. »Wirklich? Wäre das etwas für dich?« Lucy hatte immer noch Schuldgefühle, weil er ihretwegen so weit von seiner Heimat weg war. Und nach allem, was er in dieser Welt durchgemacht hatte, wollte sie alles tun, damit er sich hier wohlfühlte.

Er nickte und streichelte ihr sanft über die Wange. »Und mach dir darum bitte keine Gedanken mehr. Es war meine Entscheidung, zu dir zurück zu kommen. Und ich bereue sie nicht.«

Lucy ließ erleichtert die Schultern sinken. Doch dann bohrte sie weiter, um vielleicht doch noch einen Gedankenfetzen hinter seiner mentalen Mauer hervor zu holen. »Musst du deinem König eigentlich zwischendurch Bericht erstatten?«, fragte sie. »Wie mache ich mich so?«

Nikolas lachte.

Und Lucy bohrte weiter. »War Hilar deswegen hier?«, fragte sie. »Sollte er für Quidea einen Bericht von dir einholen?«

»Erstens«, sagte er dann, »du machst dich verhältnismäßig gut. Jeder andere hätte womöglich schon weit größere Katastrophen ausgelöst als du.«

»Naja«, warf Lucy ein, »da wäre ich mir nicht so sicher.« Dabei dachte sie an das U-Bahnnetz, das vor kurzem ihretwegen ausgefallen war. Alle Bahnen waren plötzlich liegen geblieben.

»Zweitens«, sagte Nikolas und überging damit bewusst ihre Zweifel, »vertraut Quidea dir. Ob du es glaubst oder nicht.«

Lucy hob die Augenbrauen. Sie konnte es zwar wirklich nicht glauben, aber sie beließ es erst mal dabei. »Na schön«, seufzte sie.

»Aber von der Sache, die du mir verschweigst, wirst du mir noch erzählen, oder?« Dabei sah sie ihn bittend an.

Er lächelte nickend. »Du wirst es erfahren, Lucy. Schon bald. Vertrau mir.«

»Okay«, seufzte sie resignierend. Er lehnte sich wieder zurück und zog Lucy an sich heran. Sie kuschelte sich seufzend in seine Arme. Sie hatte kein Problem damit, ihm zu vertrauen. Es mochte verrückt sein und in Miriams Augen auch leichtsinnig, aber Lucy fühlte sich Nikolas so vertraut und verbunden wie niemandem sonst auf dieser Welt. Obwohl sie ihn noch nicht lange kannte. Und obwohl er aus einer fremden Welt kam, von der sie leider noch nicht sehr viel gesehen hatte und von der sie kaum etwas wusste. Es war verrückt, ja. Aber vielleicht vertraute sie ihm gerade deswegen. Weil er aus einer Welt kam, die so ganz anders war als diese. Als sie über Lumenia nachdachte, fiel ihr Alea wieder ein. »Was glaubst du, was Alea noch alles mit dem Haus angestellt hat?«, fragte sie. Sie war immer noch erstaunt über den Schutzbann, der das Haus offenbar vor Eindringlingen und Feinden schützte.

Nikolas lachte leise. »Ich werde sie bei Gelegenheit fragen. Mich interessiert viel mehr, was Paco mit dem Auto gemacht hat. Bisher konnte ich noch keine Programme daran entdecken.«

»Vielleicht hat er es ja auch gar nicht programmiert, sondern es einfach so gelassen wie es war«, sinnierte Lucy.

Wieder lachte Nikolas. »Du kennst Paco nicht. Er hat Alea mit all ihren Programmen, die sie in dieses Haus gesteckt hat, mit Sicherheit übertreffen wollen. Das da draußen sieht vielleicht aus wie ein Auto, aber ich bin mir sicher, dass es von den Programmen her nicht mehr viel mit einem Auto gemein hat.«

Lucy sah ihn amüsiert an. »Ich wollte schon immer mal einen Transformer haben«, scherzte sie und lachte.

Dann gab Nikolas ihr einen neckenden Kuss auf die Nase und

sie sah seinem Blick an, dass er so etwas tatsächlich vermutete. Doch für heute war es genug. Sie war erschöpft und müde. Die letzten Wochen waren sehr anstrengend für sie gewesen. Ganz besonders seit Nikolas wieder da war. Denn er forderte jeden Tag von ihr, ihre Gedanken und Gefühle zu trainieren, damit sie nicht die Kontrolle darüber verlor. Dadurch war sie in einem Zustand ständiger Anspannung. Das war sie zwar vorher auch gewesen, doch das tägliche Training belastete sie noch zusätzlich. Obwohl sie sagen musste, dass es offenbar funktionierte. Ihre Ausrutscher hatten seit Nikolas' Rückkehr etwas nachgelassen. Und durch das Training fühlte sie sich auch etwas sicherer im Umgang mit ihren Gefühlen. Obwohl es anstrengend war, spürte sie, dass es genau das war, was sie brauchte. Training. Anleitung. Hilfe. Und sie war dankbar, dass Nikolas ihr bei alldem zur Seite stand. Doch für heute hatte sie wirklich genug.

»Gehen wir schlafen«, sagte Nikolas sanft. Er legte ihre Arme um seinen Hals, hob sie sanft hoch und trug sie aus dem Wohnzimmer. Ihr Kopf lag schwer auf seiner Schulter. Als er sie die große Treppe hinauf trug, seufzte sie erschöpft und sagte leise: »Danke, Niko.«

Sie spürte sein Lächeln. Sie spürte es in ihrem ganzen Körper. Ihre Empathie wurde immer stärker. Es war die erste Fähigkeit, die sich im Sommer bei ihr gezeigt hatte. Und jetzt war sie die am stärksten ausgeprägte. Sie spürte sogar ein zaghaftes Gefühl durch seine Mauer dringen. Sie fühlte, dass er Angst hatte, nicht genug tun zu können. Dieses Gefühl ließ sie wieder etwas munter werden. Sie sah ihn an. »Ich werde den Planeten schon nicht in die Luft sprengen«, versicherte sie ihm.

Er lachte, ging mit ihr ins Schlafzimmer und legte sie sanft aufs Bett. Dann deckte er sie zu. Sie sah ihm dabei in sein besorgtes Gesicht. Doch sie war zu müde, um nach dem Grund seiner Sorge zu fragen. Sie sah ihn nur an, strich mit einer Hand das lockige

Haar aus seiner Stirn, berührte sein Gesicht und sah in seine hellblauen Augen. Sie konnte immer noch nicht glauben, dass das alles wirklich passierte. Die fremde Welt, aus der er stammte, das Haus, das von seiner Kollegin programmiert worden war, Hilar, der vorhin wie aus dem Nichts in ihrem Wohnzimmer aufgetaucht war. Diese ganze verrückte Geschichte. Manchmal, so wie jetzt gerade, hatte sie immer noch das Gefühl, das alles nur zu träumen und im nächsten Moment aufzuwachen und zu erkennen, dass sie ihr altes Leben nie hinter sich gelassen hatte. Die Erinnerungen an ihr leidvolles Dasein waren immer noch so tief in ihr verankert, dass all das, was gerade geschah, irgendwie unwirklich erschien. Dieses traumhafte Haus, der Mann an ihrer Seite, ihr gesunder Körper. Ja, es war wie ein Traum. Es war kein Wunder, dass Miriam all diese Informationen so aus der Bahn geworfen hatten. Es war einfach zu schön, um wahr zu sein. Oder viel zu verrückt.

Er gab ihr einen sanften Kuss und versuchte, sie mit einem Gefühl der Gelassenheit und innerem Frieden zu beruhigen. Er wusste, dass sie diese Gefühle deutlich spüren konnte. »Ich weiß, Lucy«, sagte er leise.

Ja, er wusste immer, was in ihr vor sich ging. Und er wusste auch sonst immer alles. In seinen Augen sah sie ein Wissen, dass sie manchmal erschaudern ließ. So viele Informationen und so viel mehr, was er ihr vorenthielt, um sie nicht zu überfordern oder zu beunruhigen. Sie wusste nicht einmal einen Bruchteil von alldem, was da in Nikolas' Kopf vor sich ging. Das spürte sie gerade bis ins Mark. Sie sah ihm lange in die Augen und wartete darauf, dass er noch etwas sagen würde. Irgendetwas. Aber er schwieg. Er schwieg schon seit zwei Wochen. Seit er wieder da war.

Im Grunde, dachte sie, gab er ihr sehr viele Gründe, ihm *nicht* zu vertrauen. So viele. Doch gleichzeitig tat er auch so viele Dinge, die ihr Vertrauen in ihn stärkten. Es war irritierend. Einerseits beschützte er sie, half ihr, mit ihren Fähigkeiten umzugehen, war jederzeit für sie da – und andererseits sah sie in seinen Augen so viele Geheimnisse. Und sie ließen sie manchmal erschaudern. Meistens wandte sie dann den Blick von ihm ab. Denn in solchen Momenten spürte sie leise Zweifel in sich aufkommen. Zweifel, die sie nicht spüren wollte. Doch heute hatte Miriam diese Zweifel so laut ausgesprochen, dass es Lucy auf einmal schwer fiel, sie zu verdrängen. »Die Dinge, die du mir verschweigst«, sagte sie jetzt, »sind die wirklich so schlimm, dass ich nicht damit umgehen könnte?«

Er wich ihrem Blick aus und seufzte.

»Nik.« Lucy griff in sein Hemd und brachte ihn damit dazu, sie wieder anzusehen. »Bitte.«

Er sah sie lange an. Sehr lange. Und sehr nachdenklich. Er wirkte fast ein wenig gequält. »Lucy, ich sagte dir doch, dass es Gründe hat, wenn ich dir etwas nicht erzähle.«

»Natürlich hat es Gründe«, entgegnete sie. »Ich weiß, dass wir vorsichtig mit meinen Emotionen sein müssen. Aber was kann denn nach allem, was wir im Sommer erlebt haben, noch so schlimm sein? Denkst du, ich lasse das Haus einstürzen oder den Mond auf die Erde fallen, wenn du dich mir ein bisschen mehr öffnest?«

Er schmunzelte. »Nicht den Mond«, sagte er dann neckisch. »Aber vielleicht ein paar Satelliten.« Dabei lachte er.

Lucy musste ebenfalls lachen. Er spielte auf die Tatsache an, dass sie im Sommer offenbar die Satelliten hatte ausfallen lassen. Doch sie konnte das immer noch nicht glauben und war sich sicher, dass das nur ein Zufall gewesen sein konnte. »Ich meine es ernst, Nik«, sagte sie dann wieder etwas ernster.

»Ich weiß«, entgegnete Nikolas und strich ihr dabei sanft über das Gesicht. »Aber du machst dir keine Vorstellung davon, wie massiv die Auswirkungen deiner Emotionen sind. Solange du sie nicht vollständig unter Kontrolle hast, kann ich dich nicht mit

Dingen belasten, die dich emotional aus der Bahn werfen könnten.«

Sie seufzte. Er sagte ihr dasselbe wie schon seit zwei Wochen. Sie kam einfach nicht weiter. Sie vertraute ihm, ja. Aber andererseits war er ein einziges, wandelndes Geheimnis. In seinen Blicken sah sie so oft Dinge, die sie nicht deuten konnte. Dinge, die er bewusst vor ihr verbarg. Und ein kleiner, leiser Gedanke kam in ihr auf, den sie sofort wieder abzuschütteln versuchte. Der Gedanke, dass Miriam vielleicht recht hatte. Sie kannte Nikolas nicht wirklich. Sie wusste eigentlich kaum etwas über ihn oder die Welt, aus der er kam. Sie wusste, dass er ein guter Mensch war und er ihr nie etwas antun würde. Da war sie sich absolut sicher. Aber so sehr sie ihn auch liebte, war er doch immer noch ein rätselhafter Fremder aus einer mysteriösen, fremden Welt.

5

GEHILFE

Die Sonne war noch nicht aufgegangen, da packte Philipp bereits seine Koffer. Er legte noch eine Waffe zwischen die Klamotten, ein paar Landkarten und mehrere Prepaid-Handys. Und dann holte er seine Jacke.

Seine Frau war aufgebracht. Schon seit einer Stunde diskutierte sie mit ihm über diese Mission. Sie hatte sich ebenfalls bereits angezogen und holte nun ihre Jacke.

»Du bleibst hier!«, sagte Philipp wütend und wollte ihr die Jacke wieder aus der Hand nehmen.

Luisa entriss sie ihm. »Ich komme mit!«, entgegnete sie wütend.

»Ich habe dir schon hundert Mal erklärt, dass es gefährlich werden könnte!«, rief er.

»Ich bin schon in etlichen gefährlichen Situationen gewesen!«, entgegnete sie. Schließlich war sie Journalistin. Musste sie ihn etwa daran erinnern?

»Das ist etwas Anderes!«

»Nur weil er Lumenier ist?«, sagte sie höhnisch und schlüpfte in ihre Jacke. Dabei sah sie ihn stur an.

Er sah sie fassungslos an. »War die Frage jetzt etwa ernst gemeint?«, entgegnete er. »Du weißt doch genau, was vor einem halben Jahr passiert ist. Ich habe dir alles haarklein erzählt. Denkst du, das ist ein Scherz gewesen? Vom Militär verfolgt zu werden, ist nicht witzig! Und ja, Lumenier *sind* gefährlich!«

»Du hast gesagt, es war nicht das Militär«, widersprach sie ihm und packte ihr Handy und ihre Schlüssel in ihre Handtasche.

»Nein, schlimmer!«, schimpfte er. »Marius hat Leute aus dem Militär heimlich *rekrutiert*. Und er hat sich dafür die übelste Sorte Menschen ausgesucht. Männer, die keinerlei Werte vertreten und überaus gern auf Menschen schießen. Sogar Leute, denen ihr Rang aberkannt wurde, die rausgeschmissen wurden, Söldner!«, rief er aufgebracht.

»Er hat auch *dich* ausgewählt«, sagte sie dann unbeeindruckt.

Er sah sie bedrückt an. »Ich war damals ebenfalls ziemlich übel drauf«, gestand er.

Sie seufzte, als sie ihre Handtasche zu machte. Dann sah sie auf und blickte ihm liebevoll ins Gesicht. »Ich weiß«, erwiderte sie verständnisvoll. »Du warst wütend auf die ganze Welt. Auf Gott und das Universum. Weil ich im Sterben gelegen habe.«

Er senkte den Blick. Er konnte sich noch genau an das Gefühl der Leere erinnern, das ihn zerfressen hatte. »Ich habe Dinge getan, auf die ich nicht stolz bin«, sagte er zu ihr. »Marius hat ein Talent dafür, kaputte Menschen anzulocken und sie für seine Zwecke zu benutzen.«

»Aber du hast seitdem nichts mehr von ihm gehört«, erinnerte sie ihn hoffnungsvoll.

»Das heißt *gar nichts*«, sagte Philipp. »Es ist gut möglich, dass Nikolas in Schwierigkeiten steckt, weil Marius wieder da ist und Jagd auf ihn und das Mädchen macht. Und wenn dem so ist, dann ist diese Reise zu gefährlich, Luisa.«

»Aber du weißt es nicht«, beharrte sie. »Du weißt nicht, warum er angerufen und dich um Hilfe gebeten hat.«

»Nein«, seufzte er. Er wusste nicht, warum Nikolas ihn letzte Nacht aus heiterem Himmel angerufen hatte. Er wusste gar nichts. Er hatte einfach nur reagiert, als Nikolas das Wort »Hilfe« ausgesprochen hatte. Und er hatte sofort zugesagt, durch das ganze Land zu reisen und ihm zur Seite zu stehen. Er schuldete ihm so viel. Mehr, als er ihm jemals zurückgeben konnte. »Er braucht mich für irgendetwas«, sagte Philipp dann zu seiner Frau. »Und da ich nicht weiß wofür, weiß ich auch nicht, wie gefährlich es werden kann. Also tu mir den Gefallen und bleib bitte hier«, bat er sie.

Sie sah ihn lange an. Doch dann sagte sie mit fester Stimme: »Nein.«

Er stöhnte und verdrehte die Augen. »Warum bist du nur so stur?«

»Weil ich schon immer so war!«, schimpfte sie. »Du hättest mich nicht heiraten sollen, wenn dir das nicht gefällt. Ich komme mit! Basta! Du kannst mir nicht die Möglichkeit verwehren, mich bei ihm zu bedanken. Er hat mir das Leben gerettet, Phil!«

Er seufzte. »Ich weiß«, sagte er und umfasste dabei ihre Schultern. Dabei sah er ihr tief in die Augen. »Und ich werde ihm dafür ewig Dank schulden. Nur deswegen mache ich das hier. Er hat mir das zurück gegeben, was mir am wichtigsten ist. Und das will ich nicht aufs Spiel setzen, verstehst du?«

Sie sah ihn mitfühlend an. Sie konnte ihn zutiefst verstehen. Er hatte Angst, sie zu verlieren. Denn er hatte sie schon einmal fast verloren. Doch sie musste Nikolas sehen. Es ging nicht anders. »Phil«, sagte sie sanft, »glaub mir, ich weiß, was in dir vorgeht. Aber ich muss zu ihm. Ich *muss*. Bitte.«

»Luisa«, schnaubte er. »Was ist daran so wichtig? Ich kann ihm doch ausrichten, wie dankbar du bist.«

»Nein, Phil!« Jetzt wurde sie so wütend, dass sie ihn anschrie. »Ich muss ihn sehen!«

»Warum??«, schrie er zurück und ließ sie jetzt los.

»Weil er etwas mit mir gemacht hat!«

Er erschrak kurz und sah sie dann stumm an. Und für einen kurzen Moment kamen die alten Warnungen von Marius in ihm auf. Die Warnungen darüber, wie gefährlich Lumenier waren. Er befürchtete, dass Nikolas ihr womöglich etwas angetan hatte, als er damals kurz den Raum im Krankenhaus verlassen hatte. Hatte er sich etwa in ihm getäuscht?

»Nein, du Hammel!«, sagte Luisa jetzt. »Er hat mir nichts *angetan*. Er hat mich geheilt. Aber es ist noch etwas Anderes passiert.«

Er blickte sie erschrocken an. Seine Augen waren so weit aufgerissen, dass der kühle Luftzug, der durch das geöffnete Fenster kam, darin brannte. »Hast du gerade...«, raunte er. Er wollte es nicht aussprechen. Er konnte nicht.

»Ja«, sagte sie leise. »Ich höre deine Gedanken.«

Ihm entgleisten die Gesichtszüge.

»Seit Nikolas bei mir gewesen ist, sind seltsame Dinge mit mir passiert. Ich höre Gedanken«, berichtete sie vorsichtig und wartete einen Moment ab, um zu sehen, wie ihr Mann darauf reagierte. »Und ich nehme Gefühle von anderen Menschen wahr«, fuhr sie dann fort. »Ich sehe auch manchmal zukünftige Ereignisse. Nichts Weltbewegendes. Aber kleine Situationen im Alltag sehe ich Stunden vorher in meinem Kopf passieren. Außerdem«, sie holte tief Luft, »reagieren Gegenstände auf mich. Wenn ich in der Dusche nach der Shampooflasche greife, fällt sie mir entgegen. Oder manchmal«, sie seufzte, weil ihr Mann sie immer noch mit aufgerissenen Augen ansah, »geht der Fernseher aus, bevor ich den Knopf drücke. Oder die Tür schließt sich ab, bevor ich den Schlüssel berühre. Das Auto springt an, noch bevor ich den Zündschlüssel drehe.« Sie holte tief Luft. »Ich muss mit ihm darüber reden«, sagte sie dann.

Er starrte sie immer noch an. Doch langsam gesellte sich zu seinem Schrecken noch ein anderes Gefühl. Wut. Was zum Teufel hatte Nikolas mit ihr gemacht? Was hatte er ihr angetan? Und was bezweckte er damit?

»Er bezweckt wahrscheinlich *gar nichts* damit«, antwortete sie auf seine Gedanken. »Es ist vielleicht nur eine Nebenwirkung von dieser Energie, mit der er mich geheilt hat.«

Doch Philipp blieb skeptisch. Marius' Warnungen wiederholten sich permanent in seinem Kopf. Was, wenn Nikolas sie absichtlich verändert hatte? Weil er irgendeinen perfiden Plan verfolgte?

»Jetzt werd' bitte nicht paranoid«, sagte Luisa.

»Warum hast du mir nichts davon erzählt?«, fragte Philipp sie. »Die ganzen Monate liest du schon meine Gedanken und sagst einfach nichts??«

»Ich wollte dich nicht erschrecken«, sagte sie mit gesenktem Kopf. »Ich wusste nicht, wie du reagierst. Und wenn ich dich jetzt so ansehe, hätte ich es vielleicht besser lassen sollen.«

Er fasste sich verzweifelt an den Kopf und wischte sich dann durch das Gesicht. Und dabei fragte er sich, was für Gedanken sie wohl all die Monate in seinem Kopf wahrgenommen hatte. Und ob er an irgendetwas gedacht hatte, dass sie womöglich erschreckt hatte.

»Keine Sorge«, sagte sie schmunzelnd. »Da war nichts, das dir unangenehm sein muss.«

»Na wunderbar«, sagte er und ließ sich auf den Stuhl neben der Kommode fallen, um erst einmal tief durchzuatmen. Seine Frau hörte seit sechs Monaten seine Gedanken, nahm fremde Gefühle wahr und beeinflusste Gegenstände mit ihren Gedanken. Sie verwandelte sich gerade in eine Lumenierin. Und er hatte keine Ahnung, wie er das verhindern konnte. Oder warum es überhaupt passierte. Seine Wut auf Nikolas stieg immer mehr an.

»Warum denkst du, dass das etwas Negatives ist?«, fragte sie ihn jetzt. »Vielleicht ist es ja etwas Gutes, wie diese Lumenier zu sein. Ich will nur von ihm wissen, wie ich damit umgehen soll.«

Er sah zu ihr auf. »Warum ich denke, dass es etwas Negatives ist?« Jetzt stand er wieder auf. »Weil ich dachte, dass er dich völlig selbstlos und aus reinem Mitgefühl geheilt hat! Aber offenbar hat er etwas damit bezweckt. Sonst hätte er dich nämlich nur geheilt. Und dir nicht auch noch Lumenische Fähigkeiten einverleibt.«

Sie sah ihn verzweifelt an. »Ich hätte es dir nicht erzählen sollen. Ich glaube, du siehst das völlig falsch.«

»Ach ja?«, rief er wütend. »Marius hat mich immer wieder vor diesen Lumeniern gewarnt! Du kannst dir nicht vorstellen, welche Macht sie besitzen! Nikolas hat in diesem Parkhaus meinen Körper derart manipuliert, dass ich mich nicht mehr bewegen konnte. Und er hat mich dabei nicht einmal angefasst!«

Sie seufzte. »Ich weiß. Davon hast du in den ersten Wochen ständig geträumt.«

Jetzt hob er verzweifelt die Arme und lief vor ihr auf und ab. »Herr Gott noch mal, ich habe ihn die ganze Zeit für einen Heiligen gehalten!«

»Vielleicht ist er das ja auch«, entgegnete sie.

»Und wenn nicht? Wenn Marius recht hatte?«, rief Philipp.

Sie schnaubte verächtlich. »Marius. Der verrückte Typ, der die irren, mordlustigen Söldner rekrutiert hat. Na klar«, spottete sie.

»Marius ist wahnsinnig, ja«, gab er zu. »Aber in manchen Dingen hat er vielleicht recht gehabt. Wir wissen schließlich nichts über diese Lumenier! Ich weiß nur, dass keiner so viel Macht besitzen sollte.« Er dachte sofort an den blau uniformierten Lumenier, der damals die ganze Stadt erschüttert hatte.

»Nur weil jemand so viel Macht besitzt, heißt das nicht, dass er sie für etwas Negatives einsetzt«, entgegnete Luisa. »Und jetzt beruhige dich endlich. Wir können ganz leicht herausfinden, ob Nikolas irgendeinen Plan verfolgt. Und zwar, indem du mich mitnimmst. Dann lese ich seine Gedanken und finde heraus, was in ihm vorgeht.«

Er stutzte. Diese Idee war gar nicht so schlecht. So konnten sie womöglich wirklich etwas herausfinden. Und außerdem konnten sie dadurch vielleicht auch mehr über Lumenia erfahren. Seit er Nikolas begegnet war, geisterte ihm diese fremde Welt durch den Kopf und ließ ihn nicht mehr los.

Luisa sah ihn zufrieden an. »Also abgemacht. Ich komme mit.« Glücklich schritt sie zur Tür.

Philipp nahm seine Koffer. »Aber sobald es gefährlich wird...«

»...bringe ich mich in Sicherheit«, beendete sie seinen Satz. »Versprochen. Außerdem kann ich Stunden vorher sehen, ob etwas Schlimmes passieren wird.«

Damit hatte sie ihn nun endgültig überzeugt. Er hielt ihr die Tür auf und ging mit ihr zum Auto. Es würde eine lange Fahrt werden. Er hatte also noch viel Zeit, um sich zu überlegen, wie er Nikolas gegenüber treten sollte. Und wie er mit Luisas Hilfe in Erfahrung bringen konnte, was er im Schilde führte. Und ob er wirklich der Heilige war, für den er ihn hielt.

6

Abschied

Hilar packte gerade ein paar Klamotten achtlos und ohne jede Ordnung in eine große Reisetasche, als es an der Tür klopfte.

»Komm 'rein, Paco.«

Sein Freund betrat zögerlich den Raum und beobachtete Hilar einen Moment lang dabei, wie er durch das Zimmer fegte und hier und da einige Dinge einsammelte, um sie ebenfalls in der Reisetasche zu verstauen.

»Wie lange wirst du bleiben?«, fragte er leise. Paco hatte durch Alea von Hilars Reise erfahren. Und diese wusste es von König Quidea, der Hilar mit einem langen Gespräch und einigen persönlichen Utensilien auf den Aufenthalt in der anderen Welt vorbereitet hatte. Das alles hatte in der vergangenen Nacht stattgefunden und Paco war etwas gekränkt, dass er die Neuigkeit nicht von Hilar selbst erfahren hatte. Obwohl er schon gestern gespürt hatte, dass eine Veränderung anstand.

»Keine Ahnung. So lange, bis sich das Drama dort gelegt hat, schätze ich.«

Paco setzte sich seufzend auf einen Stuhl und beobachtete ihn weiter. »Die Menschen und ihre Dramen«, flüsterte er zu sich selbst und schüttelte mit dem Kopf.

»Die werde ich ihnen schon austreiben«, lachte Hilar unbeeindruckt. Beinahe hätte er erwähnt, dass Paco ebenfalls ein sehr pikantes Drama sein Eigen nannte und sich vielleicht endlich einmal darum kümmern sollte. Aber er verkniff es sich und versuchte, auch nicht zu sehr daran zu denken.

Aber Paco hatte seine Gefühlsregung bereits aufgeschnappt. Er sah ihn ernst an. »Ich habe dieses Drama nicht erschaffen«, entgegnete Paco.

Hilar seufzte. »Nein, aber du machst es zu einem, indem du zulässt, dass es dich kontrolliert.«

Paco kam näher und stellte sich vor ihm auf. Die Morgensonne, die durch das Fenster in den Raum fiel, schien ihn direkt an und ließ ihn aussehen, wie einen leuchtenden, grün uniformierten Engel. »Ich werde dich an deine Worte erinnern, wenn du deine Seelengefährtin gefunden hast. Bis dahin hast du keine Ahnung, wie das ist, wenn sie einem auf die hinterhältigste Weise weg genommen wird!«

Hilar sah ihn einen Moment lang an und legte dann eine Hand auf seine Schulter. »Ich verstehe dich doch, Alter«, versicherte er ihm. »Aber ich will nicht, dass du an ihr zerbrichst, verstehst du?«

Paco senkte den Kopf und machte ein gequältes Gesicht. Dieses Drama quälte ihn schon sehr lange. Und es war auch der Grund, warum er sich damals vor dem Ältestenrat hatte verantworten müssen. Damals war er total durchgedreht und hatte einen blauen Gardisten angegriffen. Nikolas hatte ihn damals aus der Situation geboxt.

»Kann ich dich überhaupt allein lassen? Oder muss ich Angst haben, dass du den Kerl umbringst, wenn niemand da ist, der dich aufhält?«, fragte Hilar.

Als Paco den Kopf hob, erschrak Hilar. In seinem Gesicht zeichnete sich nicht nur Wut, sondern auch der blanke Hass ab und ein Hauch von Wahnsinn funkelte in seinen Augen. Dann packte Hilar ihn am Kragen und durchbohrte ihn mit einem warnenden Blick. »Reiß dich zusammen, Paco! Du weißt, was diese Emotionen anrichten können! Hast du vergessen, was Nikolas passiert ist, als er die Kontrolle darüber verloren hat?«

Paco riss sich von ihm los und schrie ihn so wütend an, dass der Hall seiner Stimme durch den Flur hinter ihm gellte. »Du weißt, was er ihr angetan hat!!«

»Und du weißt, was passiert, wenn du so weitermachst!«, schrie Hilar zurück. »Hass erzeugt neuen Hass! Du darfst dich nicht so gehenlassen. Willst du so enden, wie die Menschen in der Gegenwelt?«

Bei seinen letzten Worten war Paco zusammengezuckt und sah ihn nun erschrocken an. Diese Worte konnten *jeden* Lumenier abschrecken. Niemand wollte so enden wie diese Menschen. Die Menschen, die sich vom Hass, von der Wut und der Angst hatten überwältigen lassen und nun die Opfer ihrer eigenen Gefühle waren. Sie hatten die Kontrolle verloren und wussten jetzt nicht mehr, wie sie sie zurückerlangen konnten. Nein, so wollte er nicht enden. Ganz sicher nicht.

»Es ist«, seine Stimme klang jetzt dünn und schwach und Hilar spürte, dass er mit den Tränen kämpfte, »nur so schwer. Es wird von Tag zu Tag schlimmer, anstatt besser.«

Hilar sah ihn besorgt an und überlegte, was er tun sollte. Er konnte Nikolas jetzt nicht im Stich lassen und einfach hier bleiben, um auf Paco aufzupassen. Andererseits wollte er dieses Häufchen Elend auch nicht sich selbst überlassen.

»Geh ruhig«, sagte Paco jetzt. »Nikolas braucht dich. Ich komme schon klar.«

»Ich glaub' dir kein Wort, Mann! Du machst nur wieder irgendeinen Blödsinn, aus dem wir dich dann heraus boxen müssen.«

In diesem Moment erklang eine hohe, sanfte Stimme in ihren Köpfen. Alea stand plötzlich in der Tür und lehnte lässig und mit verschränkten Armen am Türrahmen. *Ich passe schon auf*, dachte sie so deutlich, dass es nicht zu überhören war. Dabei sah sie Paco streng an. »Und jetzt wird es langsam Zeit. Nikolas wartet. Und Miriam auch.«

Hilar sah sie überrascht an und Alea lächelte amüsiert. »Denkst du, es ist mir entgangen, dass sie dir pausenlos im Kopf herum schwirrt? Sie braucht deine Hilfe. Komm schon.«

Hilar zog rasch den Reißverschluss der Tasche zu und folgte Alea. Paco ging mit ihnen.

»Dass du mir keinen Blödsinn machst, klar?«, warnte Hilar noch einmal. »Sonst komme ich zurück und prügele dich windelweich!«

Paco lachte stumm und sah ihn amüsiert an. »Das will ich sehen.«

Hilar kicherte. »Leg' es nicht drauf an.«

»Grüß Lucy bitte von mir, ja?«, sagte Alea plötzlich und beendete damit ihr Gebalge.

Dann verließen sie das Gebäude und betraten den Park direkt hinter dem Gardezentrum in dessen Mitte ein großer, schneeweißer Brunnen stand. Die Wasserfontäne schoss mindestens fünf Meter in die Höhe und das Wasser prasselte verspielt auf einige geflügelte Fischfiguren, die aus dem Becken ragten und ebenfalls Wasser spien. Vor dem Brunnen stand Quidea in seinen altbekannten, lässigen Kleidern und winkte die drei väterlich lächelnd zu sich. In seiner Hand hielt er einen Portalschlüssel. Als Hilar dirckt vor ihm stand, reichte Quidea ihm einige Geldscheine, die mit einem dicken Gummi zusammengehalten wurden.

»Heute Abend geht es los. Du solltest etwas partygerechtes tragen. Kauf dir davon etwas, in Ordnung?«

Hilar nahm das Geld und steckte es sich in die Brusttasche. Dann nickte er mit ernstem Gesicht. Sie wussten immer noch nicht, was auf der Weihnachtsfeier heute Abend passieren würde. Aber sie spürten alle, dass einschneidende Ereignisse auf sie warteten.

Auf sie alle. Nikolas hatte es zuerst gespürt. Und Quidea hatte es heute Nacht bestätigt. Dann war alles ganz schnell gegangen. Quidea hatte ihn – genauso wie Nikolas – darum gebeten, Miriam im Auge zu behalten. Sie war eng mit Lucy verbunden. Wenn ihr etwas passierte, würde sich das sofort auf Lucy auswirken. Sie mussten alle möglichen Katastrophen, die Lucy aus der Bahn werfen konnten, aus dem Weg räumen. Denn sie wussten nicht, wie stark sich Lucys Emotionen sonst auf ihre Umwelt auswirken würden. Sie passten schon seit Monaten auf sie auf. Doch jetzt wurde die Lage langsam kritisch.

»Halte Lucy aus der Sache möglichst raus. Sie wird es in nächster Zeit schwer genug haben«, sagte Quidea.

»Ich werde mein Bestes tun«, entgegnete Hilar nickend.

»Dessen bin ich mir sicher. Und Paco?« Quidea sah Paco nun an und senkte dabei den Kopf, so dass sein Blick erschreckend mahnend wirkte.

Paco hielt die Luft an und nickte. Ihm war klar, dass Quidea schon längst mitbekommen hatte, was in ihm vorging. »Habe verstanden.«

»Gut, dann wäre jetzt alles geklärt. Mach dich auf den Weg, Hilar«, sagte der König, gab ihm den Portalschlüssel und trat mit den anderen ein Stück beiseite. »Viel Glück!«

Hilar zögerte nicht lange. Er zwinkerte seinen Freunden noch einmal fröhlich zu, strich dann mit dem Daumen über den Kristall und hielt ihn über das Becken. In diesem Moment trat ein gleißendes Licht aus dem Schlüssel, das wie ein Wasserfall in den Brunnen tauchte, Hilar dabei vollkommen einhüllte und mit ihm im Nichts verschwand.

7

ahnung

Lucy hatte bereits Kaffee gekocht und stand nun geistesabwesend vor der Kaffeemaschine. Sie hatte es sich zur Gewohnheit gemacht, zu jeder vollen Stunde – wenn sie daran dachte – ihre Gefühle zu trainieren. Sie wollte sie so positiv wie möglich halten und sich möglichst oft auf Glücksgefühle konzentrieren. Dabei passierten ihr zumindest keine allzu schlimmen Katastrophen. Manchmal drehten zwar auch bei ihren Glücksgefühlen die Geräte durch oder irgendetwas flog durch die Luft, aber es war bei Weitem nicht so schlimm, wie die Reaktion der Umwelt auf ihre negativen Gefühle. Deshalb suchte sie sich jeden Tag ein anderes Glücksgefühl aus. Heute wollte sie das Gefühl von Sorglosigkeit in sich hervorrufen. Sie hatte von Nikolas gelernt, dass man Glücksgefühle ganz grundlos in sich entstehen lassen konnte. Dazu musste man sich nur an sie erinnern. Aber seltsamerweise gelang es ihr nicht. Es schien ihr, als gäbe es dieses Gefühl in ihr gar nicht.

Seltsam, dachte sie. Vor einer Woche hatte sie dieses Gefühl schon einmal völlig grundlos in sich hervorgerufen. Und da hatte es ganz problemlos funktioniert. Warum klappte es *jetzt* nicht? Das Gefühl musste doch irgendwo sein.

Sie goss sich den Kaffee in die dunkelblaue Weihnachtstasse mit den Schneeflocken und ging dann zum Kühlschrank. Als sie die Milch herausholte, hielt sie jedoch inne. Plötzlich entstand genau das gegenteilige Gefühl in ihr. Sorge. So tief und so zermürbend, dass sie mit einem Mal fürchterliche Angst bekam. Sie schnappte nach Luft. Ihr Herz begann zu rasen und mit ihrem rasenden Herzschlag begann auch das Licht im Kühlschrank zu flackern.

Schnell stellte sie die Milchtüte ab, knallte den Kühlschrank zu und lief die Treppe hinauf. Nikolas war noch im Badezimmer, also stieß sie die Tür auf und stolperte in den Raum, in dem sie vor lauter Wasserdampf kaum etwas sehen konnte. In diesem Moment stieg er gerade aus der Dusche und stockte, als er sie mitten im Raum stehen sah. Lucy schnappte nach Luft und ließ ihren Blick langsam über seinen nackten Körper wandern. Und dabei vergaß sie völlig, warum sie eigentlich herein geplatzt war. Ihr Gehirn schaltete sich aus.

Nikolas lachte leise.

Als er nach dem Handtuch griff und es sich um den Bauch wickelte, wanderten ihre Augen weiter auf seine Brust. Dann zwang sie sich, den Blick zu heben, um in seine Augen zu sehen. Als sie bemerkte, wie er sie anlächelte, polterte ihr Herz nur umso schneller los und wieder musste sie tief Luft holen. Nachdem sie sich gezwungen hatte, ihm eine Weile in die Augen zu sehen, fiel ihr dann auch endlich wieder das unangenehme Gefühl ein, das sie in der Küche gespürt hatte und weshalb sie eigentlich auch ins Badezimmer geplatzt war. Also riss sie sich zusammen. »I … irgendetwas stimmt nicht«, stammelte sie und deutete mit dem Zeigefinger auf ihr Herz. »I … ich kann kein Glücksgefühl … erzeugen.«

Nikolas' Gesichtsausdruck wurde ernster. »Was meinst du damit?«

Sie holte noch einmal tief Luft und erklärte ihm dann, dass sie kein Gefühl von Sorglosigkeit in sich entstehen lassen konnte und dass stattdessen Angst in ihr aufstieg. »Es fühlt sich an wie damals«, erklärte sie. »Als Marius mit seinen Leuten aufgetaucht ist. Meine Intuition, weißt du noch?«

Er nickte und trat ein paar Schritte auf sie zu. Dabei fühlte er in sie hinein.

»Aber es fühlt sich ein bisschen anders an«, erklärte sie weiter. Seit Nikolas wieder hier war, bestand er darauf, dass sie offen über ihre Gefühle sprach und sie es ihm sofort sagte, wenn sie etwas Ungewöhnliches bemerkte. Dieser Aufforderung kam sie gern nach. Denn es gab ihr ein Gefühl von Sicherheit, mit jemandem über die seltsamen Vorgänge in ihrem Leben sprechen zu können. »Mehr wie eine Sorge«, berichtete sie. »Oder eine Ahnung, dass etwas Schlimmes passieren wird.«

Als Nikolas in sie hinein spürte und bemerkte, dass es nicht nur ihre eigene Intuition war, sondern auch ein fremdes Gefühl, sah er ihr eindringlich in die Augen und sagte: »Nimm das Gefühl an. Kämpfe nicht dagegen.«

Lucy versuchte, ruhig einzuatmen und das Gefühl zu akzeptieren. Allerdings hatte sie die starke Vermutung, dass es einen Grund für dieses Gefühl gab und dass gerade in diesem Moment irgendetwas passierte. Etwas Schlimmes. »Es ist etwas nicht in Ordnung, glaube ich«, sagte sie mit zittriger Stimme.

Nikolas nahm jetzt ihr Gesicht in seine Hände und schloss die Augen, um ihrem Gefühl nachzuspüren. Er sah sofort Miriam vor sich. Dann öffnete er schnell die Augen und versuchte, sie mit einem Kuss zu beruhigen. »Es ist nicht *dein* Gefühl«, sagte er. »Du musst lernen, die Gefühle anderer von deinen eigenen zu unterscheiden.«

»Von wem ist das Gefühl?«, fragte sie besorgt. »Es ist nicht deins. Das spüre ich genau.«

Nikolas sah sie stumm an. Offenbar hatte sich ihre Fähigkeit nun so stark entwickelt, dass sie selbst die Gefühle von Menschen wahrnehmen konnte, die sich nicht in ihrer unmittelbaren Umgebung befanden. »Von wem auch immer das Gefühl ist, du darfst es nicht zu deinem eigenen machen. Betrachte es mit Distanz«, sagte Nikolas und versuchte, die Bilder in seinem Kopf, die er von Miriam sah, vor ihr zu verstecken. Jedoch konnte er es nicht vermeiden, ein leichtes Gefühl von Angst zu spüren. Angst, dass Lucy mit ihrer besten Freundin abstürzen würde, weil ihre Fähigkeit der Empathie zu stark war. Viel zu stark.

Lucy sah ihn erschrocken an. Sie spürte seine Sorge. »Was ist hier los?«, fragte sie sofort.

»Mach dir bitte keine Sorgen. Vertrau mir.«

Lucy sah ihn eine unendliche Weile an. »Ich vertraue dir ja«, sagte sie dann. »Aber du verschweigst mir etwas und ich will jetzt wissen, warum.«

Er löste sich nun von ihr und seufzte. »Dafür gibt es einen guten Grund, den ich dir aber jetzt noch nicht verraten kann. Es ist wichtig, dass du zuerst lernst, deine eigenen Gefühle von denen anderer zu unterscheiden.«

Lucy runzelte die Stirn. »Ist etwas mit meiner Familie?«

»Nein«, sagte er sofort und strich ihr sanft über die Wange. Es war klar, dass sie sich zuerst um ihre Familie sorgte. Ihr Leid hatte ihr schon immer zu schaffen gemacht. Das hatte er schon erfahren, als er sie im Sommer kennengelernt hatte.

»Mit Miriam? Ist irgendwas mit Miriam??«

»Lucy«, sagte er beruhigend. »Glaub mir, wenn du deine Empathie nicht unter Kontrolle hast, stürzt du in einen Abgrund, aus dem selbst ich dich nicht mehr herausholen kann.«

Sie sah ihn erschrocken an. Seit zwei Wochen trainierte er sie darin, ihre Gefühle zu kontrollieren. Und jetzt schien dieses ganze Training in sich zusammen zu stürzen. Und das nur, weil sie nicht wusste, was ihr Gefühl bedeutete. Ihr Herz raste. Und ihr stieg eine unangenehme Hitze in den Kopf. Adrenalin. Sie kannte dieses Gefühl.

Hinter Nikolas erklang nun ein knarzendes Geräusch. Er drehte sich um und sah, wie die Scheibe der Duschwand riss. Gleichzeitig rissen ein paar Fliesen an der Wand und der Boden begann, leicht zu vibrieren. Er wandte sich sofort wieder zu Lucy um und sah ihr eindringlich in die Augen. »Beruhige dich«, sagte er. »Wäre irgendjemand in akuter Gefahr, würde ich es dir sofort sagen.«

Sie ließ etwas erleichtert die Schultern sinken. Das beruhigte sie tatsächlich etwas. Sie sah die Scheibe an. »Tut mir leid. Die hast du gestern neu gekauft.« Und zwar nur deswegen, weil sie sie vor einer Woche schon einmal zertrümmert hatte, dachte sie weiter. Versehentlich natürlich.

»Nicht so wichtig«, sagte Nikolas. »Ist nur Glas.«

Sie musste kurz lachen. Das sagte er immer, wenn sie schon wieder irgendetwas kaputt gemacht hatte. *Ist nur ein Radio. Ist nur eine Glühbirne. Ist nur ein Fernseher. Ist nur ein Auto.* Ja, auch das hatte sie in den letzten zwei Wochen schon beschädigt. Vor ihr war einfach nichts sicher.

»Wir kriegen das schon in den Griff, Lucy«, sagte er aufheiternd zu ihr. »Keine Sorge.«

Sie seufzte. »Versprichst du, dass du mir sagst, was los ist, wenn ich gelernt habe, die Gefühle zu unterscheiden?«

»Ja. Natürlich«, sagte er.

»Na schön, dann lass uns das jetzt bitte trainieren«, bat sie.

Als er seine Kleider nahm, um sich anzuziehen, verließ Lucy das Badezimmer, um in der Küche auf ihr Training zu warten. Als sie weg war, ging Nikolas hinüber zum Fenster und sah hinaus. Der Riss in den Fließen hatte sich nicht nur bis auf den Boden dieses Raumes gezogen, sondern durch das ganze Haus. Das hatte er gespürt. Und jetzt wo er hinaus sah, bemerkte er, dass er sogar bis auf die Straße hinaus reichte. Ein feiner Riss, der sich einmal quer durch den Asphalt schlängelte. Trotz des Schneematsches konnte er ihn sehen. Er nahm einen tiefen Atemzug, schloss die Augen und legte eine Hand auf den Riss an den Fließen. Dann vibrierte es erneut im Boden und innerhalb von Sekunden verschwand der Riss wieder. Die Fliesen und der Asphalt zogen sich zusammen und verschmolzen wieder miteinander, als sei nie etwas passiert.

Dann sah er hinüber zu dem kleinen Spielplatz im Park. Ein Mann stand dort hinter der kleinen Holzhütte und telefonierte. Er hatte den Riss im Asphalt nicht bemerkt. Und das war auch gut so. Diese Leute sollten nicht allzu viel über Lucys Kräfte erfahren. Nikolas beobachtete ihn einen Moment lang. Er sah anders aus, als der Mann, den er gestern dort drüben gesehen hatte. Aber er bewegte sich – genauso wie der andere – nicht von der Stelle und sah manchmal zum Haus hinüber. Nikolas lachte in sich hinein. »Amateure«, murmelte er, nahm sein Handy und tippte eine Nachricht ein.

Hast du Miriam im Blick?

Bin gleich bei ihr, antwortete Hilar.

Gut, danke dir, tippte er zurück. Bevor Nikolas das Handy ausschaltete, sah er aber noch eine andere Nachricht.

Bin unterwegs, stand da. *Werde pünktlich dort sein. Philipp*

Er atmete tief ein und lächelte zufrieden. Es lief alles nach Plan.

8

FREMDE WELT

»Blöder Mist!«, brummte Hilar, hielt in einer Hand das Handy, das ihm Nikolas gegeben hatte und in der anderen ein knallbuntes T-Shirt. Er hatte keinen blassen Schimmer von den Gebräuchen und Sitten in dieser Welt und schon gar nicht davon, was man hier auf Partys trug. Warum musste er nur immer so tun, als hätte er von allem Ahnung? Er wusste verdammt noch mal *gar nichts* von dieser Welt. Für den Fernsehsender, der den Menschen in Lumenia ab und zu Einblick in die Gegenwelt gab, hatte er sich nie die Bohne interessiert. Warum auch? Lumenia war perfekt. Wieso sollte er sich die kranke Welt ansehen, von der sie sich vor langer Zeit getrennt hatten? Das verschmutzte nur unnötig die positiven Gedanken der Lumenier. Insgeheim war er ein Gegner dieses Fernsehsenders. Aber für diesen speziellen Auftrag hätte er ihm womöglich genützt. Warum hatte er sich letzte Nacht nicht einen ihrer verrückten Filme angesehen? Er war unvorbereitet. Und dafür hätte er sich gerade ohrfeigen können. Er wollte alles richtig machen, für Nikolas da sein und ihm eine große Hilfe bei seinem Plan sein. Und jetzt? Jetzt wusste er nicht einmal, welche Klamotten er kaufen sollte. Und ihm lief die Zeit davon.

Vor ihm, auf der anderen Seite der Kleiderstange, stand eine junge Frau, die sich gleich mehrere T-Shirts über den Arm legte. Sie waren nicht so bunt wie das, was er gerade in der Hand hielt. Vielleicht sollte er sich einen Rat von dieser Einheimischen einholen, dachte er sich. Nicht, dass er sich später auf der Party total blamierte.

»Entschuldigen Sie«, sprach er sie höflich an.

Die Frau sah auf und zuckte kaum wahrnehmbar zusammen, als sie ihn sah. Dann bekam ihr Gesicht ein seltsames Strahlen und ihre Augen weiteten sich. »Ja, bitte?«, flötete sie.

Hilar setzte sein charmantestes Lächeln auf und hob das bunte T-Shirt hoch, um es ihr zu zeigen. »Würden Sie mir bitte kurz helfen?«

Die Frau tänzelte sofort zu ihm hinüber und strahlte ihn fragend an. »Aber gern!«

Hilar stutzte zunächst. Ihre Gefühle verwirrten ihn. Sie strahlte eine Faszination und Begeisterung aus, die ihn fast erröten ließ. Sie himmelte ihn regelrecht an. »Ich habe keine Ahnung, was man hier so auf Partys trägt«, erklärte er und nahm etwas Abstand, da die Frau ihm ziemlich auf die Pelle rückte. Sie war ihm so nah, dass er ihr Parfum riechen konnte. Es war süß. Bonbonsüß.

Sie machte ein überraschtes Gesicht und klimperte verwirrt mit den Augenlidern. Dabei strich sie sich ihr blondes Haar hinters Ohr. »Was meinen Sie mit *hier*?«, fragte sie interessiert. »Woher kommen Sie denn?«

Mist. Was sollte er jetzt sagen?

»Dafür, dass Sie nicht von hier sind, sprechen Sie unsere Sprache aber ziemlich gut«, sagte sie dann anerkennend. »Ich schätze mal«, fuhr sie fort und blickte bewundernd an ihm hinunter, »Norwegen?«

Er sah sie überrascht an.

»Schweden?«, riet sie weiter.

»Äh«, machte er und sah an sich hinunter, da die Frau mit dem Finger auf seine Statur deutete.

»Groß, blond, gutaussehend«, sagte sie flirtend, »ein echter Wikinger, oder?« Dann sah sie ihm wieder in die Augen. »Oder liege ich total daneben?«

Er versuchte, ihren flirtenden Blicken auszuweichen und hob das bunte T-Shirt hoch, um ihre Aufmerksamkeit wieder auf das zu lenken, weshalb er sie angesprochen hatte. Es funktionierte jedoch nicht. Also sagte er nun doch etwas, um sie zufrieden zu stellen: »Total daneben. Sorry.«

»Wirklich?«, rief sie überrascht aus. Doch sie sah das T-Shirt immer noch nicht an. Sie schien mehr Interesse an *ihm* zu haben. »Gib mir einen Tipp«, bat sie.

Er seufzte. Waren eigentlich alle Menschen in dieser Welt so neugierig?

»Ich finde schon heraus, woher du kommst«, fügte sie an und wartete geduldig auf eine Antwort. Dabei blickte sie ihm erwartungsvoll in die blauen Augen, die sie in ihren Gedanken lyrisch als ozeanblaue Edelsteine bezeichnete. Ihre Gefühle wurden dabei immer stürmischer.

Er drehte sich leicht von ihr weg und hängte das T-Shirt wieder an die Kleiderstange. Dabei sagte er: »Das … willst du nicht wissen, glaub mir.« Dann grinste er entschuldigend und hoffte, sie damit endlich los zu sein. Gleichzeitig hoffte er aber auch, sie nicht allzu sehr verärgert zu haben. Er wusste nicht, wie Menschen in dieser Welt reagierten, wenn man ihnen nicht direkt antwortete. Hoffentlich schlug sie ihm jetzt keine ablehnenden oder gar zerstörerischen Gedanken oder Gefühle entgegen. Er sah sie vorsichtig an und war überrascht, als er plötzlich einen Hauch von Angst wahrnehmen konnte. In ihren Gedanken erklang das Wort *Gefängnis*. Irritiert sah er sie an. Was sollte das nun wieder sein? Und warum machte es ihr Angst? »Ich komme nicht aus *Gefängnis*«, entgegnete er rasch, um sie zu beruhigen, vergaß dabei aber dummerweise, dass die Menschen in dieser Welt üblicherweise keine Gedanken lesen konnten.

Die Frau trat mehrere Schritte zurück, wobei sie ihre Augen vor

Erstaunen und Entsetzen immer weiter aufriss.

Hilar biss sich auf die Lippe. *Verdammter Mist*, fluchte er innerlich. Und bevor er noch etwas sagen konnte, stürmte sie schon zur Kasse, um anschließend eilig aus dem Laden zu fliehen.

Das muss ja ein schrecklicher Ort sein, dachte er und zuckte gleichgültig mit den Schultern. Nun ja, zumindest war er sie jetzt los. Bei nächster Gelegenheit würde er Nikolas fragen, was es mit diesem *Gefängnis* auf sich hatte, damit er beim nächsten Mal vorbereitet war. Er musste sich leider eingestehen, dass er im Umgang mit Menschen völlig ahnungslos war.

Er nahm sich jetzt einfach irgendetwas von der Kleiderstange und trug es ebenfalls zur Kasse. Als er vor der Kassiererin stand, drangen erneut Gefühle von Faszination und Begeisterung zu ihm vor. Er sah sie irritiert an und versuchte, in ihren Gedanken zu erfahren, *was* sie so sehr faszinierte, aber er hörte nur wirres Geplapper und Ratlosigkeit über ihre eigenen Gefühle. Dabei betete sie sich selbst vor, dass sie verheiratet war und zwang sich, sich auf die Arbeit zu konzentrieren. Als sie den Preis nannte, zog er einen Hundert-Euro-Schein aus seinem Geldbündel und reichte ihn ihr stirnrunzelnd. Dann sah er sich um und begegnete dem Blick eines Mannes, der hinter ihm in der Schlange stand. Er sah ihn ebenfalls fasziniert an. Nicht so innig wie die Frau, aber dennoch reichte es, dass sein Fluchtinstinkt ihn aus dem Laden drängte. Er nahm das Restgeld, schnappte sich die Tüte und stürmte hinaus.

Während er die Einkaufsmeile entlang ging, fragte er sich, was mit den Menschen in dieser Welt nicht stimmte. Oder stimmte etwas mit *ihm* nicht? Er sah an sich hinunter und konnte nichts Ungewöhnliches erkennen. Er war angezogen wie jeder andere hier. Jeans, Pullover, Jacke. Was also war das Problem? Als er sich umsah, bemerkte er, wie ihn auch die anderen Menschen anstarrten. Allerdings war es kein feindseliges oder entsetztes

Starren. In ihren Blicken erkannte er Überraschung und erneut Faszination. Langsam wurde es ihm wirklich unangenehm. Also kontrollierte er noch einmal seine Kleidung und prüfte, ob sein Hosenstall auch zu war. Alea hatte ihm kurz vor seiner Abreise gesagt, dass ein offener Hosenstall für Gelächter sorgen könnte. Oder für Irritation. Aber mit seiner Hose war alles in Ordnung. Seine Kleidung sah ganz normal aus. Die Gardisten hatten sich wirklich große Mühe gegeben, ihm passende Kleidung für diesen Trip zu erschaffen. Vielleicht lag es an seiner Frisur? Er konnte nirgends eine ähnlich stachelige Stoppelfrisur erkennen, wie er sie gern trug. Konnte eine Frisur die Menschen so sehr faszinieren?

Plötzlich blieb er stehen. Er spürte etwas und horchte aufmerksam in sich hinein. Eine Frau hinter ihm fluchte in Gedanken, weil sie fast in ihn hineingelaufen wäre. Als sie jedoch an ihm vorbeiging und ihn ansah, verrauchte ihre Wut und verwandelte sich in Staunen.

Aber dieses Mal interessierten ihn die Gefühle der Menschen um ihn herum nicht. Ihn interessierte nur ein einziges Gefühl. Es kam direkt von Miriam. Er hatte sich schon gestern Abend, als er und Nikolas diesen Plan ausgeheckt hatten, emotional mit ihr verbunden, so dass er jede Gefühlsregung von ihr wahrnehmen konnte. Jetzt fühlte sie tiefe Verzweiflung und Angst und leider kämpfte sie so sehr gegen diese Gefühle an, dass sie sich damit immer weiter in ein Loch grub, aus dem sie allein nicht mehr herauskommen würde. Nikolas hatte es kommen sehen. Und mal wieder hatte er recht behalten.

Hilar lief so schnell er konnte die Straße hinunter in ihre Richtung. Er konnte genau fühlen, wo sie sich befand und er sah immer wieder die Bilder einer erschreckend dramatischen Szene vor sich, die sich zu einer für sie lebensverändernden Katastrophe zuspitzte. Er musste sich beeilen.

9

EINE DRAMATISCHE ENTWICKLUNG

Lucy stockte der Atem. Sie beugte sich vorn über und hielt sich den Bauch, der sich plötzlich unangenehm verkrampfte. Ihr Magen schien sich im Kreis zu drehen und ihr wurde augenblicklich übel. Gleichzeitig stieg Panik in ihr hoch und eine Verzweiflung, die sie fast zum Weinen brachte.

Nikolas packte sie sofort bei den Schultern und richtete sie wieder auf. »Es ist nicht *dein* Gefühl!«, wiederholte er. »Versuche, es mit Abstand zu betrachten.«

Lucy starrte ins Nichts und schnappte nach Luft. »Es fühlt sich aber an, als wäre es meins. Ich kann es nicht unterscheiden.«

»Doch das kannst du!«, sagte Nikolas fest. Seine Stimme wurde vor Angst immer lauter.

Lucy sah ihm nun in die Augen. »Damit hilfst du mir nicht.« Sie konnte seine Angst zwar verstehen, aber im Moment machte er sie damit nur noch nervöser. Was war bloß los mit ihm? Seit gestern führte er sich seltsam auf.

»Tut mir leid.« Er beruhigte sich sofort, so dass seine Sorge um Lucy allmählich abflaute.

»Was passiert hier? Was ist hier los? Irgendetwas stimmt doch nicht«, hauchte sie zittrig. »Was ist das für ein Gefühl?« Sie hatte in den letzten Monaten schon öfter die Emotionen anderer Menschen gespürt. Und sie hatte das Gefühl, dass diese Fähigkeit sich immer mehr verstärkte. Doch so schlimm wie jetzt war es noch nie gewesen. Sie bekam kaum Luft.

«Lucy, du kämpfst immer noch gegen das Gefühl an. Du fürchtest dich davor und machst es dadurch nur noch stärker.«

»Weil ich nicht weiß, was es bedeutet!«, sagte sie verzweifelt. »Irgendetwas ist nicht in Ordnung. Das spüre ich genau.«

Nikolas seufzte. »Und wenn dem so ist? Was änderst du mit diesem Kampf daran?«

Plötzlich verstummte sie und sah ihn ruhig an. Er hatte recht. Es änderte gar nichts. Ihre Schultern sanken gemeinsam mit ihrer Aufregung hinab und ihr Herzschlag beruhigte sich. Sie erinnerte sich an den Sommer. Als sie mit Marius im Auto gesessen hatte, hatte sie auch gegen ihre Gedanken und Gefühle angekämpft. Und sie damit nur schlimmer gemacht. Sie atmete tief durch.

»Nimm es als etwas an, das da ist. Und versuche, es neutral zu betrachten. Dann kannst du es auch von deinen eigenen Gefühlen unterscheiden«, unterwies Nikolas sie und richtete seine Hand währenddessen in Richtung des Küchenradios, das schrille Geräusche von sich gab. Nikolas ließ es verstummen und zog vorsichtshalber den Stecker. Die LED-Birnen in den Lampen waren schon vor zehn Minuten zersprungen. Später würde er erneut im ganzen Haus nachsehen müssen, wie groß der Schaden war. Er hatte es zwischendurch immer wieder krachen, knacken und poltern gehört.

Lucy atmete tief ein und tat, was er sagte. Das Gefühl war immer noch da, aber die Angst davor flaute langsam ab. Sie akzeptierte das Gefühl, nahm es an und versuchte, es wie ein neutraler Beobachter zu betrachten. So als wäre sie nicht in ihrem Körper, sondern würde ihren Körper von außen betrachten und analysieren, was darin vor sich ging. Und dann entstand so etwas wie ein Unterschied. Sie konnte es nur ganz schwach fühlen, aber das Gefühl der Verzweiflung fühlte sich plötzlich ein wenig fremd an. Wie eine fremde Schwingung, die nicht zu ihrer eigenen passte. Sie sah auf und seufzte erleichtert.

Nikolas machte ebenfalls ein erleichtertes Gesicht. »Gut gemacht«, flüsterte er und meinte eigentlich: »Gott sei dank!«

Dann schloss Lucy die Augen und fokussierte ihre Aufmerksamkeit auf das Gefühl, um herauszufinden, woher es kam. Und fast in derselben Sekunde sah sie Miriam vor sich. Sie fuhr sofort zusammen und riss die Augen auf. »Es ist Miri!«, rief sie entsetzt. »Das Gefühl kommt von Miriam!«

Nikolas hob sofort beruhigend die Hände und hielt sie dann an den Schultern fest, um sie davon abzuhalten, sofort aus dem Haus zu rennen und mit dem Wagen, den sie noch nicht fahren konnte, zu Miriams Haus zu brettern.

»Warum hast du mir nichts gesagt??«, rief sie erschrocken.

»Hör mir jetzt zu. Miriam ist in Sicherheit. Dafür habe ich gesorgt. Sie wird heute Abend wie geplant auf die Party gehen und uns dort treffen.«

Lucy sah ihn erschrocken an. Er hatte es die ganze Zeit gewusst. Schon gestern Abend. Sie konnte nicht fassen, dass er es ihr verschwiegen hatte. Sie hatte ihm vertraut! »Sie ist meine Freundin, Niko!«, rief sie fassungslos und riss sich von ihm los. »Sie braucht mich! Es geht ihr schlecht. Es geht ihr wirklich schlecht!«

»Es ist jemand bei ihr. Mach dir keine Sorgen«, sagte Nikolas verzweifelt. Er konnte spüren, wie ihr Vertrauen zu ihm langsam schwand, was ihm mindestens genauso weh tat wie ihr verängstigtes Gesicht.

»Aber ICH bin nicht bei ihr. Ihre beste Freundin sollte jetzt bei ihr sein!«, rief Lucy aufgebracht. »Wieso hast du mir das verschwiegen?«

»Du kannst noch nicht damit umgehen, Lucy«, erklärte Nikolas verzweifelt. »Die Emotionen werden dich wie eine Naturgewalt niederreißen. Bitte!« Er hatte Angst. Er hatte fürchterliche Angst.

Lucy wusste jedoch nicht, ob er mehr Angst *um sie* hatte, oder eher vor den Katastrophen, die sie durch ihre Angst auslösen könnte. Sie wurde immer wütender. »Und wenn schon«, schimpfte sie. »Wem oder was ich mich aussetze, ist ganz allein *meine* Entscheidung!« Mit diesen Worten stürmte sie durch den Flur und schnappte sich ihre Jacke. »Denkst du, ich lege das Stromnetz lahm? Oder lasse ein paar Meteoriten auf die Stadt regnen?«

Nikolas nahm sich ebenfalls seine Jacke. »Das ist nicht witzig, Lucy.«

»Nein«, entgegnete sie und riss die Haustür auf. »Das ist ziemlich erbärmlich! Sie ist meine beste Freundin und du hältst mich gerade dann von ihr fern, wenn sie mich am meisten braucht!«

Wie Nikolas vermutet hatte, ging sie zum Auto. Sie hatte bereits ein paar Fahrstunden gehabt und glaubte, dass sie die kurze Strecke zu Miriams Haus schon hinbekommen würde. Aber Nikolas war natürlich schneller. Als sie am Auto ankam, stieg er bereits ein. Lucy warf ihm einen wütenden Blick zu, als sie sich auf den Beifahrersitz setzte und sich anschnallte.

»Vermutlich ist es mit diesem Wagen gar nicht möglich, einen Unfall zu bauen«, sagte er murmelnd und drehte den Schlüssel im Zündschloss. »Aber ich gehe lieber kein Risiko ein.«

»Das hättest du doch sowieso schon längst gesehen, wenn ich einen Unfall bauen würde. So wie du *alles* siehst«, sagte sie schnippisch.

Nikolas sah sie gequält an. »Ich wollte dich nur schützen.«

»Bitte fahr jetzt.«

Nikolas seufzte und drehte sich noch einmal zu ihr um. Dabei sagte er: »Du weißt sehr genau, was du momentan mit deinen Emotionen anrichten kannst. Nicht nur in deiner Umgebung, sondern auch in dir.« Dabei deutete er auf ihre Brust.

»Ich habe in all den Monaten, in denen du nicht da gewesen bist, keine großen Katastrophen ausgelöst, oder?«, schnauzte sie ihn an.

Er blieb stumm. Und es sah so aus, als würde er bewusst die Zähne zusammenbeißen, um nicht versehentlich etwas auszuplaudern, das ihm auf der Zunge lag.

Sie sah ihn irritiert an. Doch sie hatte jetzt keine Nerven, auf seinen seltsamen Blick einzugehen. »Bitte, fahr!«, bat sie ihn erneut. Sie konnte nicht fassen, dass sie sich gerade tatsächlich mit ihm stritt. Mit Nikolas! Dem Mann ihrer Träume. Das hätte sie nie für möglich gehalten. Alles, was er tat und alles, was er war, bestand aus Liebe und Fürsorge. Er war der Inbegriff von Mitgefühl und Verständnis. Zumindest hatte sie das geglaubt. Doch heute hatte er es wirklich übertrieben. Wie hatte er ihr nur so etwas Wichtiges verheimlichen können?

Während der Fahrt schwiegen sie sich an. Nikolas lauschte ständig ihren Gedanken, wobei er mit traurigem Gesicht auf die Straße starrte. Und Lucy konnte nur an Miriam denken. Sie hatte keine Ahnung, warum es ihr so schlecht ging. Was überhaupt los war.

»Es ist ihre Familie«, sagte Nikolas irgendwann leise.

Lucy sah ihn nicht an. Sie starrte auf das Armaturenbrett und spürte erneut Miriams Verzweiflung und ihren Schmerz. Es fühlte sich so schrecklich an, was sie gerade durchmachte. Als würde ihr alles Leben aus dem Leib gerissen werden. Lucy wusste, dass ihre Familie manchmal Probleme hatte. Sie sprach nicht oft davon, aber manchmal versank sie in diese stille Traurigkeit und erzählte ihr ein wenig von den Problemen in ihrer Familie. Wie sie sich ständig bekämpften, Schuld hin- und herschoben, sich zerstritten, anschrien, niedermachten und hassten. Dabei war sie aber nie ins Detail gegangen. Lucy wusste nur, dass sie sich nicht sehr gut verstanden. Aber Miriam beteuerte immer, dass sie sich aus allem heraushielt und sich von alldem nicht herunterreißen lassen wollte. Sie zeigte sich immer so fröhlich und strebsam. So voller Energie und Elan. Sie hatte große Ziele und verfolgte sie mit überschwänglicher Begeisterung, konzentrierte sich immer nur auf das Positive. Lucy hatte es nie ernst genommen, wenn Miriam manchmal so traurig aussah. Sie hatte immer gedacht, dass es wohl nicht so schlimm sein konnte, wenn sie ansonsten immer fröhlich und ausgelassen war. Und vermutlich war Lucy auch immer viel zu beschäftigt mit ihren eigenen Problemen gewesen, um die Probleme ihrer Freundin sehen zu können. Miriam war immer die Starke gewesen. Die, die immer Kraft und Energie hatte. Diejenige, die andere aufbaute und tröstete, wenn sie niedergeschlagen waren. So hatte sie es auch immer mit Lucy getan. Erst jetzt wurde ihr langsam bewusst, dass ihre Freundin ihren Schmerz immer nur unterdrückt hatte, um für andere stark sein zu können. Um für jeden in ihrer Familie da zu sein. Und auch für Lucy. Plötzlich bekam sie ein furchtbar schlechtes Gewissen. Diese Familienprobleme bestanden schon, seit sie sich kennengelernt hatten. Und sie hatte nie bemerkt, wie sehr ihr das zu schaffen machte. Sie hatte ihr einfach geglaubt, wenn sie ihr die starke, felsenfeste Miriam vorgegaukelt hatte. Wenn sie ihr hatte glauben machen wollen, dass sie über all diesen Dingen stand und es ihr nichts ausmachte. Und wahrscheinlich hatte sie das nur getan, um Lucy nicht zu beunruhigen. Weil sie selbst genug Probleme hatte.

Lucys Augen füllten sich mit Tränen. »Ich habe sie im Stich gelassen«, sagte sie mit einem tiefen Schluchzen.

»Du wusstest es nicht«, beruhigte Nikolas sie und legte sanft eine Hand auf ihr Knie. »Dafür hat sie gesorgt.«

»Ich hätte es erkennen müssen«, schluchzte sie und konnte ihre Tränen nicht mehr aufhalten. Sie liefen ihr heiß über das Gesicht.

»Ich bin eine grauenvolle Freundin.«

Nikolas parkte den Wagen am Straßenrand gegenüber von Miriams Elternhaus und sah Lucy nun tief in die Augen. »Nein, Lucy«, sagte er. »Glaub mir, das...«

»Bitte jetzt keine Predigt!«, unterbrach sie ihn. Sie wusste es zwar zu schätzen, dass er ihr all diese Dinge beibrachte, aber sie konnte es gerade nicht mehr hören. Sie hätte aufmerksamer sein müssen. Punkt. An dieser Tatsache konnte selbst *er* nicht rütteln.

Nikolas blieb einen Moment still. Doch dann sagte er: »Die vergangenen Ereignisse hatten ihren Grund und ihre Ursache. Zu glauben, dass sie hätten anders sein müssen, ist eine Lüge, die dir das Leben zur Hölle macht.«

Lucy sah ihn jetzt wieder an und wischte sich das Gesicht trocken. »Eine Lüge?«, fragte sie verwirrt. Was sollte das nun wieder heißen? »Aber ich bin doch normalerweise nicht so stumpfsinnig. Ich hätte ihre Gefühle erkennen müssen.«

»Hast du aber nicht«, entgegnete er knapp.

Lucy wich überrascht zurück. Jetzt gab er ihr auch noch recht?!

»Und das hatte seinen Grund. Miriams Gefühle waren damals noch nicht so wie jetzt. Erkennst du nicht, was du hier machst? Du willst dafür leiden, dass es jemandem schlecht geht, der dir etwas bedeutet.«

»Weil ich vermutlich mit die Schuld daran trage, dass es ihr schlecht geht«, erwiderte Lucy etwas beleidigt.

»Das tust du nicht. Niemand trägt die Schuld daran. Euer dummes Konzept von Schuld existiert überhaupt nicht!«

Sie sah ihn überrascht an. Er wirkte ein wenig wütend. »Dummes Konzept von Schuld?«, fragte sie irritiert.

Er seufzte und riss sich wieder zusammen. »Dinge passieren, weil es Gründe dafür gibt«, sagte er dann. »Alles hat einen Sinn und Ursachen. Wie kannst du denken, dass du Schuld an etwas hast, das du gar nicht gewusst hast?«

Sie überlegte einen Moment. »Ich hätte aber...«

»Hätte, wenn und aber«, unterbrach er sie. »Mit diesen Worten quälst du dich nur selbst. Und damit hilfst du Miriam nicht.«

Sie sah ihn groß an. Auch wenn er im Moment ein wenig hart klang, hatte er doch irgendwie recht. Mal wieder.

Nikolas zeigte nun mit dem Finger auf das Haus. »Das, was da drin vor sich geht, ist das Ergebnis von unzählbaren Ereignissen, die schon lange vorher stattgefunden haben. Und du spielst darin überhaupt keine Rolle. Es sind Menschen involviert, von denen jeder einzelne eine eigene Geschichte, eigene Traumata und Überzeugungen mit sich bringt. Und die prallen dort gerade aufeinander. Die prallen schon seit Jahren aufeinander, weil niemand von ihnen dazu in der Lage ist, den anderen so zu akzeptieren, wie er ist. Das Ganze ist einfach eine Situation. Weder gut noch schlecht. Ein völlig neutraler Realitätszustand, der Ursachen hat. Punkt. Und niemand ist Schuld daran.«

Lucy zwinkerte überrascht. Wie schaffte er das bloß? Plötzlich war jeder Widerstand aus ihr gewichen wie ein Gespenst, das er verjagt hatte. Die Logik seiner Worte hatte sie geradezu entsetzt. Er hatte vollkommen recht. Sie hatte mit den Geschehnissen da drin nichts zu tun. Und dass sie in den letzten Jahren nicht bemerkt hatte, wie sehr Miriam darunter litt, war auch nicht ihre Schuld gewesen. Es hatte Gründe gehabt, warum sie nichts bemerkt hatte. Und wenn sie darüber nachdachte, war das bei *jeder* Situation so. Weil jede Situation Gründe hat, warum sie so ist wie sie ist. Und man konnte niemandem die Schuld daran geben. Nicht wirklich.

»Du hast recht«, sagte sie kleinlaut und sah ihn immer noch mit großen, überraschten Augen an. Obwohl sie immer noch wütend auf ihn war, war sie froh, dass er jetzt bei ihr war. Ohne ihn hätte sie sich jetzt womöglich in ihre Schuldgefühle hineingesteigert. Und es vermutlich regnen lassen. Oder hageln. Oder vielleicht wären auch Blitz und Donner... Plötzlich fing es tatsächlich an, zu regnen.

Lucy sah entrückt aus dem Fenster und blickte dann Nikolas erschrocken an. Dieser lachte jetzt.

»Das ist nicht witzig! Jetzt reagiert schon das Wetter auf mich?!«, rief sie aus.

»Ich schätze«, sagte er amüsiert, »das war Zufall.«

Da war sie sich allerdings nicht so sicher. Aber das war ihr im Moment auch egal. Sie dachte im Moment nur an Miriam und sah hinüber zu dem Haus. Sie versuchte nachzufühlen, was darin vor sich ging. Aber jetzt war das fürchterliche Gefühl von Verzweiflung und Angst, das sie von Miriam gespürt hatte, plötzlich verschwunden. Stattdessen fühlte sie Erschöpfung und Müdigkeit und ein sehr starkes Gefühl von Überraschung und sogar ein wenig Freude. Sie sah Nikolas verdutzt an und fragte ihn, ob er sehen konnte, was da drin los war.

Aber er lächelte nur und sagte: »Hilar ist gerade gekommen.«

10

Miriam

»**W**as machst *du* denn hier?« Miriam sah Hilar verstört an und schloss die Küchentür. Dann wischte sie sich mit einem zitternden Zeigefinger das verschmierte Augen-Make-Up aus dem Gesicht und richtete etwas nervös ihr langes, hellbraunes Haar.

Hilar stand da wie ein Zinnsoldat und starrte sie nur an. Er spürte plötzlich ein so tiefes Mitleid mit ihr, dass er sie am liebsten fest in den Arm genommen hätte. Er fühlte ihre Zerrissenheit, die tiefe Traurigkeit in ihrem Herzen und die Verzweiflung, die sich mit Erschöpfung und Müdigkeit mischten. Sie stand so hilflos da. Zitternd und völlig fertig. Aber er musste die Fassung wahren. Er durfte sich nicht zu sehr emotional in diese Angelegenheiten einbringen. *Abstand, Junge! Abstand!*, sagte er in Gedanken zu sich selbst. Dann holte er tief Luft und antwortete ihr. »Ich … dachte, ich komme mal vorbei und sehe nach, wie es dir so geht. Du weißt schon. Nach allem, was du gestern erfahren hast. Du warst ganz schön … neben der Spur.«

Natürlich war das gelogen. Aber das wusste sie ja nicht. Er hatte nur irgendwie diesen Streit beenden müssen und ihm war nichts Besseres eingefallen, als mitten hinein zu platzen und die fürchterliche, niedrige Energie in diesem Haus rapide ansteigen zu lassen. Offenbar hatte es auch funktioniert. Er hörte die Familie im Wohnzimmer jedenfalls nicht mehr streiten. Sie murmelten nur irgendetwas Unverständliches vor sich her. Aber in ihren Köpfen hörte er verwirrte Gedanken über die Situation. Ein völlig Fremder, der einfach ins Haus platzte, sich Miriam krallte und eine unerhörte Fröhlichkeit verbreitete. Sie waren tatsächlich wütend darüber. Wütend, dass er ihren Streit unterbrochen hatte. Er konnte es nicht fassen.

»Es geht mir gut«, sagte Miriam kühl. »Ich verkrafte das schon. Es ist okay.«

Hilar sah sie mit einem ungläubigen Blick an und schnaubte leise. Sie war zweifellos eine gute Lügnerin. Und womöglich konnte man auf ihr kühles, gleichgültiges Schauspiel hereinfallen, wenn man nicht gerade die Fähigkeit besaß, Gedanken zu lesen und Gefühle wahrzunehmen. Aber da war sie leider an den Falschen geraten. »Du hattest doch nicht einmal Gelegenheit, über die ganze Lumenia-Sache nachzudenken, richtig? Gestern bist du doch einfach nur hundemüde ins Bett gefallen. Und als du heute morgen aufgewacht bist, ging schon der Streit los.«

Miriam sah ihn überrascht an. Woher zum Teufel wusste er das alles?

»Tut mir leid, aber Schauspielerei funktioniert bei mir nicht«, fügte er entschuldigend hinzu. »Ich kann genau fühlen, was in dir vorgeht.«

Miriam trat nun einen großen Schritt zurück und blickte ihn erschrocken an. »Ich dachte, ihr könnt nur *Gedanken* lesen?«, flüsterte sie und warf einen kurzen Blick zur Küchentür. Wenn jemand aus ihrer Familie hörte, was sie da sagte, hätten sie gleich wieder einen Grund gehabt, ein Drama zu veranstalten. Da war nicht nur ein Fremder in ihren Streit geplatzt, sondern ein fremder *Irrer*.

Hilar schüttelte langsam mit dem Kopf. »Gefühle lesen wir ebenso«, sagte er schmunzelnd. »Da ist noch so viel mehr«, sagte er dann, »wovon du nichts weißt, Miriam.«

Sie sah ihn einen Moment lang an, als versuchte sie in seinen blauen Augen erkennen zu können, wovon er sprach. Aber kurz darauf schien ihr das alles ganz egal zu sein. Sie verschränkte die Arme vor der Brust und machte ein wütendes Gesicht. »Meine Gefühle gehen dich gar nichts an! Und warum habt ihr mir dieses kleine Detail nicht schon gestern erzählt?«, wisperte sie aufgebracht und sah wieder wachsam zur Tür.

Hilar verschränkte jetzt ebenfalls die Arme vor der Brust. »Tut mir leid. Aber für meinen Geschmack warst du gestern schon verwirrt genug«, entgegnete er mit gespielter Empörung. Er wusste, dass sie nicht wirklich wütend war. Sie versuchte nur, ein wenig Ordnung in ihren Kopf zu bekommen. Und da half es ihr am besten, wenn sie einige Dinge – mit denen sie im Moment sowieso nicht umgehen konnte – wütend verdrängte. Sie überforderten sie in dieser Situation nur. So wie er und Nikolas es gestern schon vermutet hatten.

Plötzlich hörten sie eine Tür zuknallen. Miriam stürmte sofort aus der Küche. Hilar folgte ihr.

»Wo sind sie hin?«, rief sie und lief zu ihrer Mutter, die völlig verstört mitten im Wohnzimmer stand. Ihr liefen unentwegt Tränen über das Gesicht. Ihr Vater saß auf der Couch, mit den Ellenbogen auf den Knien aufgestützt, und verdeckte mit den Händen sein Gesicht.

»Sie fahren nach Hause«, sagte ihre Mutter mit zitternder Stimme.

Hilar hörte in Miriams Kopf erneut ein Chaos an Gedanken. Sie machte sich Sorgen, dass ihre Schwester und ihr Mann bei dem Wetter einen Unfall bauten, wenn sie wütend mit dem Auto fuhren. Es regnete in Strömen. Dann wandte sie sich zu ihrem Vater um und erneut mischten sich Angstgedanken mit hunderten von anderen Bildern, Szenen und Ereignissen in ihrem Kopf.

»Was ist mit dir, Papa? Geht's dir nicht gut?«

Ihr Vater antwortete nicht. Er stand nur mit einem tiefen

Seufzen auf, murmelte ein »Ich leg mich hin« und ging schließlich träge die Treppe hinauf.

Hilar spürte ihre Panik. Die Angst davor, dass die jahrelangen Streitereien sich irgendwann auf die Gesundheit ihrer Eltern auswirken würden. Sie wusste, dass Stress dem Körper schadete. Ganz besonders wenn der Stress niemals aufhörte. Sie sah schon den Krankenwagen vor dem Haus stehen, weil irgendjemand einen Herzinfarkt erlitten hatte oder einen Schlaganfall oder an Krebs erkrankte oder...

»Es geht ihm gut. Er ist nur müde«, beruhigte Hilar sie schnell.

Dann wandte sie sich unruhig ihrer Mutter zu, die immer noch weinend im Raum stand. Als sie bemerkte, dass sie sie beide ansahen, holte sie tief Luft, wischte sich die Tränen aus dem Gesicht und räusperte sich. »Es tut mir sehr leid … ähm«

»Hilar«, sagte Hilar und lächelte sanft.

»Tut mir leid, Hilar. Du bist mitten in eine Krise geplatzt. Kann ich dir irgendetwas anbieten?«

Sie wollte eine gute Gastgeberin sein. Obwohl gerade ein weiteres Mal ihre Familie auseinanderbrach. Sie wollte nicht, dass er von der Dramatik allzu viel mitbekam. Schließlich war er ein Gast. Also versuchte sie, zu lächeln. Hilar konnte fühlen, wie schwer es ihr fiel.

»Danke«, sagte er und deutete eine kleine Verbeugung an. Nicht, um seinem Dank mehr Ausdruck zu verleihen, sondern weil er großen Respekt vor ihrer Stärke hatte. »Aber ich brauche nichts.«

Dann wandte sie sich phlegmatisch um und ging langsam in Richtung Küche.

»Mama?«, rief Miriam besorgt.

Ihre Mutter drehte sich kraftlos zu ihr um und versuchte, einige Tränen wegzuzwinkern, als sie sie ansah.

»Es kommt wieder in Ordnung. Bestimmt wird alles gut«,

bekräftigte Miriam.

Das kommt nie wieder in Ordnung. Es ist vorbei. Endgültig. Diesen Gedanken hörte Hilar so deutlich aus ihrem Kopf wie ein Gewitter. Und obwohl Miriam den Gedanken ihrer Mutter nicht hatte hören können, las sie ihn ihr direkt von ihrem gequälten Gesichtsausdruck ab. Sie sah den Schmerz in ihren Augen und die tiefe, unendliche Traurigkeit darüber, dass ihre Familie immer mehr zerbrach. Es schmerzte sie so sehr, als würde ihr jemand das Herz in Stücke reißen. Sie antwortete nicht. Sie konnte nicht. Denn alles was sie sagen würde, würde ohnehin wie eine Lüge klingen. Und die Wahrheit wollte sie ihrer Tochter nicht antun. Stattdessen drehte sie sich um und verschwand in der Küche.

In diesem Moment brach Miriam in Tränen aus. Sie weinte so heftig los, dass sich ihr ganzer Körper vor Schmerz und Verzweiflung schüttelte. Hilar schlang sofort beide Arme um sie und drückte sie ganz fest an sich. »Schhh«, machte er und hielt ihren bebenden Körper, als wollte er ihn davor bewahren, zu zerbrechen. Denn genauso fühlte es sich an. Dieser Streit hatte ihr so sehr zugesetzt, dass es sich anfühlte, als müsse sie sterben. Er hatte ihr den Rest gegeben. Sie zitterte am ganzen Leib und ihr Schluchzen drang ihm so tief ins Herz, dass es ihn fast wütend machte. Am liebsten hätte er sofort diese ganze Familie hierher geholt, um alles wieder in Ordnung zu bringen. Nur, damit es ihr besser ging. Damit sie endlich aufhörte, zu weinen. Es tat ihm weh, sie so zu sehen. Und diese Tatsache erschreckte ihn ebenso sehr, wie das Drama, das sich hier abspielte. Wie die Dramen, die sich allgemein in dieser Welt abspielten. Er konnte es nicht verstehen. Warum taten sie das? Warum um Himmels Willen fügten sie sich selbst solches Leid zu? Wahrscheinlich würde er diese Welt nie begreifen.

Miriam konnte sich gar nicht beruhigen. Sie schluchzte an seiner Brust, als bräche gerade ihre ganze Welt auseinander. Zwischen ihrem Schluchzen drangen zitternde Worte hervor: »Es ist alles eskaliert«, sagte sie verschnupft. »Mein Vater hat sich fast mit ihm geprügelt. Du kannst dir nicht vorstellen, was für Dinge sie zu meinen Eltern gesagt haben. Und zu mir.«

»Ich weiß«, sagte Hilar und streichelte ihr liebevoll über den Kopf, während er sie ganz fest hielt.

»Meine eigene Schwester. Es war schrecklich!«, schluchzte sie. »So schrecklich wie nie zuvor!«

Sie schaffte es nicht, sich zu beruhigen. Also half Hilar ihr ein wenig, indem er ihre Schwingung anhob. Es war zwar nicht erlaubt, andere Menschen zu manipulieren, aber er wollte ihr damit ja nur helfen. Er sammelte seine Energie, atmete ein paar Mal tief ein und hob die Schwingung ihres Körpers an. Er hob sie regelrecht in eine andere Ebene und sendete ihr aus seinem Herzzentrum Kraft, was ihre Verbindung miteinander nur umso mehr verstärkte. Sie entspannte sich sofort.

Und als sie in seinen Armen langsam wieder anfing, ruhiger zu atmen, sagte er: »Ich verspreche dir, dass ich dir helfe, alles in Ordnung zu bringen. Es wird alles wieder gut. Vertrau mir.« Und das sagte er, obwohl er genau wusste, dass ihr noch etwas viel Schlimmeres bevorstand und dies erst der Anfang von einem Drama war, das ihr ganzes Leben verändern würde. Das spürte er gerade bis ins Mark.

11

Geheimnisse

Lucy hatte auf der Heimfahrt kaum mit Nikolas gesprochen. Sie war immer noch wütend, weil er ihr nichts von Miriams Problemen gesagt hatte. Und noch viel wütender war sie, dass er hinter ihrem Rücken Hilar beauftragt hatte, sich um Miriam zu kümmern. Wo es doch *ihre* beste Freundin war und es *ihre* Aufgabe gewesen wäre, dies zu tun. Sie fühlte sich hintergangen und ausgeschlossen und sie wusste nicht, wie sie mit dieser Sache umgehen sollte. Ein Teil von ihr wollte mit ihm darüber reden und ihn fragen, was ihn dazu bewegt hatte, so zu handeln. Denn sie wusste bei aller Wut auch, dass er immer zum Wohle der Menschen handelte, die er liebte. Aber ein anderer, viel mächtigerer Teil von ihr, war wütend. Sehr wütend sogar.

Lucy verbrachte die nächsten Stunden allein, um ein wenig nachzudenken. Sie genoss ein ausgedehntes, entspannendes Bad und schloss sich dann im Schlafzimmer ein. Sie brauchte Zeit, um sich über ihre Gefühle klar zu werden und sie wieder einigermaßen unter Kontrolle zu bringen. So langsam fühlte sie sich von Nikolas bevormundet. Ihr war klar, dass er nur ihr Wohl und das Wohl der Welt im Sinn gehabt hatte, aber dennoch machte es sie wütend, dass er sie wie ein Kind behandelte. Ein Kind, dass unterrichtet und geformt werden musste. Nicht, weil es sonst Unsinn machte, sondern weil es sonst eine Katastrophe auslösen konnte. Sie konnte seine Beweggründe ja verstehen, aber es schien ihr, als traue er ihr überhaupt nichts zu. Und das war es, was sie so wütend machte.

Lucy ging zu dem Spiegel im Schlafzimmer, um sich für die Weihnachtsfeier heute Abend zurecht zu machen. Doch dann seufzte sie. Das Glas hatte schon wieder einen Riss. Sie verdrehte die Augen und ging genervt zu der Kommode, um sich ihre Klamotten heraus zu holen. Wieso um alles in der Welt schaffte sie es einfach nicht, ihre Möbel heile zu lassen? Nikolas hatte womöglich recht damit, wenn er ihr nichts zutraute. Ihre Kräfte waren anscheinend unkontrollierbar. Und diese Tatsache machte sie gerade noch wütender. Sie versuchte jedoch, sich nicht in ihre Wut hineinzusteigern und sich auf etwas Anderes zu konzentrieren. Schließlich freute sie sich schon seit Wochen auf die Feier heute. Sie hatte sich extra eine rote Bluse dafür gekauft. Sie passte perfekt zu ihrem dunklen Haar und ihrer neuen Hose.

Sie wollte nicht, dass dieser dumme Streit ihr die ganze Freude vermieste. Also verbrachte sie mindestens eine Stunde damit, ihre Haare zu machen und sich Make-Up aufzulegen. Wahrscheinlich wollte sie sich damit dazu zwingen, die Sache endlich zu vergessen und sich auf einen schönen Abend vorzubereiten. Schließlich war es das erste Mal, dass sie nicht als Single zu dieser Weihnachtsfeier ging. Sie wollte diesen Abend genießen. Und wenn sie erst mal dort war, würde sie sich Miriam zur Brust nehmen und mit ihr über alles reden. Sie wollte wenigstens einen Teil von den Freundschaftsdiensten, die Miriam ihr all die Jahre geleistet hatte, zurückgeben. Wenigstens einmal für sie da sein und ihr helfen. Sie hatte immer noch ein furchtbar schlechtes Gewissen, dass sie nicht gemerkt hatte, wie schlecht es ihr all die Jahre gegangen sein musste.

Als sie sich Puder, Lidschatten und ein wenig Lippenstift aufgetragen hatte, betrachtete sie sich im Spiegel und war tatsächlich ein wenig stolz. Sie hatte in ihrem Leben nie wirklich

Gelegenheit gehabt, sich für einen besonderen Anlass aufzubrezeln und heute wollte sie die Gelegenheit beim Schopfe greifen. Obwohl ihr Miriams Leid dabei sehr aufs Gemüt drückte.

Sie ging noch einmal durchs Schlafzimmer, um sich ihr Armband von der Kommode zu holen. Dabei ging sie am Fenster vorbei und stockte. Jemand stand auf der anderen Straßenseite und starrte direkt auf ihr Haus. Eine finstere Gestalt. Lucy zog die Gardine zur Seite und sah dann, wie die Gestalt im Gebüsch verschwand. Es war zu dunkel, um irgendetwas Genaueres erkennen zu können. Doch es musste ein Mann gewesen sein. Ein ziemlich großer Mann. Ihr wurde mulmig zumute.

»Lucy?« Nikolas' Stimme erklang durch die Tür. Er kam herein und eilte dann sofort auf das Fenster zu. Natürlich hatte er ihre Gefühle sofort mitbekommen. Und natürlich hatte ihn die zugeschlossene Tür nicht davon abhalten können, herein zu kommen. Er sah ebenfalls hinaus und suchte die Straße ab.

Lucy versuchte, ihre Wut ein wenig runterzuschrauben und sagte: »Da stand jemand und hat das Haus angestarrt.« Dann sah sie ihn an und spürte, wie ihr Herz erneut los jagte. Er sah aus wie einer dieser Traummänner aus den kitschigen, alten Liebesfilmen, die sie so liebte. Sein dunkles Haar hatte er sich zurück frisiert, so dass sie ihn das erste Mal ohne seinen verwegenen Pony sah. Sie fragte sich, welches Gel es auf dieser Welt schaffen konnte, seine widerspenstigen Locken zu bändigen. Er sah umwerfend aus. Und sie musste leider zugeben, dass ihre Wut auf einmal vollkommen nebensächlich war.

Nikolas sah sie ebenfalls an. Er betrachtete sie wie ein verliebter Schuljunge, der seine Freundin das erste Mal vor dem großen Ball zu Gesicht bekam. Seine Augen funkelten und seine Gefühle für sie jagten ihr entgegen, so dass sie ihren Geist völlig vernebelten. Ihrer beide Gefühle erfüllten den Raum wie eine dicke, rosa Wolke. »Du siehst umwerfend aus«, sagte er bewundernd.

Sie versuchte, ihr Herz zu beruhigend und ihren Verstand wieder anzuschmeißen, indem sie sich von seinem Anblick löste und vom Thema ablenkte. Sie deutete aus dem Fenster. »Da stand jemand ... und hat uns beobachtet«, wiederholte sie.

Nikolas sah noch einmal hinaus und nickte dann.

»Glaubst du«, Lucy schluckte ängstlich, bevor sie weiter sprach, »das war Marius?« Sie wusste, dass sie ihn noch nicht gefunden hatten. Das hatte ihr Nikolas gleich zu Anfang erzählt.

Er seufzte. »Wenn es Marius war, erwischen wir ihn schon. Es kann hier niemand rein. Schon vergessen?«

Er hatte recht, hier konnte niemand rein. Jedenfalls niemand mit bösen Absichten. Das beruhigte sie tatsächlich etwas.

»Und er kann auch kein Interesse mehr an dir haben, da du keinen Splitter mehr in deinem Körper trägst. Nur deswegen hat er dich damals gejagt«, fuhr er fort, um ihr die Angst zu nehmen.

»Naja«, sagte sie. »Einen Splitter braucht er ja jetzt nicht mehr.« Dabei deutete sie auf ihren Kleiderschrank. »Er muss nur deinen Portalschlüssel stehlen.«

Nikolas sah die Schublade an, in der er den Portalschlüssel versteckt hatte und überlegte einen Moment. Dann nickte er und sah Lucy wieder an. Stumm. Und völlig gelassen.

Erneut erkannte sie diesen Blick, der ihr zeigte, dass er mehr wusste, als er ihr sagte. »Das hast du einkalkuliert«, schlussfolgerte sie aus seinem Gesichtsausdruck.

»Natürlich«, gestand er. »Es hat einen Grund, warum Alea das Haus programmiert hat. Und selbst wenn er den Schlüssel in die Finger kriegen würde, könnte er damit nicht nach Lumenia gelangen. Dazu ist seine Schwingung zu niedrig.«

Er gab sich große Mühe, sie zu beruhigen. Doch der Gedanke daran, dass Marius sie womöglich beobachtete, ließ sie erschaudern. »Vielleicht macht er das schon länger«, sagte sie dann nachdenklich und dachte an all die Monate, in denen sie allein gewesen war. Vielleicht hatte er sie auch da schon beobachtet.

Nikolas seufzte. »Wir haben tatsächlich Leute gefunden, die dich in dieser Zeit beobachtet haben. Sie haben sich in der Nähe deiner Wohnung aufgehalten.«

Lucy riss erschrocken die Augen auf. »Und das sagst du mir erst jetzt??«

Er hob beruhigend die Hände. »Wie ich schon gesagt habe, wir haben dich in dieser Zeit beschützt. Du bist keine Sekunde lang allein gewesen.«

Ihr Herz schlug schneller. Auf einmal waren die Ereignisse im Sommer wieder so präsent. Gleichzeitig fühlte sie aber auch eine tiefe Dankbarkeit, dass sie in dieser Zeit die Lumenier um sich gehabt hatte. Ohne, dass sie es gewusst oder gemerkt hatte. Anscheinend konnten sie sich gut verstecken. »Habt ihr etwas aus diesen Leuten heraus bekommen?«, fragte sie dann.

»Nein«, antwortete er. »Sie kannten Marius nicht. Entweder geht er also jetzt anders vor, um uns in die Irre zu führen, oder...«

»Oder?«, fragte sie ängstlich.

»Oder es ist nicht Marius.«

»Wer denn sonst?«

Nikolas zog die Schultern hoch. »Es waren eine Menge Leute involviert. Offiziere, Generäle, Soldaten, Söldner...«, zählte er auf. »Wir haben Monate gebraucht, um sie alle zu finden. Möglich, dass wir jemanden übersehen haben.«

Lucy wurde übel bei dem Gedanken. »Also könnte diese ganze Jagd von vorne losgehen?«, fragte sie.

»Hab keine Angst«, sagte er sanft zu ihr. »Ich lasse nicht zu, dass sie dir auch nur zu nahe kommen.«

Sie sah ihn glücklich an. Und sie glaubte ihm auch, was er sagte. Trotzdem hinterließ die Sache ein unangenehmes Gefühl in ihr. Nicht nur, weil sie von irgendwelchen unheimlichen Leuten beobachtet wurde, sondern weil Nikolas es schon die ganze Zeit wusste. Und offenbar ziemlich locker damit umging. Die leisen Zweifel der letzten Wochen wurden immer lauter in ihr. Und langsam beschlich sie das Gefühl, dass hier etwas ganz Anderes vor sich ging als das, was Nikolas ihr erzählte.

»Wir sollten langsam los. Denn im Moment haben wir ein ganz anderes Problem zu bewältigen«, erinnerte er sie.

Miriam, dachte Lucy. Ja, er hatte recht. Sie wollte sich jetzt auch lieber auf sie konzentrieren, anstatt über Marius nachzudenken. Aber trotzdem beunruhigte sie Nikolas' Gelassenheit. Sie nahm sich jetzt ihr Armband von der Kommode, legte es sich um und machte sich mit Nikolas auf den Weg zur Weihnachtsfeier. Doch die Freude war nun endgültig dahin.

12

Die Weihnachtsfeier

Als sie ankamen, war es schon dunkel. Das Vereinsgebäude war wunderbar mit Lichterketten beleuchtet und vor dem Eingang standen zwei kleine geschmückte Tannenbäume mit blinkenden Lichtern. Die meisten waren schon drin und feierten. Das konnte man deutlich hören. Aber es waren noch viele, die mit ihnen gemeinsam die große Halle betraten und ihre Jacken abgaben.

Es lief »Jingle Bell Rock« und auf der Fläche, auf der normalerweise Volleyball gespielt wurde, tanzten und amüsierten sich die Leute und tranken Glühwein.

Lucy hielt sofort nach Miriam Ausschau und als Nikolas ihre Sorge spürte, tat er es ihr gleich.

»Sie ist noch nicht hier«, sagte er zu ihr. Er konnte ihre oder Hilars Gegenwart noch nicht spüren.

Lucy seufzte.

»Lass uns einen Glühwein trinken, solange wir warten, in Ordnung?« Er wollte, dass sie sich wenigstens ein bisschen amüsierte. Er vermutete, dass der Abend noch schwer genug werden würde. Also wollte er dafür sorgen, dass Lucy den Abend genoss, solange es möglich war. Er nahm ihre Hand und zog sie zu dem langen Tisch mit den Getränken. »Zwei«, sagte er zu dem jungen Mann, der hinter dem Tisch stand und ihn fasziniert anblickte.

Sogar Jungs stehen auf dich, dachte Lucy ihm amüsiert entgegen und schmunzelte. Sie spielte auf die alte Dame in der Nachbarschaft an, die so entzückt von Nikolas war. Sie wäre fast eifersüchtig geworden, als sie ihn vor kurzem so angehimmelt hatte. Aber es war nicht nur die alte Dame gewesen. Irgendwie schien jeder fasziniert von ihm zu sein. Und das war auch nicht verwunderlich. Denn neben seinem guten Aussehen verfügte er über ein Charisma zum Niederknien. Er würde womöglich sogar dann die Menschen faszinieren, wenn er aussehen würde wie der Glöckner von Notre Dame.

Als sie ihre Tassen mit dem heißen Glühwein bekamen, stand plötzlich Vanessa neben ihnen. Eine Schönheit, die ihre Zeit am liebsten damit verbrachte, mehr Gift zu versprühen, als man ertragen konnte. Sie war eine Mitstreiterin im Sportverein und natürlich eine der besten. Sie und Miriam waren Rivalinnen. Beliebt war sie nicht besonders. Höchstens bei den Zicken, mit denen sie sich umgab und die sie anhimmelten, als sei sie ein Popstar. Jetzt stand sie hier, betrachtete Nikolas mit einem fast gierigen Blick und machte ihm mit einem peinlich überschwänglichen Flirtversuch schöne Augen. Aber Nikolas sah sie vollkommen unbeeindruckt an, was Lucy sehr beruhigte. Obwohl sie ihr vor Eifersucht am liebsten den Glühwein ins Gesicht gekippt hätte.

Jetzt lachte Nikolas leise und sah Lucy belustigt an. Den Gedanken hatte er natürlich mitbekommen. Dann wandte sich auch Vanessa zu ihr um und blickte herablassend auf sie nieder. »Lucy, du kommst ja in Begleitung! Wie ist *das* denn passiert?«

Sticheleien. Wie immer. Lucy versuchte, über die Anspielung, sie sei ein ewiger, hoffnungsloser, kranker Single, zu grinsen und nahm einen Schluck Glühwein.

Wie kommt die an so einen heißen Typen? Der kann doch nur ausgeliehen sein, stichelte sie in Gedanken weiter.

»Nun ja«, sagte Nikolas jetzt und stellte seine Tasse ab. Dann legte er einen Arm um Lucys Hüften und zog sie ganz nah zu sich. »Ich habe sie gesehen und mich unsterblich in sie verknallt.« Dann gab er ihr einen langen, innigen Kuss und hauchte ihr ein »Ich liebe dich« auf die Lippen. Als er sich wieder zu Vanessa umwandte, starrte sie die beiden mit offenem Mund an. Dann räusperte sie sich verstört und zog beleidigt die Augenbrauen hoch.

»Naja«, sagte sie mit piepsiger Stimme und hob die Nase hoch. »Dann herzlichen Glückwunsch. Ach übrigens«, fuhr sie kühl fort, »du kannst Miriam ausrichten, dass sie abgemeldet ist. Mark gehört mir.« Im nächsten Moment war sie so schnell verschwunden, wie sie zuvor aufgetaucht war.

Lucy starrte immer noch Nikolas an. Hatte er gerade zu ihr gesagt, dass er sie liebte? Er liebte sie? Auf einmal war die Welt um sie herum völlig unwichtig. Ein nichtssagendes Gewirr aus Stimmen, Musik und Menschengewusel. Alles rückte in den Hintergrund. Nur Nikolas' Gesicht stach daraus hervor. Sein Lächeln und seine liebevollen Augen. Sein fester Blick bedeutete ihr, wie ernst er diese Worte gemeint hatte. Vanessas Worte hingegen drangen nur langsam durch die rosarote Nebelwolke hindurch, die um Lucys Kopf herum schwebte. Und genauso langsam registrierte ihr Gehirn, was sie zu bedeuten hatten. Sie wandte sich irritiert um. »Was hat sie gerade gesagt?« Lucy sah Vanessa verstört nach. Doch sie war schon weg. Was zum Henker hatte sie damit gemeint? Mark war doch immer noch mit Miriam zusammen. Das wusste sie genau. Sie suchte die Halle nach Miriam ab, fand sie aber immer noch nicht. Genauso wenig wie Mark Vrender – Miriams Freund. Also sah sie wieder Nikolas an. Genauso überrascht wie vorher. Sie wusste nicht, was sie sagen sollte. Sie war völlig überwältigt. Und deswegen sagte sie: »Danke«

Nikolas lachte.

Und Lucy sagte schnell: »Dafür, dass du mich vor Vanessa gerettet hast.« Sie holte tief Luft und fuhr fort: »Die nervt Miriam und mich schon seit Jahren mit ihren Sticheleien. Bei ihr ist man nur etwas Wert, wenn man sich bis zur Unkenntlichkeit schminkt und einen tollen Freund vorzeigen kann.«

»Dir ist doch hoffentlich klar, dass sie nur neidisch ist, oder?«, entgegnete Nikolas dann.

»Neidisch? Auf *mich*? Ich bitte dich«, sagte Lucy lachend. Sie war froh, dass sie es geschafft hatte, das Thema zu wechseln. »Sieh sie dir doch mal an. Sie ist so selbstverliebt, dass es schon fast weh tut. Sie ist ganz sicher auf niemanden neidisch.«

»Du hast recht«, sagte er jetzt und sah ihr dabei tief in die Augen.

Lucy verschluckte sich fast an ihrem Glühwein.

»Auf niemanden, bis auf dich. Weil du schön bist, ohne dich bis zur Unkenntlichkeit zu schminken und keinen Freund brauchst, um wertvoll zu sein. Aber sie schon. Das glaubt sie zumindest.«

Jetzt wurde sie rot. Aber glücklicherweise konnte man das bei diesem Licht nicht sehen. Er bezeichnete sie als schön? Nun gut, sie war nicht gerade eine Vogelscheuche. Aber schön? Das musste die rosarote Brille sein. Sein Blick auf die Realität war getrübt. Außerdem hatte er sie nicht gesehen, als sie noch krank gewesen war. Wenn er sie je so gesehen hätte, würde er sie ganz sicher nicht als schön bezeichnen.

»Doch, das habe ich«, sagte er nun.

»Du hast was?«

»Dich gesehen, als du noch krank gewesen bist.« Dabei dachte er an die Fotos, die ihm dieser Uniformierte vor die Nase geworfen hatte.

»WAS? Wann?«

Doch bevor er antworten konnte, spürten sie gleichzeitig Miriams Gegenwart. Sie war hier. Sie drehten sich zur selben

Richtung um und sahen, wie sie mit Hilar die Halle betrat. Obwohl sie lächelte, sah sie traurig aus. Es zerriss Lucy fast das Herz, sie so zu sehen. Als Lucy zu ihr gehen wollte, nahm Nikolas ihre Hand und sagte: »Denk bitte daran, was wir geübt haben.«

Sie wusste, was er meinte und nickte. Sie hatte das Gefühl, dass sie es jetzt schaffen würde, Miriams Gefühle von ihren eigenen zu unterscheiden. Aber sie betete dennoch in Gedanken, dass sie die Halle nicht einstürzen lassen würde, wenn sie die Gefühle ihrer Freundin zu spüren bekam. Als Miriam sie sah, machte sie ein erleichtertes Gesicht, eilte auf ihre beste Freundin zu und fiel ihr sofort in die Arme. Lucy hielt sie ganz fest und ließ sie lange nicht los. Es war schön, sie endlich festhalten zu können. Das hätte sie lieber schon viel früher getan.

»Wollen wir reden?«, flüsterte Lucy ihr leise ins Ohr.

Miriam antwortete nicht, aber in ihren Gedanken erklang ein ganz deutliches *Ja*.

Lucy nahm sofort ihre Hand, teilte Nikolas und Hilar in Gedanken mit, dass sie gleich wieder zurück wären und zog Miriam aus der Halle hinaus durch einen langen Korridor. Sie öffnete eine der Umkleidekabinen, knipste das Licht an und setzte sich mit Miriam auf eine Bank. Es roch nach Schweiß und Gummi, aber das störte jetzt nicht. Sie waren allein und es war ruhig. Und das war das Wichtigste.

»Was ist passiert?«, fragte Lucy vorsichtig und nahm dabei Miriams Hände.

Miriam versuchte, die Fassung zu bewahren, atmete tief ein und tat so, als würde es sie nicht sonderlich berühren. So machte sie es immer, wenn sie befürchtete, die Kontrolle über ihre Gefühle zu verlieren. Sie wehrte sich dagegen, schon wieder zu weinen. Das konnte Lucy fühlen. Und sie wollte sie auch nicht zu sehr mit der Sache belasten.

»Belaste mich ruhig, Miri«, antwortete Lucy auf ihre Gedanken.

»Ich will für dich da sein. Bitte gib mir eine Chance dazu.«

Miriam sah sie mit großen Augen an. »Du kannst diese Gedankensache auch?«

Lucy nickte verlegen. »Nicht so gut wie Niko oder Hilar«, sagte sie und verschwieg ihr, dass sich noch ganz andere Fähigkeiten in ihr zeigten. »Bitte sag mir, was passiert ist«, bat sie, um von sich abzulenken. »Ich weiß nur von Nikolas, dass es einen Familienstreit gab«, sagte sie.

Miriam holte tief Luft. »Meine älteste Schwester … ist jetzt auch für immer fort. Sie hat den Kontakt abgebrochen, genauso wie Chrissy vor fünf Jahren. Sie sagt«, Miriam stockte kurz der Atem und ihre Augen füllten sich mit Tränen, »sie will nichts mehr mit uns zu tun haben. Sie gibt meinen Eltern die Schuld an ihren Problemen. Und mich … hat sie angeschrien, weil ich sie verteidigt habe. Sie hat fürchterliche Dinge gesagt.« Miriam zog ein Taschentuch aus ihrer Hosentasche und tupfte sich damit vorsichtig die Tränen vom Gesicht. Sie hatte sich ihre verweinten Augen stark überschminkt. »Sie hat mich so verletzt. Es war so schlimm, dass mein Vater sich fast mit ihrem Mann geprügelt hat. Dann ist Hilar in den Streit geplatzt. Gott sei dank.«

Miriam entfloh ein Schluchzen, jedoch versuchte sie sofort wieder, sich zu fangen. Lucy konnte ihren Schmerz so deutlich fühlen, als gäbe es zwischen ihnen keinerlei Trennung. Es fühlte sich fürchterlich an. Von Menschen verlassen zu werden, die man liebte. Nur wegen eines dummen Streits. Wegen hunderter dummer Streits. Es ging schon seit Jahren so. Immer war irgendjemand Schuld an irgendetwas. Diese Familie war ein einziger, nie enden wollender Kampf. Jeder bekämpfte jeden. Lucy konnte immer noch nicht fassen, dass sie all die Jahre kaum etwas von diesem Drama mitbekommen hatte. Jetzt, wo sie so deutlich sehen konnte, was sich schon seit so langer Zeit in ihrer Familie abspielte, war sie geschockt. Zutiefst geschockt. Sie hätte es nie für möglich gehalten, dass Miriam das Ganze so sehr belastete. Wo sie doch immer die Fröhlichkeit und Stärke in Person gewesen war.

»Es tut mir so leid, Miri.« Jetzt kamen Lucy ebenfalls die Tränen. »Ich habe all die Jahre nicht bemerkt, wie sehr dir das zu schaffen macht.«

»Eigentlich«, sagte Miriam dann, »hat es das auch nicht«, gestand sie. »Ich hatte mich schon irgendwie daran gewöhnt und mich einfach immer raus gehalten. Aber seit ein paar Monaten komme ich irgendwie gar nicht mehr damit klar«, berichtete sie. »Ich komme mit vielen Dingen nicht mehr klar. Es wächst mir alles über den Kopf.«

Lucy sah sie mitfühlend an. »Seit ein paar Monaten?«, fragte sie überrascht.

Miriam nickte. »Es ging los, kurz nachdem du den Unfall hattest. Ich weiß nicht, vielleicht habe ich mir zu viele Sorgen um dich gemacht«, mutmaßte sie und putzte sich dabei kurz die Nase. »Ich konnte kaum noch klar denken, hatte ständig Wut auf alles und fürchterliche Ängste. Ich habe sogar angefangen, mir Horrorszenarien auszumalen, so wie du.« Dabei lachte sie verschnupft. »Kannst du dir das vorstellen? Ich und Horrorszenarien!« Wieder lachte sie. Dieses Mal aber verzweifelt. »Ich glaube, es ist einfach alles zu viel geworden. Ich bin total abgestürzt.«

»Oh Miri«, sagte Lucy jetzt liebevoll und nahm sie in den Arm. »Ich habe das nicht bemerkt. Das tut mir so leid!«

Miriam löste sich aus der Umarmung, sah sie an und lächelte milde. »Das solltest du doch auch gar nicht. Du hattest doch genug Sorgen. Du musstest dich von deinem Unfall erholen. Oder was immer das war...«, fügte sie an.

»Ach, hör auf, Miri. Hör auf, immer alles allein durchstehen zu wollen. Wozu sind Freunde denn da? Ich hätte dir so gern geholfen.«

Miriam nahm nun Lucys Hand und streichelte sie sanft. »Du weißt, wie es dir in all den Jahren ging, Lucy. Ich hätte nicht einmal im Traum daran gedacht, dich noch mit meinen Sorgen zu belasten. Ich hatte Angst um dich und wollte immer, dass es dir gut geht, verstehst du?«

Und schon wieder war sie die Starke. Kaum zeigte Lucy eine kleine Schwäche und ein paar Tränen, spielte Miriam die Beschützerin.

»Ich sage dir jetzt etwas und ich will, dass du dir das für immer merkst«, sagte Lucy mit fester Stimme. »Wenn es jemandem schlecht geht, der mir wichtig ist, dann will ich das wissen. Weißt du nicht mehr, wie es dich verletzt hat, dass ich dir die Sache verschwiegen habe, die im Sommer passiert ist? Das tut mir immer noch leid und ich schwöre, ich werde dich nie wieder so belügen. Und ich möchte, dass du mir dasselbe versprichst. Ich bin deine Freundin und ich will es wissen, wenn es dir nicht gut geht.«

Miriam sah sie einen Moment an und lächelte dann zaghaft. »In Ordnung. Versprochen.«

Sie besiegelten ihre Versprechen mit einem Händedruck und kicherten dabei wie kleine Schulmädchen. Dass sie dabei etwas verschnupft klangen, fanden sie nur um so lustiger. Ihre Stimmung hob sich jetzt glücklicherweise. Sie atmeten noch einmal tief durch und ließen all die Dramen erst einmal hinter sich.

Miriam wischte sich das verschmierte Augen-Make-Up vom Gesicht und wechselte nun das Thema. »Sag mal, Lucy«, sagte sie jetzt leiser zu ihr und rückte ein Stück näher, »Nikolas und Hilar.«

»Ja?«

»Sehen die Männer in Lumenia alle so aus? Die sind ja heiß.«

Lucy lachte herzhaft. »Soll das heißen, du glaubst mir die Sache mit Lumenia endlich?«, fragte sie.

»Naja«, meinte Miriam, »ich kann mir nicht vorstellen, dass du dir so eine verrückte Geschichte ausdenken kannst. So kreativ bist du nicht.«

»Stimmt«, sagte Lucy lachend. »Und ja«, antwortete sie dann. »Irgendwie sehen die da drüben alle ziemlich gut aus. Du solltest mal Alea sehen. Da bleibt dir die Luft weg.«

Miriam sah sie beeindruckt an und war froh, endlich wieder über andere Dinge reden zu können, nach all den Dramen und dem Leid. »Wollen wir wieder zurück zur Party? Ich glaube, wir können beide ein bisschen Spaß vertragen«, sagte Miriam dann.

Lucy merkte, dass sie das Ganze einfach so schnell wie möglich vergessen wollte. Sie wollte es verdrängen. So wie sie es immer tat. Und das wollte Lucy jetzt auch. Sie wollte tanzen und lachen und Glühwein trinken und am besten an gar nichts mehr denken, sondern einfach nur Spaß haben. Das hatten sie sich beide nach all dem Leid auch verdient. Doch als Miriam dann die nächsten Worte sprach, wurde die Vorfreude auf einen netten Abend sofort wieder zerschlagen.

»Ich muss Mark suchen«, sagte sie und zückte ihr Handy. »Er ist hier irgendwo. Er hat mir eine Nachricht geschickt.« Sie suchte die Nachricht beschäftigt in ihrem Handy und fügte dann an: »Er wollte mit mir reden.«

Lucy hatte plötzlich das Gefühl, als würde all die Freude, die gerade in ihr aufgekommen war, in einen tiefen Abgrund stürzen. Und das lag nur zum Teil daran, was Vanessa vorhin zu ihr gesagt hatte. Sie glaubte ihr die Sache nicht wirklich, dass sie nun mit Mark zusammen war und Miriam abgemeldet war. Und trotzdem hatten Miriams Worte ein mulmiges Gefühl in ihr ausgelöst. Ein Gefühl, das ihr regelrecht den Magen umdrehte. Sie spürte, dass noch irgendetwas passieren würde. Ob es etwas mit Mark zu tun haben würde, wusste sie nicht. Es stieg einfach in ihr auf und tauchte ihr Gemüt in eine tiefe Finsternis. Sie hatte eine furchtbar negative Vorahnung. Und sie fühlte sich erschreckend dramatisch an. So schrecklich hatte sich nicht einmal ihre Vorahnung im

Sommer angefühlt, als diese Typen vom Militär aufgetaucht waren. Sie versuchte nachzufühlen, was es mit diesem seltsamen Gefühl auf sich hatte, aber sie konnte keine konkreten Bilder sehen.

Miriam sah von ihrem Handy auf und bemerkte nun ihren angsterfüllten Blick. »Lucy?«, fragte sie. »Was ist los?«

Aber Lucy hörte sie kaum, so versunken war sie.

»Hey, was hast du?« Miriam rüttelte an ihren Schultern und als Lucy sie schließlich ansah, brach sie in Tränen aus.

»Mein Gott, was ist mit dir??«, fragte Miriam besorgt.

»Ich weiß nicht. Ich weiß es nicht. Irgendetwas stimmt nicht«, schluchzte Lucy. Die Lampen über ihnen begannen zu flackern und die Weihnachtsmusik, die aus der Halle kam, hatte plötzlich Aussetzer. Die Rohre in den Wänden knarzten und knackten und im Boden spürten sie ein leises Vibrieren.

In diesem Moment kam Nikolas in den Raum. Dicht gefolgt von Hilar. Nikolas kniete sich sofort vor Lucy nieder und nahm ihr Gesicht zwischen seine Hände. »Lucy, hör mir zu!«

Doch Lucy war wie weggetreten. Sie war so versunken in dem Gefühl, dass sie Nikolas kaum wahrnahm. Ihr wurde auf einmal übel. So übel, dass sie ganz blass wurde.

»Das ist nicht *dein* Gefühl, hörst du?« Er sprach jedes Wort aus, als wäre es ein vollständiger Satz. Aber Lucy liefen weiterhin unentwegt Tränen über das Gesicht.

»Was hat sie denn??«, fragte Miriam ängstlich.

»Sie ist ein Empath«, sagte Hilar mit besorgtem Gesicht und betrachtete dabei Lucy. »Ihre Fähigkeit ist allerdings viel zu stark ausgeprägt.«

»Was bedeutet das?« Miriam hielt Lucys Hand so fest, dass es weh tat.

»Sie fühlt die Emotionen anderer Menschen, als wären es ihre eigenen.«

Jetzt spürte Lucy sofort Schuldgefühle, die von Miriam

ausgingen. Und sie spürte sie so stark, dass sie ihr regelrecht die Brust zuschnürten.

»Hör auf damit!«, rief Lucy atemlos und sah Miriam bittend an. »Hör auf, dich schuldig zu fühlen! Das ist *mein* Problem, nicht deins.«

Man musste kein Empath sein und auch kein Gedankenleser, um das Erstaunen und das Entsetzen aus Miriams Gesicht zu lesen.

»Lucy«, flüsterte sie und sah ihre Freundin dabei eindringlich an. »Wenn das wirklich wahr ist, dann hör auf damit. Hör auf, meine Gefühle zu fühlen. Das sind meine. Nicht deine. Lass das bitte!«

»Ich kann damit nicht aufhören«, sagte Lucy unter Tränen. »Es passiert automatisch.«

»Aber du kannst sie von deinen eigenen Gefühlen unterscheiden. Du weißt, wie das geht. Konzentriere dich«, flehte Nikolas. »Bitte!«

Miriam konnte kaum fassen, was sie hier erlebte. Erst gestern hatte sie erfahren, dass Lucys neue Freunde Gedankenleser waren und jetzt sah sie, wie Lucy selbst Gedanken las und Gefühle anderer Menschen wahrnahm. Sie war fassungslos. Und ein weiteres Mal mit der Situation vollkommen überfordert.

Hilar nahm Miriam jetzt bei der Hand und bat sie, mit ihm hinauszugehen. Er vermutete, dass Lucy sich besser konzentrieren konnte, wenn sie nicht allzu vielen Emotionen ausgesetzt war. Sie ging sofort mit ihm mit und als Lucy mit Nikolas allein war, sagte sie: »Es sind nicht *nur* ihre Gefühle, Niko.«

Sie wusste, was es war. Es war ihre Intuition. Und sie war so stark, dass es ihr fast die Luft abschnürte.

»Ich weiß«, sagte Nikolas. »Aber du musst dich jetzt trotzdem beruhigen. Es wird eine lange Nacht.«

Lucy sah ihn überrascht an. »Was? Woher weißt du das?«

Er seufzte. »Nicht so wichtig. Ich glaube, es wird alles gut. Also mach dir keine Sorgen«, fügte er noch hinzu, bevor er ihre Hand nahm und sie aus der Umkleidekabine zog. »Komm mit. Wir sollten zusammen bleiben.«

»Aber was meinst du damit?«, fragte sie, während sie zurück zur Party gingen. »Was wird denn passieren?«

Die Halle füllte sich immer mehr mit festlich gekleideten Menschen, die Musik schien immer lauter zu werden und der Geruch von Alkohol lag schwer wie Blei in der Luft. Doch Nikolas antwortete ihr nicht mehr. Er suchte die Halle nach Miriam ab. Und so tat es auch Lucy. Als sie dann Hilar entdeckten, fragten sie ihn, wo Miriam sei. Er machte ein sehr bedrücktes Gesicht und zeigte auf einen Tisch am Ende der Halle. Miriam stand dort und sprach mit Mark Vrender. Ihrem Freund. Im ersten Augenblick war Lucy erleichtert, dass Mark endlich da war und sich ein wenig um Miriam kümmerte. Aber eine Sekunde später brachen erneut schmerzhafte Gefühle über Lucy herein.

»Nein«, flüsterte sie und erkannte im Bruchteil einer Sekunde, dass Vanessas Worte nicht nur Sticheleien gewesen waren.

Nikolas nahm Lucys Hand und Hilar senkte den Kopf.

»Er macht Schluss, oder? Er macht gerade Schluss mit ihr!«, rief Lucy panisch. »Das kann er nicht machen! Nicht heute!« Sie wurde fast hysterisch. Sie hatte Angst. Sie hatte fürchterliche Angst um Miriam. Eine Trennung würde sie jetzt nicht auch noch aushalten. Das wusste sie! Sie spürte es deutlich.

Plötzlich fiel die Musikanlage aus und das Licht in der Halle flackerte, als wären sie in einer Disko und nicht bei einer Weihnachtsfeier.

»Beruhige dich«, sagte Nikolas zu Lucy. »Wir kümmern uns um sie. Sie ist nicht allein, Lucy. Wir gehen gleich zu ihr und...« Nikolas hielt plötzlich inne und riss den Kopf zur Seite. Ein neues Gefühl stach ihm wie ein Messer ins Bewusstsein. Lucy zuckte zusammen, als sie es mit ihm fühlte. Und auch Hilar drehte sich um und machte ein Gesicht, als stünde ein Krieg bevor. In seinen Augen funkelten Wut und Kampfbereitschaft.

»Raus hier«, flüsterte Nikolas und festigte den Griff um Lucys Hand. »Raus! Schnell!«

Als Lucy seinem Blick folgte, riss er sie schon mit sich. Aber sie konnte noch flüchtig erkennen, wovor sie so plötzlich aus dem Gebäude flohen. Ihr blieb fast das Herz stehen. Sie fühlte sich zurückversetzt in die Ereignisse des Sommers, als Nikolas sie mitten in der Stadt einfach geschnappt und mit sich gerissen hatte. Weil jemand hinter ihr her war. Genauso wie jetzt. Es war dieselbe Situation. Hinten in der Ecke der großen Halle stand Marius.

Lucy keuchte erneut bei der Geschwindigkeit, die Nikolas an den Tag legte. Sie sprinteten nach draußen, rannten über den großen Parkplatz zum Auto und drehten sich noch einmal um, bevor sie einstiegen. Hilar war ihnen auf den Fersen und rief: »Was ist mit Miriam?«

Lucy sackte fast das Herz in die Hose. Sie sah Nikolas erschrocken an. »Wir müssen sie mitnehmen! Wir können sie nicht allein hierlassen.«

Ich weiß, dachte er und bat Lucy, schon einmal einzusteigen. Dann lief er zu Hilar. Sie sahen sich beide um und versuchten, Miriam zu spüren.

Sie ist nicht mehr in der Halle, dachte Hilar einen kurzen Moment später.

Nein, sie ist auch raus gelaufen. Das waren Nikolas' Gedanken.

Wohin?

Sie suchten den Parkplatz ab. Es verging eine gefühlte Ewigkeit, in der sie versuchten, zu sehen oder zu fühlen, wo sie sich befand. Lucy schloss ebenfalls die Augen und nutzte ihre Fähigkeit der Empathie. Sie spürte Trauer. Und Wut. Aber vor allem fühlte sie den Wunsch nach Geborgenheit und Schutz. Sehnsucht nach

Liebe. Nach Familie.

»Ich weiß, wo sie ist!«, rief Lucy auf einmal und setzte sich sofort ans Steuer. »Sie ist weg gefahren!«

Nikolas und Hilar rannten sofort zurück zum Wagen. »Lucy! Bist du verrückt? Lass *mich* fahren!«, rief Nikolas.

Lucy ignorierte ihn einfach. »Steigt ein! Schnell!«

Sie taten sofort, was sie sagte und noch bevor die Türen geschlossen waren, trat sie aufs Gaspedal.

Dass sich der Wagen seltsam leicht fahren ließ, bemerkte sie zunächst nicht. Sie war viel zu sehr damit beschäftigt, ihrem Gefühl zu folgen und die Verbindung zu Miriam aufrechtzuerhalten.

Nikolas suchte in ihren Gedanken nach Informationen, wo sie hinfuhr und versuchte gleichzeitig, mit auf den Verkehr zu achten. Er konnte nicht leugnen, dass Lucy ausgesprochen gut fuhr. Zwar viel zu schnell, aber wirklich geschickt. Sie jagte durch die Straßen wie ein Rennfahrer und seltsamerweise wurden die Ampeln immer genau dann grün, wenn sie darauf zufuhr. Es war fast wie verhext.

Hilar saß auf der Rückbank und grinste amüsiert. Als Nikolas ihn durch den Rückspiegel anblickte und dann seine Gedanken hörte, sagte er zu Lucy: »Schatz, lass mal das Lenkrad los.«

»Wie bitte??«, rief sie entrückt.

»Vertrau mir, lass los.«

Lucy zögerte noch einen Moment. Dann löste sie aber ein paar Finger vom Lenkrad, so dass sie es nur noch mit ihren beiden Zeigefingern festhielt. Überrascht stellte sie fest, dass es sich von ganz allein bewegte. Es wechselte die Spur, als sie daran dachte und drehte sich nach links, als sie in eine Straße einbiegen wollte. Dann ließ sie es schließlich ganz los. Mit offenem Mund beobachtete sie jetzt, wie sich das Auto ganz von selbst lenkte. »Was... wie...?!«, stammelte sie.

»Paco«, sagte Hilar und lachte los. »Der alte Angeber!«

Lucy war entsetzt. Paco hatte das Auto so programmiert, dass es von allein fahren konnte?

»Es reagiert scheinbar auf deine Gedanken«, sagte Nikolas. »Wahrscheinlich könntest du sogar das Gaspedal loslassen.«

Als sie in ein ruhiges Wohnviertel mit wenig Verkehr einbogen, löste Lucy tatsächlich den Fuß vom Gaspedal. Das Auto fuhr trotzdem weiter. »Ich fasse es nicht!«, rief Lucy aus. »Wie geht denn *sowas*?«, fragte sie voller Überraschung.

»Paco ist ein Meister im Programmieren von Gegenständen«, erklärte Hilar amüsiert.

Dann hielt das Auto plötzlich am Straßenrand an. Alle drei blickten durch die Windschutzscheibe direkt auf Miriam, die ein Stück entfernt vor ihnen auf dem Gehweg stand und auf der anderen Straßenseite ein Haus anstarrte. Es war das Haus ihrer Schwester, Christina. Chrissy, wie sie sie liebevoll nannte. Sie hatte immer sehr an ihr gehangen. Sie hing an all ihren Schwestern. Aber Chrissy hatte sie seit fünf Jahren nicht mehr gesehen. Früher hatte sie über alles mit ihr reden können. Sie waren wie beste Freundinnen gewesen, hatten sich gegenseitig ihre Geheimnisse erzählt, zusammen wunderschöne Dinge erlebt und schwere Zeiten gemeinsam durchgestanden. Und sie waren immer füreinander da gewesen, wenn es einem von beiden einmal schlecht gegangen war. Doch das war alles vorbei. Weil ihre Familie einfach nicht friedlich sein konnte, war der Kontakt vor fünf Jahren abgebrochen.

Während sie Miriam beobachteten, hörten sie alle drei ihre Gedanken, sahen ihre inneren Bilder und nahmen ihre Gefühle wahr. Miriam erinnerte sich an eine Situation in ihrem Leben, in der sie fürchterliche Angst gehabt hatte. Solche Angst, dass sie hatte weinen müssen. In diesem Moment war Chrissy für sie da gewesen. Sie hatte sie im Arm gehalten und ihr Mut zugesprochen.

Dieser kleine Moment hatte ihr immer viel bedeutet. Er gab ihr bis heute Kraft, wenn sie wieder einmal Angst hatte. Im nächsten Moment erinnerte sich Miriam an ihren ersten Freund. Es war eine Situation, in der sie unglücklich gewesen war, weil er sie schlecht behandelt hatte. Christina war auch hier für sie da gewesen. Sie hatte sie beschützt. So wie es große Schwestern taten. Lucy, Nikolas und Hilar spürten deutlich, wie sehr sich Miriam in diesem Moment nach Schutz sehnte. Und nach einer Umarmung ihrer Schwester. Ihr gingen so viele Erinnerungen voller Geborgenheit und Liebe durch den Kopf.

Doch jetzt gab es eine unsichtbare Mauer zwischen ihr und Chrissy. Ihre Schwester hatte mittlerweile Kinder, die sie ebenfalls seit fünf Jahren nicht gesehen hatte. Sie liebte diese Kinder. Sie waren ihr so sehr ans Herz gewachsen, dass sie in den ersten Jahren, in denen sie sie nicht hatte sehen dürfen, fast daran zu Grunde gegangen wäre. Der Schmerz saß so tief, dass es sich anfühlte, als müsse sie daran sterben. Sie liebte diese Familie, die dort in dem Haus lebte und nicht ahnte, dass sie gerade davor stand und sich nach ihr verzehrte. Sich danach sehnte, nur einmal von ihrer Schwester in den Arm genommen zu werden und erneut Worte des Trosts von ihr zu hören. Oder das Kinderlachen zu hören, das sie so vermisste. Wahrscheinlich wussten die Kinder gar nicht mehr, wer sie war. Hatten ihren Namen schon längst vergessen und dass sie früher so gern mit ihr gespielt hatten.

Schmerzen. Sie alle drei fühlten ihre Schmerzen und litten mit ihr diese fürchterlichen Qualen. Wie sie da stand und ein Haus anstarrte, das sie nicht zu betreten wagte. Weil sie Angst hatte, abgewiesen zu werden. Lucy weinte. Sie wusste nicht, dass die Dinge so schlimm standen. Dass sich Miriam so sehr nach ihrer Schwester sehnte. Es war, als reiße sie der Schmerz in Stücke. Sie alle drei hofften, dass Miriam hinübergehen und einfach klingeln würde. Sie hatten das Gefühl, dass es gutgehen würde. Aber

Miriam traute sich nicht. Sie litt Höllenqualen. Hilar wischte sich unauffällig eine Träne aus dem Augenwinkel und auch Nikolas kämpfte mit den Tränen. Dann öffneten sie alle gleichzeitig die Türen, um zu ihr zu gehen und dem Leid ein Ende zu setzen.

Als sie jedoch zu ihr eilten, krümmte sich Miriam plötzlich mit schmerzverzerrtem Gesicht, stieß ein gequältes Seufzen aus und sackte schließlich in sich zusammen. Sie fiel seitlich in den Schnee und blieb regungslos liegen.

13

eine lange nacht

hilar lief nervös im Flur auf und ab. An dem Raum, in dem Miriam gerade untersucht wurde, blieb er immer wieder einen Moment stehen und schien zu lauschen. In Wirklichkeit versuchte er aber nur, den Stand der Dinge zu erfühlen. Wenn er ein paar Informationen aufgeschnappt hatte, lief er weiter. Lucy stand mit Nikolas etwas weiter entfernt von dem Untersuchungsraum.

»Du wusstest es, oder?«, fragte Lucy. »Du wusstest, was passieren würde.«

Nikolas nickte langsam und machte ein entschuldigendes Gesicht.

Lucy senkte den Kopf und seufzte. »Was wird mit ihr passieren?«

»Ich bin nicht sicher. Ich konnte nur fühlen, dass mit ihrem Körper etwas nicht stimmt. Der emotionale Stress hat ihr zu sehr zugesetzt. Was es genau ist, weiß ich aber nicht. Ich kenne mich mit Krankheiten nicht aus.«

»Hast du es mir deshalb verschwiegen? Weil du Angst hattest, ich würde durch meine Fähigkeit nicht nur ihre Gefühle, sondern auch ihre Krankheit übernehmen?«

Nikolas antwortete nicht. Er sah sie nur besorgt an und nickte. »Du hast es vorhin auf der Feier schon deutlich gespürt. Dir ist übel geworden.«

Lucy bekam es mit der Angst zu tun. »Ist es etwas Schlimmes?«, fragte sie leise.

Nikolas reagierte weder mit einem Nicken noch mit einem Kopfschütteln. Er sah sie weiterhin an. Ganz so, als versuchte er in ihr einen Hinweis darauf zu finden, ob sie schon etwas von Miriam übernommen hatte. Dann endlich sagte er etwas. »Mit schlimm meinst du unheilbar?«

Lucy nickte.

»Keine Krankheit ist unheilbar. Das ist nur ein Glaube. Wenn du glaubst, dass eine Krankheit unheilbar ist...«

»...dann ist sie es auch«, beendete Lucy seinen Satz. Sie seufzte erneut. Jetzt kam es darauf an, was Miriam glaubte. Und sie war sich nicht sicher, ob sie in ihrem Zustand überhaupt noch an etwas glauben konnte. Sie war völlig am Ende.

»Dann müssen wir sie zum Glauben bewegen!«, rief Hilar plötzlich quer über den Flur. Dann kam er entschlossen auf die beiden zu. »Ich will euch helfen«, sagte er. »Habt ihr etwas dagegen, wenn ich noch eine Weile bleibe?«

Nikolas sah Lucy fragend an. *Er könnte eines der Gästezimmer haben, oder?*, dachte er.

Lucy zögerte keine Sekunde. »Natürlich!« Je mehr Menschen da waren, die helfen konnten, umso besser.

Aus Hilars Richtung strömten plötzlich so heftige Glücksgefühle, dass Lucy ihn überrascht anblinzelte. Er freute sich wie ein Schneekönig, dass er noch mehr Zeit hatte, um Miriam nahe zu sein.

Lucy sah ihn überrascht an. Er mochte sie.

Hilar wurde augenblicklich rot und setzte sofort seinen Flurmarsch fort. Er warf ihnen ein kurzes »Yo, danke!« entgegen und konzentrierte sich dann wieder auf das Untersuchungszimmer.

Derweil konzentrierte sich Lucy auf Miriams Eltern, die im

Warteraum saßen. Ihre Mutter weinte immer noch. »Sie wird doch nicht … sterben, oder?« Ihr Herz fing vor Angst heftig an zu rasen, als ihr die Worte über die Lippen kamen.

Aus Nikolas' Kopf kam eine unheimliche Stille. Er wusste es nicht. »Sie hat im Moment keinen sehr starken Lebenswillen«, sagte er leise.

Hier stirbt keiner!, kam es aus Hilars Richtung. *Ich werde ihren Lebenswillen schon wieder wecken!*

Lucy spürte seine Starrköpfigkeit. Er wollte diese Möglichkeit gar nicht erst in Betracht ziehen. Und das wollte Lucy auch nicht. Sie würde ihr ebenfalls helfen, ihren Lebenswillen wiederzufinden. Nikolas betrachtete die Situation etwas nüchterner. Er würde natürlich auch alles tun, um ihr zu helfen. Aber er wusste auch, dass es letzten Endes Miriams Entscheidung war. Und gegen den freien Willen eines Menschen konnte keiner von ihnen etwas tun.

Lucy gefiel der Gedanke nicht. Sie überlegte, ob sie Hilar dazu überreden konnte, einen Kristallsplitter aus Lumenia zu holen, um ihn Miriam irgendwie in den Körper einzupflanzen. Das würde ihre Energie anheben und sie heilen.

»Lucy«, mahnte Nikolas.

»Was denn? Bei mir hat das doch auch geklappt!«, erinnerte sie ihn. Als sie im Sommer von dem Kristallsplitter getroffen worden war, waren innerhalb eines Tages all ihre Krankheiten verschwunden.

»Das wäre gegen ihren Willen. So funktioniert das nicht.«

»Es war auch gegen *meinen* Willen, als mich der Kristall getroffen hat.«

»Es war ein Unfall. Du hast ihn angezogen, weil du gesund sein *wolltest*.«

Plötzlich war sie still. Bedeutete das, dass Miriam … sich nach dem Ende *sehnte*? Lucy wollte nicht darüber nachdenken. Und sie wollte es auch nicht wahrhaben. Sie schob den Gedanken ganz weit nach hinten und dachte weiterhin über die Option Kristallsplitter nach. Jedoch kam ihr mit diesem Gedanken auch die Erinnerung an den Sommer zurück ins Bewusstsein. Und an die Verfolgungsjagd. Und plötzlich fiel ihr Marius wieder ein.

»Er hat uns nicht gesehen. Keine Angst«, beruhigte Nikolas sie, noch bevor sie etwas sagen konnte.

»Wir haben vorhin erst darüber gesprochen. Und auf einmal stand er da.« Es war alles so schnell gegangen. Sie hatte noch gar keine Gelegenheit gehabt, darüber nachzudenken.

Nikolas überlegte einen Moment lang. Lucy verfolgte jeden seiner Gedanken. Er hätte sie gar nicht aussprechen müssen. Aber er tat es trotzdem. »Taro hat uns damals gesagt, dass er Marius erwischt und sein Gedächtnis gelöscht hat«, berichtete er.

Lucy sah ihn überrascht an. »Ich dachte, ihr konntet ihn nicht finden?«

»Taros Kräfte sind in letzter Zeit etwas«, er suchte einen Moment lang nach dem richtigen Wort und sagte dann: »instabil. Deshalb wollte die blaue Garde noch einmal nachprüfen, ob es funktioniert hat. Aber sie konnten ihn nicht mehr finden. Er war untergetaucht.« Er machte kurz Pause und beobachtete Hilar einen Moment, wie er im Flur auf und ab ging. Dann fuhr er fort: »Es war vielleicht nicht so klug von mir, Marius meine ganze Energie in den Körper zu jagen.« Die letzten Worte hatte er so leise ausgesprochen, dass seine Gedanken fast lauter gewesen waren.

Lucy stutzte. Sie erinnerte sich noch genau daran, wie Nikolas damals einen riesigen, flirrenden Energieball auf Marius abgefeuert hatte. »Wieso denn?«, fragte sie. »Wie hättest du ihn anders aufhalten sollen? Du sagtest doch, Lumenier dürfen niemandem schaden.« Das war eine der Regeln, nach denen die Lumenier lebten. Nikolas hatte ihr noch nicht viel erzählt, aber das war eines der Dinge gewesen, die sie unbedingt hatte wissen wollen. Die ganzen letzten Monate waren ihr Marius' Worte nicht mehr aus dem Kopf gegangen: *Du bist Lumenier. Du tust niemals jemandem etwas.* Sie hatte sich schon gedacht, dass die Menschen in Lumenia friedliebend waren und deshalb niemandem schaden wollten. Aber das war nicht alles gewesen. Nach ihrem Glauben war alles miteinander verbunden und deshalb fiel auch alles, was sie jemandem antaten, auf sie selbst zurück.

»Was ist dann dein Job in der Garde, wenn du gegen niemanden kämpfen darfst?«, war damals Lucys nächste Frage gewesen. Und Nikolas' simple Antwort: »Wir beschützen den Kristall.«

Sie wusste noch nicht, wovor er beschützt werden musste, oder warum er überhaupt beschützt werden musste und warum sie verschiedene Uniformen trugen, um diesen Job zu machen. Ob es vielleicht Abstufungen in den Garde-Jobs gab. Vielleicht gehörte er zu der Nachtschicht und Alea passte dann tagsüber auf den Kristall auf. Sie wusste nicht einmal einen Bruchteil von dieser Welt. Immer, wenn sie ihm Fragen über Lumenia stellte, zögerte er. Er wolle sie nicht überfordern, sagte er immer. Aber wie schlimm konnten solche Informationen schon sein?

Als Nikolas ihr nicht antwortete und sie auch in seinem Kopf keine Antwort fand, fragte sie weiter: »Warum denkst du, dass es ein Fehler war, ihm deine Energie in den Körper zu jagen?«

Er seufzte und sah sie dann an. »Weil es zu einem Erwachen führen kann. Zu einem Erwachen von Fähigkeiten.«

Lucy schluckte. Was sagte er da?

»Normalerweise knockt es jemanden einfach nur aus«, erklärte Nikolas weiter. »Die Energie führt dazu, dass sich das Bewusstsein kurz erweitert. Es wird sozusagen angeschubst. Dadurch schaltet es sich erst einmal aus. Man wird ohnmächtig.«

Lucy nickte gebannt und hörte weiter neugierig zu.

»Diese Erweiterung des Bewusstseins kann aber auch Folgen haben. Positive und negative. Sie kann dazu führen, dass sich Kräfte entwickeln oder dazu, dass man wahnsinnig wird.« Dabei sah er Lucy bedeutsam an. »Und es kann dazu führen, dass ein Löschen der Erinnerungen nicht mehr funktioniert.«

Lucy versuchte, zu verstehen, was er damit meinte. »Das heißt, auch wenn dieser Taro seine Erinnerungen damals gelöscht hat, können sie wiederkommen?«, schlussfolgerte sie.

Nikolas machte ein besorgtes Gesicht. »Genau«, sagte er dann. »Selbst wenn Taro es hinbekommen hat, habe ich durch meine Energie-Attacke sein Bewusstsein womöglich so sehr erweitert, dass er einen bewussten Zugang zu diesen Erinnerungen gefunden hat. Deswegen suchen wir ihn seit Monaten. Ich hatte es mit meiner Attacke ziemlich übertrieben.«

Lucy ließ sich resignierend auf einen Stuhl sinken und seufzte. Wie schlimm konnte ein Tag eigentlich werden? Erst ihr Streit mit Nikolas, dann Miriams Zusammenbruch und jetzt *das*.

Plötzlich öffnete sich die Tür und der Arzt trat hinaus in den Flur. Miriams Eltern hatten die Tür gehört und eilten sofort aus dem Warteraum auf den Arzt zu. Ihre Blicke waren erschreckend angsterfüllt. Lucy traute sich nicht, näher heran zu gehen. Sie wollte es nicht hören, wenn der Arzt die schlechte Nachricht verkündete. Sie wäre am liebsten aus dem Krankenhaus gelaufen. Nikolas nahm ihre Hand und beruhigte sie mit einem »Es wird alles gut«.

Dann machte sie den Fehler und lauschte in den Kopf des Arztes, während er sprach.

Soll ich ihnen sagen, wie schlecht die Chancen stehen? ... Sie sehen so fertig aus. ... Manchmal hasse ich meinen Job. ... Wer von ihnen ist dieser Hilar, nach dem sie gefragt hat? ... Sie hätte früher kommen sollen. ...

Während Miriams Eltern mit dem Arzt sprachen, liefen Lucy Tränen über das Gesicht. Er sagte ihnen, dass eine Chemo-Therapie angebracht wäre. Sie wollten aber vorher noch einige Untersuchungen mit ihr machen.

Nikolas legte seinen Arm um Lucys Schultern und ging zu dem Doktor. »Dürfen wir rein?«, fragte er.

Der Arzt nickte. »Es geht ihr soweit gut. Sie sollte aber möglichst Stress vermeiden.«

Dann nahm Nikolas Lucys Hand und ging in den Untersuchungsraum. Miriam saß auf einem Bett und starrte ins Nichts. Sie hatte nicht reagiert, als Lucy und Nikolas in den Raum gekommen waren. Und sie reagierte auch nicht, als Hilar hinein polterte und die Worte des Arztes lautstark als »dummes Krankheitsgefasel« beschimpfte und mit einem verächtlichen »Der hat doch keine Ahnung!« abschloss.

Als sich Lucy neben Miriam auf das Bett setzte, hätte sie die Welle von Traurigkeit und Angst, die aus Miriams Richtung über sie hereinbrach, fast wieder aus dem Zimmer gejagt. Aber sie biss die Zähne zusammen, nahm einen tiefen Atemzug und legte dann ihre Hand auf Miriams Knie.

»Wir kriegen das wieder hin. Ganz sicher«, sagte sie so fest, wie sie es in diesem Moment schaffte. Dennoch zitterte ihre Stimme ein wenig.

Miriam sah sie nicht an, als sie sprach. Ihr Blick verharrte weiterhin im unbekannten Nichts. Und ihre Stimme klang kraftlos und leer. »Ist schon gut, Lucy«, murmelte sie teilnahmslos.

Dann trat Hilar näher. Bei der gedrückten Stimmung im Raum wirkte seine bebende, energiegeladene Stimme irgendwie unpassend. »Egal, was der Typ gesagt hat«, brummte er, »er hat Unrecht!«

Jetzt sah Miriam auf und zog fragend die Augenbrauen hoch. Lucy hörte in ihrem Kopf die Frage, wen er wohl meinte. Miriam dachte sofort an Mark, der ihr auf der Weihnachtsfeier wohl etwas sehr Unangenehmes gesagt hatte. Offenbar verdrängte sie die Tatsache, dass der Arzt gerade eine schwere Krankheit bei ihr diagnostiziert hatte. Alles, woran sie denken konnte, war Mark.

»Genau den meine ich«, antwortete Hilar. »Und den Onkel Doktor auch.« Dann warf er dem Arzt, der gerade mit Miriams Eltern hereinkam, einen verhöhnenden Blick zu. »Vertrau mir«, sagte er dann leise zu ihr. »Er hat *wirklich* keine Ahnung.«

Dann trat Hilar zur Seite, um Platz für ihre Eltern zu machen, die sie weinend in die Arme schlossen und kaum ein Wort herausbrachten. Ihr Vater stammelte immer wieder »Es wird alles gut, es wird alles gut«, aber Lucy, Nikolas und Hilar fühlten die zermürbende Angst, die er um seine Tochter hatte. Es war eine Szene wie aus einem Melodram. Alle weinten. Und die Stimmung im Raum sackte immer weiter ab, wurde immer drückender und deprimierender.

Lucy fiel es von Minute zu Minute immer schwerer, zu atmen. Die Luft wurde so dick, dass sie immer mehr das Gefühl hatte, sie würde versuchen, einen Sumpf einzuatmen. Sie rang nach Luft und versuchte, sich klarzumachen, dass sie nicht wirklich erstickte. Dass es sich nur so anfühlte. Aber sie geriet trotzdem in Panik. Sie musste hier raus. Sie musste einfach so schnell wie möglich an die frische Luft. Nikolas schnappte sie sich, warf Hilar einen erklärenden Blick zu und lief mit ihr aus dem Zimmer. Dass überall dort, wo Lucy entlang lief, das Licht flackerte und womöglich in allen Räumen, an denen sie vorbei kam, die Geräte ausfielen, war ihr heute egal. Auch dass die Schiebetür am Ausgang, die sich automatisch öffnete, als sie davor stand, in der Mitte riss und sich dann nicht mehr schloss, als sie das Gebäude verließ, interessierte sie nicht.

Als sie mit Nikolas draußen war, umfasste er ihre Schultern, sah ihr tief in die Augen und sagte: »Tieeef einatmen.«

Lucy tat, was er sagte und nahm ein paar sehr tiefe Atemzüge. Die Stimmung hier draußen war besser. Zwar nicht besonders positiv – schließlich befanden sie sich auf dem Parkplatz eines Krankenhauses – aber immerhin besser, als noch vor ein paar

Minuten in diesem Raum. Dennoch störte es sie, dass sie anscheinend die Emotionen aller Menschen spüren konnte, die heute diesen Parkplatz betreten hatten. Sie lagen in der Luft wie unterschiedliche Gerüche. Manche waren stark, manche nur ganz schwach. Aber sie konnte sie alle fühlen. Sie flogen einfach durch ihr Bewusstsein.

»Das wird langsam unheimlich«, sagte Lucy erschöpft und nahm noch einen sehr langen, tiefen Atemzug. Die Luft war kalt und klar und roch nach Schnee und Eis. Sie klärte ein wenig ihren Kopf.

»Ich weiß nicht, wie du das machst«, sagte Nikolas leise und sah Lucy dabei nachdenklich an. Sogar in diesem spärlichen Licht, das von einer weiter entfernten Laterne schwach zu ihnen hinüber schien, funkelten seine blauen Augen wie unglaublich seltene Edelsteine.

Sie erwiderte seinen Blick wie gefesselt. »Was meinst du?«

»Deine Fähigkeit scheint sich offenbar völlig selbständig zu verstärken. Ohne, dass du dich darauf konzentrierst, oder dein Energieniveau anhebst. Ganz im Gegenteil. Deine Energie hat in den letzten Stunden immer mehr abgenommen. Und trotzdem hat sich deine Fähigkeit verstärkt. Das ist erstaunlich.«

Lucy konnte nicht behaupten, dass sie besonders stolz darauf war. Sie empfand diese Fähigkeit eher als eine Last.

Er schmunzelte. »Trainierst du etwa heimlich?«, fragte er, um sie etwas aufzuheitern.

»Nicht, dass ich wüsste«, lachte sie. Langsam ging es ihr besser. Hier draußen war es wirklich viel angenehmer als drinnen. Außerdem war sie froh, dass sie nicht das halbe Krankenhaus zerlegt hatte, bei diesen negativen Emotionen. Aber sie wollte nicht länger als unbedingt nötig in der Nähe von irgendwelchen Geräten sein, denen sie den Garaus machen konnte. Sie wusste noch, was das letzte Mal passiert war, als sie im Krankenhaus gewesen war.

Nikolas beobachtete ihre Gedanken einen Moment lang und sagte dann: »Ich denke, dieser Splitter hat sehr viel mehr in dir angestoßen, als wir vermutet haben.«

Sie sah ihn interessiert an. »Was meinst du damit?«

»Als ich Marius damals mit diesem Energieball außer Gefecht gesetzt hatte, war das nur ein Bruchteil der Energie, die in dem Splitter gesteckt hat«, teilte er ihr mit. »Du warst einer Energie ausgesetzt, die so konzentriert kein zweites Mal auf dieser Welt existiert. Ich weiß nicht, ob dir das klar ist.« Nach diesen Worten sah er sie sehr nachdenklich an.

Sie wusste nicht, worauf er hinaus wollte. Ja, ihr war klar, dass sie einer sehr starken Energie ausgesetzt gewesen war. Einer Energie, die seltsame Fähigkeiten in ihr ausgelöst hat. Aber das hatten sie jetzt schon so oft durchgekaut, dass es wirklich nichts Neues mehr war.

»Es gab in Lumenia einmal jemanden, der eine ähnlich starke Empathie hatte wie du«, erzählte Nikolas jetzt. Dabei bekam sein Gesicht jedoch einen sehr ernsten, gequälten Ausdruck. »Sie war unglaublich mächtig«, sagte er. Seine Stimme klang sehr andächtig und sein Blick drückte plötzlich eine schmerzhafte Sehnsucht aus.

Lucy sah ihm in das traurige Gesicht und versuchte, seine Gedanken zu lesen. Doch er hatte wieder eine Mauer um sie herum errichtet. Sie hörte nichts als Stille in seinem Kopf. »Wer war sie?«, fragte sie neugierig.

Doch Nikolas antwortete nicht darauf. Er holte tief Luft, wobei er sichtlich versuchte, seine traurigen Gefühle abzuschütteln und sagte dann: »Was ich damit sagen will, ist: Sie konnte mit dieser Empathie umgehen. Sie war eine Meisterin darin. Und das befähigte sie zu großen Dingen. Es ist also keine Last und auch kein Fluch, empathisch zu sein. Wenn du damit umgehen kannst, wird es zu einer Macht, durch die dir nichts mehr unmöglich ist.«

Sie sah ihn erstaunt an. »Zu einer Macht?«, fragte sie überrascht. Was sollte denn machtvoll daran sein, die Gefühle anderer Menschen mitzuempfinden?

Nikolas lächelte jedoch nur wissend. »Ich habe dich unterschätzt, Lucy«, sagte er auf einmal. »Ich denke, du kannst besser damit umgehen, als wir beide glauben. Und es tut mir leid, dass ich dir das Gefühl gegeben habe, bevormundet zu werden. Das war nicht meine Absicht. Denn eigentlich will ich, dass du an dich glaubst. Nicht, dass du an dir zweifelst. Und ich denke, ich habe mit meiner Angst um dich genau das Gegenteil erreicht.«

Lucy ging das Herz auf. Und mit einem Mal verflog all ihre Wut, die sich im Laufe des Tages angestaut hatte. Sie fiel ihm sofort um den Hals und hielt ihn ganz fest. »Danke«, hauchte sie und fühlte sich in ihrer Meinung über ihn erneut bestätigt. Er war der einfühlsamste Mensch auf diesem Planeten. Und auf einmal war es ihr wieder egal, dass sie noch nicht viel über ihn oder die Welt, aus der er kam, wusste. Sie wusste, dass er ein wunderbarer Mensch war. Und das reichte ihr.

Nach seinen Worten war sie wieder fest entschlossen und auch mehr als zuversichtlich, dass sie diese Sache mit der Empathie schon irgendwie in den Griff kriegen würde. Denn sie wollte nicht jedes Mal, wenn sie Miriam sah, einen halben Nervenzusammenbruch kriegen. Und außerdem machte es sie mehr als neugierig, was Nikolas damit meinte, dass ihr mit dieser Fähigkeit nichts mehr unmöglich war. Sie wollte ihn noch fragen, wer diese Frau war, über die er gesprochen hatte, verkniff es sich aber.

Nikolas sah jetzt zu dem Gebäude hinauf. »Sie kommen gleich runter und fahren nach Hause«, sagte er und löste sich aus der Umarmung. »Das sollten wir auch tun«, schlug er dann vor.

Lucy stimmte nickend zu. Sie war völlig erledigt und wollte jetzt einfach nur noch ins Bett fallen und diesen verfluchten Tag hinter sich lassen. Aber irgendetwas sagte ihr, dass er immer noch nicht vorbei war.

14

ALBTRÄUME

Es war dunkel und ihr Körper fühlte sich seltsam klein an.

Jemand lag vor ihr und hatte ihr den Rücken zugekehrt. Sie streckte eine winzige Hand aus und berührte samtweiches Haar. Es war ihre Mutter. Sie schlief. Würde sie aufwachen, wenn sie mit ihren Haaren spielte? Konnte sie es im Traum überhaupt fühlen, wenn sie ihr Haar berührte? Wenn sie es um ihren kleinen Finger wickelte oder darauf herumdrückte? Was waren das für Fragen?

Lucy rutschte mit ihrem kleinen Kinderkörper näher an ihre Mutter heran. Sie war so schön warm. Sie kuschelte sich an ihren Rücken und legte den Kopf in ihren Nacken. Was fühlte ihre Mutter wohl gerade? Sie versuchte in sie hinein zu lauschen, um zu erfahren, welche Gefühle in ihr umher schwirrten. Sie wollte wissen, wie ihre Mutter die Welt erlebte. Wie sie das Leben sah und mit welchen Gefühlen sie darauf reagierte. Konnte sie für einen Moment durch ihre Augen sehen? Durch ihre Gefühle fühlen? In ihren Körper schlüpfen und alles so wahrnehmen wie sie? Sie musste alles ganz anders sehen. Schließlich war sie viel größer. Und älter. Sie wollte fühlen wie sie. Sich ihre Gefühle zu eigen machen und die Welt durch diese Gefühle wahrnehmen. Es musste spannend sein, so etwas zu können. Die Welt durch andere Augen zu sehen. *Empathie.* Das Wort geisterte ihr im Kopf herum. Als Kind hatte sie es noch nicht gekannt. Aber jemand flüsterte es ihr gerade in den kleinen Geist. *Empathie. Du suchst nach Empathie.*

Plötzlich riss etwas an Lucys kleinem Körper und sie fand sich in der Innenstadt wieder. Sie war jetzt nicht mehr klein, sondern erwachsen. Die Leute huschten an ihr vorbei und es fielen dicke Schneeflocken vom Himmel. Dann stand auf einmal Marius vor ihr und funkelte sie mit seinen eiskalten grau-braunen Augen an. Sie schrie und wollte weglaufen, aber ihr Körper reagierte nicht. Er war stocksteif. Dann streckte Marius die Hand aus.

»Gib mir den Kristall«, sagte er. Seine Stimme jagte ihr erneut eine Gänsehaut über den ganzen Körper.

»Ich habe ihn nicht mehr!«, schrie sie.

Dann tauchte neben ihm noch ein Mann auf. Er war groß und trug eine Lumenische Uniform. Sie war blau. Er trat näher an Lucy heran und sie wich instinktiv einen Schritt zurück. Sie hatte Angst vor ihm. Er war mächtig. Sehr mächtig. Das spürte sie genau.

»Du wirst es nicht schaffen«, sagte er. »Diese Welt ist nicht mehr zu retten. Halte dich aus der Sache heraus.« Dann deutete er mit dem Finger auf das Dach eines Hochhauses. Dort oben stand Miriam. Sie wollte sich umbringen. Lucy brüllte verzweifelt ihren Namen, aber sie konnte sie nicht hören.

Plötzlich riss erneut etwas an ihr und sie war wieder an einem anderen Ort. Sie blickte auf eine Wiese. Es war kalt. Was waren das für Kleider? Sie trug doch nie schwarz. Sie hob die Arme und betrachtete argwöhnisch die schwarze Jacke, die schwarze Hose und die schwarzen Schuhe. Dann sah sie auf und entdeckte Miriams Grabstein. Sie war auf ihrer Beerdigung.

»NEIN! NEIIIN!«

Die kleine Leselampe flog vom Nachtschrank und zerbrach unter Lucys ohrenbetäubenden Schreien. Sie hielt ihren Kopf zwischen den Händen, als wollte sie die fürchterlichen Gedanken herauspressen und schrie ununterbrochen. Dann ging das Licht an.

»Lucy! Beruhige dich!!«, rief Nikolas.

Die Glühbirne zerplatzte und die Regale krachten von den Wänden. Das Poltern war so laut, dass es fast Lucys Schreie übertönte. Aus dem Boden und aus den Wänden kam ein dröhnendes Geräusch und ein Vibrieren, so dass auch die Bilder von den Wänden fielen. Eines fiel direkt auf Lucys Kopf zu, doch Nikolas warf es mit nur einer kurzen Handbewegung gegen die Kommode. Dann sprang er auf und zündete schnell eine Kerze an, die jedoch mehr flackerte als zu brennen. Doch zumindest konnte er jetzt wenigstens etwas erkennen. Er setzte sich wieder zu Lucy aufs Bett und versuchte, ihre Hände von ihrem Kopf zu nehmen.

Aber sie wehrte sich, indem sie mit ihren Ellenbogen um sich schlug. Sie wollte diese Bilder loswerden. Sie wollte sie löschen und nie wiedersehen!

»Sie verschwinden nicht, wenn du sie bekämpfst!«, rief Nikolas so laut, dass es wahrscheinlich das ganze Viertel hörte. Aber er musste ja gegen ihre Schreie anbrüllen. Sie war hysterisch. All die Gefühle, die nicht ihr gehörten, die sie aber so deutlich fühlte, als wären es ihre eigenen, schienen langsam Überhand zu nehmen. Sie fühlte Miriams Traurigkeit immer noch so deutlich, als würde sie direkt neben ihr sitzen. Und der Traum, dieser fürchterliche Traum wollte einfach nicht aus ihrem Kopf verschwinden. Sie hatte Angst. Schreckliche Angst.

Nikolas legte jetzt einfach seine Arme um ihren Körper und presste sie ganz fest an sich. Dann ließ er seine Energie so rapide ansteigen, dass Lucy augenblicklich ruhiger wurde. Er ließ ganz bewusst die positivsten Gefühle in sich entstehen. Liebe, Freude, Zuneigung, Vertrauen, Geborgenheit, Dankbarkeit. Er wusste, wie man diese Gefühle aus dem Nichts heraus in sich entstehen lassen und verstärken konnte. Und er wusste, dass Lucy sie spüren würde. Entspannung machte sich in ihr breit. Und eine angenehme Wärme. Der Schmerz und die Angst verschwanden, als hätte jemand einen Hebel in ihr umgelegt. Sie atmete auf.

»Niko«, hauchte sie an seiner Brust. Ihr Körper fühlte sich taub an. Als wären all ihre Sinne überreizt.

»Ja«, flüsterte er.

»Tut mir leid.« Ihre Stimme klang erschöpft. Und ihr Körper lag kraftlos in seinen Armen. »Ich habe dich erschreckt.«

Was würde sie bloß ohne ihn tun? Wie würde sie diese Fähigkeit der Empathie aushalten, ohne seine ständige Hilfe? Es war, als gäbe es zwischen ihr und der Welt da draußen oder zwischen ihr und den Menschen gar keine Barriere mehr. Womöglich konnte sie schon die Gefühle von Tieren spüren.

»Ist schon gut«, wisperte er zurück und streichelte über ihr dunkles Haar. Es fühlte sich an wie warme Seide. Am Ansatz war es ein wenig feucht. »Willst du darüber reden?«

Sie schüttelte wild mit dem Kopf und schob die Erinnerung an den Traum ganz weit weg. Sie wollte nur wissen, ob es Miriam gut ging und ob in nächster Zeit etwas Schlimmes mit ihr passieren würde. Sie war im Moment nicht dazu in der Lage, mit ihren Fähigkeiten irgendetwas Konkretes darüber herauszufinden, also schickte sie diese Fragen in Gedanken an Nikolas. Sie traute sich nicht, sie auszusprechen.

Nikolas warf still einen Blick in die Zukunft und fühlte nach, wie es Miriam ging.

»Alles in Ordnung«, sagte er. »Sie schläft. Mach dir keine Sorgen. Hilar passt auf sie auf.«

»Worauf du deine schrille Stimme verwetten kannst!!«, sagte plötzlich jemand.

Lucy löste sich aus der Umarmung und wandte sich zur Schlafzimmertür um. Dort stand Hilar plötzlich in Shorts und T-Shirt und lehnte lässig am Türrahmen. Offenbar hatte sie ihn mit ihrem Geschrei geweckt. Sie hatte schon ganz vergessen, dass er ja in ihrem Gästezimmer wohnte.

Sie reagierte auf seinen Kommentar mit einer gedanklichen

Entschuldigung. Dann sagte sie sofort: »Lass sie bitte nicht aus den Augen« und sah ihn dabei bittend an.

Er erwiderte ihren Blick fest und entschlossen und schmunzelte dann brüderlich. »Keine Angst. Sie wird nirgendwo hingehen ohne, dass ich ihr wie ein Schatten folge.« Dann zwinkerte er und verschränkte selbstsicher die Arme vor der Brust.

Lucy machte ein erleichtertes Gesicht und dankte ihm. Sie spürte genau, dass er es nicht nur wegen des Planes tat, den er mit Nikolas abgesprochen hatte. Oder weil er Nikolas unbedingt einen Gefallen tun wollte. Es war ihm ein persönliches Bedürfnis, ihr zu helfen. Er mochte sie sehr.

Lucy hatte diesen Gedanken noch nicht zu Ende gedacht, da verschwand er auch schon wieder und schloss mit einem verlegenen Lächeln die Tür hinter sich.

»Es wird alles gut, Lucy«, wisperte Nikolas und gab ihr einen Kuss auf die Stirn. »Wir lassen nicht zu, dass ihr etwas passiert.«

Obwohl Lucy innerlich wieder vollkommen ruhig war, machte sich ein Gefühl von Sorge in ihr breit. Sie konnte nicht daran glauben, dass alles gut werden würde. Es lag an Miriam, ob sie an ihrer Krankheit sterben würde oder nicht. Und wenn sie es nicht schafften, ihren Lebenswillen wieder zu wecken, würde sie einfach gehen. Und Lucy würde nichts dagegen tun können. Ihr ganzer Körper wehrte sich gegen diesen Gedanken und verkrampfte sich sofort wieder. Die Tatsache zu akzeptieren, dass die Möglichkeit bestand, dass ihre beste Freundin diese Welt verlassen würde, war ihr einfach unmöglich.

»Es ist so schwer.« Ihre Stimme klang heiser. »So schwer, es zu akzeptieren.«

Nikolas sah sie mitfühlend an. »Ich weiß. Aber denke bitte daran, dass du etwas dagegen tun kannst. Du kannst ihr helfen. Wir alle können das. Und das werden wir auch.«

»Aber ich muss akzeptieren, dass die Möglichkeit besteht«,

entgegnete sie. »Wenn sie unsere Hilfe nicht will und wir es nicht schaffen, ihren Lebenswillen wieder zu wecken, dann … muss ich das akzeptieren.«

Nikolas stimmte mit einem vorsichtigen Nicken zu. »Erinnerst du dich an die Geschichte aus meiner Kindheit?«

Lucy sah ihn überrascht an. »Ja«, flüsterte sie. Ebenfalls vorsichtig. Sie erinnerte sich genau an die schrecklichen Gefühle, die er mit diesem Erlebnis verband. Und sie war überrascht, dass er von selbst begann, darüber zu reden.

»Ich wollte auch nicht akzeptieren, dass mein Freund gerade drohte, in den Abgrund zu stürzen. Wenn es aber passiert wäre, hätte ich es akzeptieren *müssen*. Aber soweit ist es nicht gekommen.« Er hielt kurz inne und sah ihr tief in die Augen. »Und soweit ist es auch hier noch nicht. Miriam ist zwar krank und es besteht die Möglichkeit, dass sie stirbt. Aber *jetzt* ist sie am Leben und wir werden dafür sorgen, dass es auch so bleibt.«

Lucy lächelte dankbar, aber es fühlte sich an, als wären ihre Wangen aus Blei, so schwer fiel es ihr. Sie wollte all das Leid am liebsten sofort beenden. So wie sie im Sommer ihr eigenes Leid beendet hatte. Quasi mit einem Fingerschnippen. Sie hatte einfach den Kampf abgeschaltet. Die Gewohnheit gegen alles zu kämpfen, was sie nicht mochte. Es war ihr zwar manchmal schwer gefallen, etwas zu akzeptieren, das sie ihr ganzes Leben lang abgelehnt hatte, aber sie hatte es dennoch geschafft. Weil sie nicht mehr hatte leiden wollen.

»Es ist ihr Widerstand«, sagte sie jetzt. »Ihr Widerstand gegen all die Dramen in ihrem Leben hat sie krank gemacht, oder?«

Nikolas nickte. »Dieser Widerstand hat auch dich krank gemacht, Lucy. Du hast dich so sehr gegen die Realität gewehrt, dass du immer kränker geworden bist.«

Sie sah ihn nachdenklich an. Wie sollte sie Miriam bloß davon überzeugen, dass dieser Widerstand schädlich war? Dass er sie krank machte? Es war doch ganz normal, dass sie sich gegen die fürchterlichen Umstände in ihrer Familie wehrte. Wer konnte so etwas schon akzeptieren?

»Es fiel dir auch schwer, deine Lebensumstände zu akzeptieren. Und diese waren nicht weniger schlimm. Du hast es aber geschafft«, erinnerte Nikolas sie. Dann sprach er in Gedanken weiter: *Den meisten Menschen ist nicht klar, dass sie sich ihr Leid selbst erschaffen. Sie kämpfen, weil sie es für normal halten, sich gegen Dinge aufzulehnen, die unangenehm sind. So werden sie groß. Es ist eine Gewohnheit. Eine Art und Weise das Leben zu betrachten. Miriam hat diese Kämpfe mit Widerstand und Verdrängung ausgefochten. Sie hat alles Leid von sich geschoben und es mit aller Kraft zugedeckt, damit sie es nicht mehr sehen musste. Und du weißt, was bei Verdrängungen geschieht.*

»Es wird nur noch schlimmer«, antwortete Lucy gedankenverloren.

Das Leid verschwindet dadurch nicht. Es brodelt unter der Oberfläche weiter und je mehr Druck darauf ausgeübt wird, umso mehr Kraft bekommt es. Irgendwann bricht es aus und fordert Anerkennung und Akzeptanz.

»Ihr Körper zwingt sie also dazu, hinzusehen und zu akzeptieren?«

Er nickte. »Es sieht ganz so aus.«

»Was ist, wenn sie nicht aufhören kann, gegen ihr Leben zu kämpfen?«, fragte Lucy jetzt ängstlich. »Sieh dir doch nur ihre Familie an. Sie streiten so sehr, dass man es sich gar nicht mit ansehen kann. Jeder einzelne von ihnen. Sie sieht seit Jahren zu, wie sie sich gegenseitig zerstören. Wie soll sie das bloß akzeptieren?« Lucy dachte an ihre eigene Familie, in der es auch reichlich Kämpfe gab. Da war ihr Bruder, der um Aufmerksamkeit und Anerkennung kämpfte und ihr Vater, der gegen ihren Bruder kämpfte, weil er nicht so war wie er ihn gerne hätte. Lucy legte abermals ihre Hände an den Kopf und kniff die Augen zu. »Das ist zum Verrücktwerden!«, sagte sie. »Überall, wo ich hinsehe, sind Kämpfe. Warum hören nicht alle endlich damit auf?«

Nikolas nahm ihre Hände und küsste sie sanft. »Weil sie nicht wissen, wie.« Dann schüttelte er ihr Kissen auf und legte sich mit ihr wieder hin.

Es war fast drei Uhr morgens. Aber an Schlaf war nicht zu denken. Lucy kuschelte sich an Nikolas' Brust und fragte ihn ein wenig über Lumenia aus, um sich auf andere Gedanken zu bringen.

Es stellte sich heraus, dass die verschiedenen Farben der Uniformen in Lumenia unterschiedliche Tätigkeitsbereiche und Abstufungen der Gardisten symbolisierten. So gehörten die Grünuniformierten zu der Garde des Kristalls. Die Weißuniformierten begleiteten Quidea, den König von Lumenia und erledigten verschiedene hoch angesehene Aufgaben in Lumenia. Sie sorgten für Ordnung und Gleichgewicht und achteten darauf, dass alles in Frieden und Harmonie blieb. Die Blauuniformierten – und bei diesen wurde Lucy hellhörig – waren dem Schutzwall von Lumenia zugeteilt. Sie achteten darauf, dass Lumenia geheim blieb, kontrollierten die Portale und wurden dafür ausgebildet, eventuelle Angriffe oder Eingriffe in Lumenia abzuwehren. Lucy dachte intensiv darüber nach. Es war auch ein blau Uniformierter gewesen, den Lucy in ihrem Traum gesehen hatte. Aber das erzählte sie Nikolas nicht.

»Die blaue Garde ist es auch gewesen, die es zunächst abgelehnt hatte, mich in Lumenia zu lassen«, erzählte Nikolas weiter. »Schließlich bin ich aus der kaputten Welt der Menschen gekommen, vor der die Lumenier sich schützen wollen. Sie waren dagegen gewesen, mich aufzunehmen.«

Lucy sah ihn interessiert an. Er war von der blauen Garde abgelehnt worden?

»Letzten Endes entscheidet aber immer Quidea über solche Dinge«, erzählte Nikolas.

»Und er wollte, dass du bleibst«, schloss Lucy und gähnte ausgedehnt. Langsam wurde sie doch müde.

»Er war ziemlich beeindruckt davon, dass ich es aus eigener Kraft geschafft hatte, ein Portal zu öffnen. Wie du weißt, braucht man dafür einen Schlüssel. Und der blauen Garde hat es gar nicht gefallen, dass ich ihr System überlistet habe.« Er lachte amüsiert, wobei sie die Bewegungen seiner Brust wieder wachrüttelten. »Aber mit der Zeit haben sie mich akzeptiert und wir sind jetzt gute Freunde.«

»Vermisst du sie sehr?«, fragte sie nun besorgt, hob träge den Kopf und sah ihn voller Mitgefühl an. Sie konnte nur erahnen, wie schwer es für ihn war, so weit von zu Hause weg zu sein.

Er küsste sie auf die Nase und lächelte. »Es ist nicht weit. Nur ein kleiner Sprung in einen See oder einen Fluss.«

Jetzt wurde sie noch hellhöriger. Es war ihr noch nicht ganz bewusst, aber irgendwo hinter all den Gedanken und Sorgen, die sie sich heute den ganzen Tag gemacht hatte, tüftelte sie einen Plan aus. Falls es Miriam nicht schaffte, wieder gesund zu werden, musste sie einen Plan B haben. Sie musste ihr diese Krankheit aus dem Körper jagen, wenn sie es nicht selbst schaffte. Irgendwie.

»Muss es immer Wasser sein?«, fragte sie jetzt und zog eine Mauer um ihre gedankliche Planung, um sie vor Nikolas zu verbergen. Und obwohl sie so müde war, dass sie kaum noch die Augen offen halten konnte, gelang es ihr dieses Mal. Sie fühlte, wie sich dieser Teil ihrer Gedanken nach außen hin abschottete und hinter einer dicken Wand verbarg, die aus nichts als Leere und Stille bestand. Wenn jemand also nach diesen Gedanken griff, um sie zu lesen, würde er auf etwas Leeres ohne Inhalt stoßen. Und doch war da etwas. Es war faszinierend, diesen Prozess in ihrem Kopf zu beobachten. Es fiel ihr so leicht.

Nikolas antwortete mit einem langsamen »Ja«. Er spürte, dass etwas in Lucy vorging, konnte aber nicht genau deuten, was es war. »Aber nur natürliches Wasser aus Seen, Flüssen oder dem Meer. Manchmal gehen auch Brunnen«, erklärte er. »Wasser ist ein Energie- und Informationsträger. Es verbindet unsere Welten miteinander. Manche von uns schaffen es auch ohne Wasser, ein Portal zu öffnen. Taro zum Beispiel.« Er machte einen Moment Pause und versank in seinen Gedanken. Doch dann fuhr er fort: »Aber normalerweise brauchen wir für ein Portal irgendeine Wasserquelle. Der Schlüssel verbindet sich dann damit und zieht uns hinüber.«

Lucy hörte ihm so aufmerksam zu, wie sie es noch schaffte.

»Wir machen demnächst mal einen Ausflug nach Lumenia, okay? Wir müssen nur vorher deine Energie nach oben jagen. Sonst kommst du nicht durch das Portal.«

Lucy wollte ihn noch fragen, was passieren konnte, wenn jemand mit niedriger Energie versuchen würde, durch ein Portal zu gehen, schaffte es aber nicht mehr, die Worte zu formulieren. Sie murmelte ein »Ja, gern«, und ließ sich von der Erschöpfung, die sich immer mehr in ihr ausbreitete, in den Schlaf ziehen. Sie spürte noch genau seine Fragen und seine Unsicherheit in Bezug auf ihre Neugier, aber sie hielt die Barriere, die einen Teil ihrer Gedanken vor ihm geheim hielt, aufrecht. Sie wusste, dass es Nikolas nicht gefallen würde, was sie vorhatte, also war es besser, die Mauer in ihrem Kopf so lange aufrechtzuerhalten, bis sie die Sache über die Bühne gebracht hatte. Und zwar ohne ihn. Denn sie wusste, dass er ihr so etwas niemals erlauben würde.

15

Leid

Miriam stand am Fenster und beobachte, wie der Nachbar den Schnee vor seinem Haus zur Seite schaufelte. Ein Hund sprang fröhlich um ihn herum und biss immer wieder in die Schneehaufen, die von seiner Schaufel durch die Luft flogen. Es war ein lustiger Anblick. Aber Miriams Gesicht war wie versteinert. Als wäre es nicht mehr in der Lage, Emotionen auszudrücken. Und wenn sie es genauer betrachtete, waren da auch gar keine Emotionen, die es hätte ausdrücken können. Sie sah diesen Hund und ihr Verstand formulierte – scheinbar aus reiner Gewohnheit – Sätze wie: »Oh, wie niedlich. Ich hätte auch gern einen Hund. Ich liebe Hunde.« Aber in ihrem Körper gab es kein Gefühl dazu. Ihr Inneres war wie ausgestorben. Leer. Völlig leer.

Als ihre Mutter die Tür öffnete und in die Küche kam, hörte sie, wie ihr Vater immer noch Ärzte aufzählte. Spezialisten. Die besten ihres Fachs und womöglich die besten des Landes. Er schrieb sie alle auf einen Zettel und notierte ihre Telefonnummern. Und dann recherchierte er weiter im Internet und rief weiterhin Namen durch den Raum. Er wollte ihr Hoffnung machen, aber Miriam wollte das alles nicht hören. Sie wollte gar nichts hören. Und sie wollte nichts mehr fühlen. Aber die Hand, die nun ihren Arm berührte, holte sie in die Wirklichkeit zurück. Sie bewegte sich nicht, sondern sah nur mit den Augen zur Seite. Ihre Mutter hielt ihr das Telefon hin.

»Wer ist das?«, fragte Miriam leise.

»Carla«, antwortete sie vorsichtig.

Jetzt sah sie doch auf und blickte ihrer Mutter fragend ins Gesicht. Ihre Schwester? Die Schwester, die ihr gestern diese fürchterlichen Dinge an den Kopf geworfen hatte? Diejenige, die gerade den Kontakt zu ihr und ihren Eltern abgebrochen hatte? *Hast du's ihr etwa erzählt?*, war die Frage, die sie gerade wütend aussprechen wollte. Aber der entschuldigende Gesichtsausdruck ihrer Mutter verriet ihr schon die Antwort.

»Ich will sie nicht sprechen«, sagte sie kalt und starrte dann wieder aus dem Fenster.

»Sie macht sich Sorgen«, erklärte ihre Mutter und hielt ihr das Telefon unter die Nase.

Und dann, als bräche ein Vulkan in ihr aus, explodierten die Gefühle in ihr. Die Stille, die vorher in ihr geherrscht hatte, verbrannte in einem Zorn, der die volle Kontrolle über ihr Denken, ihr Handeln und über ihren Körper übernahm. Sie griff nach dem Telefon, schmiss es in hohem Bogen in die Ecke und schrie es dabei so laut an, dass ihre Stimme dabei in ihrem Hals kratzte wie eine Kreissäge.

»AUF EINMAL MACHEN SICH ALLE SORGEN? Auf einmal denken alle an *mich*? Was habt ihr gedacht, als ich noch *nicht* krank gewesen bin? Dachtet ihr, ich gucke mir an, wie ihr euch gegenseitig zerstört und es ist mir EGAL? Dachtet ihr wirklich, dass ich nicht darunter leide? Ihr egoistischen ARSCHLÖCHER!«

Dann stieß sie die Tür auf und lief weinend aus der Küche. Ihr Vater stand erschrocken im Raum und streckte die Arme nach ihr aus, aber sie lief an ihm vorbei und sprintete die Treppen hinauf, um sich in ihrem Zimmer einzuschließen. Als sie die Tür zugeschlagen hatte, schmiss sie sich auf ihr Bett und weinte. So sehr ihre Gefühle vorher verschwunden gewesen waren, kehrten sie jetzt alle mit brachialer Gewalt zu ihr zurück. Sie tobten in ihr wie ein Orkan und sie schmerzten so sehr, dass sie sie in ihr Kissen schreien musste, um sie ertragen zu können.

Sie hatte ihre Familie noch nie angeschrien. Sie hatte immer Verständnis gehabt. Für jeden. Immer hatte sie Streit geschlichtet, die Familie versucht wieder zusammenzuführen und für alle Seiten immer ein offenes Ohr gehabt und Rat gegeben, Mut gemacht und Kraft gespendet. Aber was war mit ihr? War ihnen gar nicht klar, was sie *ihr* seit Jahren antaten? Sie sahen alle nur ihr eigenes Leid und gaben sich gegenseitig die Schuld daran. Wie es Miriam dabei ging, hatte niemanden interessiert. Sie war immer die Starke gewesen. Die Frohnatur, die immer lächelte und positiv dachte. Ganz im Gegensatz zu ihnen. Um Miriam hatte sich nie jemand kümmern müssen. Sie kam immer irgendwie klar. Und jetzt? Jetzt, wo sie krank war, sahen sie sie plötzlich. Erkannten, dass sie auch nur ein Mensch war und leiden konnte. Jetzt hatten sie ein schlechtes Gewissen. *Jetzt* erst.

Aber es war zu spät. Sie wollte niemanden von ihnen mehr sehen. Nie wieder. Sie hatten alles kaputt gemacht. Jahrelang hatten sie mit ihrer Wut und ihrem Hass alles zerstört, was Miriam wichtig war. Und jetzt brauchten sie nicht ankommen und ein schlechtes Gewissen haben. Wie oft hatte sie Carla gebeten, friedlich zu sein? Wie oft hatte sie Chrissy darum angefleht, sie einmal wiedersehen zu dürfen. Oder die Kinder. Hunderte Male.

Sie war am Ende. Es war zu spät. Es war endgültig zu spät. Miriam hörte schlagartig auf zu weinen und wurde ganz ruhig, als ihr ein Gedanke kam, der alldem Leid ein Ende setzen konnte. Sie stand von ihrem Bett auf, ging hinüber zum Schreibtisch und setzte sich hin. Dann zog sie ein Blatt Papier aus ihrem Drucker und begann, einen Abschiedsbrief zu schreiben.

16

hilfe

Philipp wartete vor dem Hotel. Es war ein kalter, aber sonniger Morgen und die Menschen, die aus dem Hotel kamen oder hinein gingen, grüßten ihn fröhlich und wünschten frohe Weihnachten. Heute war Heiligabend. Er hätte nicht geglaubt, dass er jemals ein Weihnachtsfest in einem Hotel verbringen würde. Noch dazu während er einen Auftrag erledigte. Doch da er seine Frau dabei hatte, war der Gedanke eigentlich nicht weiter schlimm. Sie würden sich im Hotelzimmer einen schönen Abend machen – wenn es der Auftrag zuließ.

Er schaute noch einmal auf seine Uhr und blickte dann erneut die Straße hinunter. Doch Nikolas war noch nicht zu sehen. Er rieb sich die Hände und zog sich die Jacke zu. Dann trat er von einem Fuß auf den anderen, um sich in Bewegung zu halten, damit er nicht zu sehr fror. Währenddessen sah er sich nach Luisa um, die innerhalb des Hotels in der Halle stand und sich hinter einer Pflanze versteckte, um Nikolas' Gedanken zu lauschen, sobald er auftauchte. Philipp konnte sie von hier draußen nicht sehen, also würde Nikolas sie wohl zunächst auch nicht bemerken. Das war gut. Er traute ihm noch nicht hundertprozentig.

Plötzlich brummte sein Handy. Er zog es aus seiner Jackentasche und öffnete die Nachricht, die gerade gekommen war.

Hintereingang, stand da nur.

Philipp drehte sich um und blickte in die Hotellobby. War Nikolas etwa schon da? Irritiert ging er hinein, warf Luisa einen vielsagenden Blick zu, als er an ihr vorbei ging und suchte dann den Hintereingang. Er musste durch einen breiten Korridor und dann durch das kleine Café, das hinten zu einer Terrasse hinaus führte. Das musste wohl der Hintereingang sein, dachte er sich. Doch auch dort konnte er Nikolas nicht sehen. Erst, als er die Terrassentür öffnete und hinaus trat, sah er Nikolas in der Ecke an einem der Tische sitzen und auf ihn warten. Er saß lässig angelehnt im Stuhl und sah ihn direkt an.

Philipp blieb einen Moment erstarrt stehen. Die Erinnerungen an den Sommer stürmten sofort seinen Geist, als er Nikolas' Gesicht sah. Er wirkte selbstbewusst. So wie damals. Und sein Blick drückte ein Wissen aus, das regelrecht erschütternd war. Schon damals hatte ihn dieser wissende Blick von ihm fasziniert. Er sah in die Welt, als würde er sie vollständig durchschauen. Nun, zumindest durchschaute er sie mehr als Philipp. Das stand fest.

Als Philipp näher kam, lächelte Nikolas und deutete auf den Stuhl, der ihm gegenüber stand. Dann sagte er: »Ruf deine Frau her. Sie muss nicht die ganze Zeit hinter dieser Pflanze stehen.«

Philipp stockte, als er sich gerade hinsetzen wollte. Verdammt. Er hatte ihn durchschaut.

»Ich verstehe dein Misstrauen«, sagte Nikolas dann. »Aber ich habe deiner Frau nichts *angetan*. Und wenn du sie zu uns holst, erkläre ich es ihr.«

Philipp zögerte noch einen Moment, zog dann aber erneut sein Handy heraus und schrieb ihr eine Nachricht. Dann sagte er zu Nikolas: »Du weißt also, was mit ihr los ist?«

Nikolas nickte. »Ja, ich weiß, was los ist«, antwortete er. »Und nein, es war nicht beabsichtigt.«

In diesem Moment betrat Luisa die Terrasse. Und als sie Nikolas erblickte, strahlte sie über das ganze Gesicht. Nikolas stand auf, als sie an den Tisch kam und reichte ihr die Hand. »Schön, dich wohlauf zu sehen«, sagte er lächelnd.

Sie sah hübsch aus und hatte rosige Wangen. Als er sie zuletzt gesehen hatte, war das Leben fast vollständig aus ihrem Körper gewichen. Doch jetzt war es zu ihr zurück gekehrt. Das sah man ihr an. Sie hatte wieder an Gewicht zugelegt, ihr Haar wuchs wieder, ihre Augen strahlten und ihr Gesicht war voller Lebensfreude.

Sie schüttelte energisch – mit beiden Händen – seine Hand. »Ich verdanke dir mein Leben, Nikolas Key«, sagte sie dann andächtig zu ihm. »Und ich habe die ganze Zeit überlegt, wie ich dir jemals dafür danken soll.«

Nikolas lachte. »Danke mir nicht zu früh. Wie es aussieht, gefällt deinem Mann nicht, was ich getan habe.«

Sie setzte sich und sah ihren Mann mit hochgezogenen Augenbrauen an. Und dieser verteidigte sich sofort: »Du hast ihr das Leben gerettet. Dafür werde ich dir ewig dankbar sein. Aber ich habe nicht damit gerechnet, dass du ihr … Lumenische Kräfte einverleibst.«

Nikolas holte tief Luft. »Diese Kräfte sind nicht Lumenisch, sie sind menschlich. Bei den meisten Menschen sind sie nur verschüttet«, erklärte er. »Sie brechen heraus, wenn sich das Bewusstsein erweitert. Zum Beispiel durch eine hohe Menge Energie.«

Luisa lehnte sich interessiert vor. »Energie«, sagte sie nachdenklich. »Ja, so hat es sich auch angefühlt. Wie surrende Energie.«

Nikolas nickte. »Ich bin kein Heiler«, erklärte er dann weiter. »Ich habe dir nur eine sehr starke Energie gegeben, die deine Selbstheilungskräfte beschleunigt hat. Dadurch hat dein Körper sich selbst geheilt. Allerdings können sich durch die hohe Energie auch Kräfte entwickeln. Körperfunktionen verstärken sich, Sinne werden geschärft, Fähigkeiten brechen hervor«, zählte er auf.

»So wie bei Lucy?«, fragte Philipp dann. »Als der Splitter in ihrem Körper gesteckt hat?«

Nikolas nahm einen tiefen Atemzug und nickte. »Ja. Ich hatte dir damals gesagt, dass ich deine Frau nicht heilen, ihr aber dafür etwas *geben* kann, das ihr helfen könnte.«

Philipp nickte. Ja, er erinnerte sich genau an seine Worte. »Also hätte der Splitter sie nicht geheilt?«, schlussfolgerte er. »Sondern ihr nur Energie gegeben?«

Nikolas nickte. »Eine viel zu starke Energie zwar, aber ja«, bestätigte er. »Die Energie, die ich dir gegeben habe«, sagte Nikolas jetzt zu Luisa, »war nur ein Funke im Vergleich zu der Kraft des Kristalls. Ich habe damit nur deine Körperfunktionen beschleunigt. Und als Nebeneffekt ein wenig dein Bewusstsein erweitert, was zu dem Ausbruch deiner Kräfte geführt hat. Mehr nicht.«

Luisa atmete erleichtert auf. Sie war froh, endlich verstehen zu können, was mit ihr passierte. Aus Nikolas' Mund klang das alles so logisch und einfach. Und sie hatte das Gefühl, dass sie jetzt besser damit umgehen können würde.

Doch Philipp ging ein ganz anderer Gedanke durch den Kopf. »Wenn dieser Kristall so stark ist«, sagte er, »wie um alles in der Welt hat Lucy das ausgehalten? Und was zum Henker wollte Marius damit?«, fragte er. »Die Weltherrschaft an sich reißen?«

Nikolas sah ihn einen Moment lang nachdenklich an. »Das versuche ich noch herauszufinden«, gestand er. Erstens, war es ihm nach wie vor ein Rätsel, wie gut Lucy mit der Sache umgehen konnte. So viel Energie konnte kein menschlicher Körper aushalten. Das hatte er zumindest gedacht, bevor er Lucy begegnet war. Doch darüber wollte er jetzt nicht reden. Er war wegen Marius hier. Er führte nach wie vor etwas im Schilde. Er wusste nur noch nicht genau, was. »Ich brauche dich dafür«, sagte er dann. »Wir hatten zunächst vermutet, dass Marius einfach nur einen Weg nach Lumenia finden wollte. Aber mittlerweile bin ich mir sicher, dass er noch etwas Anderes will.«

»Macht er wieder Jagd auf euch?«, fragte Philipp.

Nikolas seufzte. »Vermutlich. Lucy wird seit Monaten von Leuten beobachtet. Aber wir finden einfach nicht heraus, wer sie beauftragt, weil sie es selbst nicht wissen. Sie lungern vor unserem Haus herum. Und jedes Mal, wenn wir sie schnappen, tauchen neue Leute auf. Er ist vermutlich schon wieder seit Monaten dabei, Leute zu rekrutieren. Wahrscheinlich wollen sie einen Portalschlüssel stehlen«, mutmaßte er. »Aber es muss noch mehr dahinter stecken. Ginge es nur um einen Portalschlüssel, bräuchte er nicht so viele Leute.«

Philipp brummte grübelnd und kratzte sich am Bart. »Ich weiß nichts über irgendwelche neuen Pläne. Ich habe seit damals nichts mehr von Marius gehört. Die ganze Sache war auch damals ziemlich undurchsichtig. Jeder hat irgendwie seine eigenen Pläne mit dem Splitter gehabt, eigene Ziele verfolgt. Und doch hat Marius die Fäden in der Hand gehabt und alles gesteuert. Was genau sein Ziel war, weiß ich bis heute nicht.«

Nikolas nickte. »Das ist das Problem. Alles was er tut, scheint im Verborgenen zu liegen. Normalerweise sehe ich die Hintergründe, Ziele und Beweggründe von Menschen und ich sehe auch die Auswirkungen. Aber hier«, sagte Nikolas und seufzte, »ist alles verschwommen.« Er versuchte, Philipp nicht zu zeigen, wie sehr ihn diese Sache beunruhigte. Er kam nicht gut damit zurecht, wenn er etwas nicht wusste. Es machte ihn nervös. Doch ihn beunruhigte noch etwas ganz Anderes. »Ich vermute, dass er Hilfe von einem Lumenier hat«, sagte er leise.

Philipp erschrak. »Wie bitte?!«

Nikolas nickte. »Nach allem, was Marius über Lumenia gewusst hat, kann es gar nicht anders sein«, erklärte er. »Jemand muss ihm all diese Dinge erzählt haben. Und jemand muss ihm auch von dem Unfall im Sommer berichtet haben, bei dem einige Kristallsplitter in diese Welt eingedrungen waren. Das alles hätte er niemals selbst herausfinden können. Lumenia ist ein seit Jahrtausenden wohl gehütetes Geheimnis. Niemand in eurer Welt weiß davon.«

»Himmel«, sagte Philipp erstaunt. »Ihr habt also einen Verräter.«

Nikolas biss die Zähne zusammen. Er hatte es lange nicht wahrhaben wollen, aber es konnte nicht anders sein. Er hatte auch schon einen leisen Verdacht. Aber auch das wollte er nicht wahrhaben. Es war einfach zu absurd. »Ich brauche dich, um herauszufinden, wer ihm hilft. Irgendjemand verschleiert die Informationen. Deswegen kann ich nicht sehen, was vor sich geht. Kannst du dich wieder in seine Truppe schleichen?«, fragte Nikolas dann.

Philipp nickte. »Ich schätze, das würde gehen. Marius hat mir damals vertraut.«

»Moment«, sagte Luisa jetzt. »Er soll sich wieder diesem Irren anschließen?« Angst stieg in ihr auf. Das konnte Nikolas deutlich spüren.

»Er wird ihm nichts tun«, beruhigte Nikolas sie. »Er wird ein wichtiger Informant für ihn sein. Denn er wird ihm weismachen, mein Vertrauen erschlichen zu haben und mit mir befreundet zu sein. Damit wird dein Mann die einzige Person sein, über die Marius an mich heran kommt. Und das macht ihn für Marius zu einer Goldader. Er wird ihn schützen wie einen Lumenischen Kristall.« Nikolas sah Philipp dabei bedeutsam an.

»Ich soll ihm vorgaukeln, dich zu verraten?«

»Ja«, sagte Nikolas.

Philipp schnaubte. »Sicher, dass das gutgeht?«

Nikolas sah ihm fest in die Augen. »Es wird gutgehen. Denn was dich betrifft, kann ich die Zukunft deutlich sehen.«

Luisa wirkte nun ein wenig erleichtert. Sie vertraute Nikolas.

»In Ordnung«, sagte Philipp. »Ich stehe tief in deiner Schuld. Sag mir, was ich tun soll und ich tue es.«

»Hör dich um«, bat Nikolas ihn. »Erschleiche sein Vertrauen und das Vertrauen seiner Leute. Und halte dabei nach Namen Ausschau, die ungewöhnlich klingen. Lumenische Namen klingen anders als eure.«

»Nikolas klingt aber ziemlich normal, finde ich«, widersprach Philipp.

»Ich stamme nicht aus Lumenia«, entgegnete Nikolas. Sie sahen ihn beide überrascht und mit großen Augen an. Jedoch hatte er keine Zeit für weitere Erklärungen. Also fuhr er fort und gab Philipp ein paar Beispiele: »Lumenier klingen wie Hilar Damar Sol«, sagte er und dachte an seinen Freund, der wohl gerade bei Miriam war, um sich um sie zu kümmern. »Oder wie Paco Phelenius Rem«, fuhr er fort, »Taro Larunius Key oder Alea Marina Kaar. Es wird dir sofort auffallen, wenn du solch einen Namen hörst.«

Philipp nickte. »Gut, ich werde mich umhören.«

Nikolas lehnte sich nun etwas vor und sah ihm ernst ins Gesicht. »Noch etwas«, sagte er dann. »Marius hat euch nicht ohne Grund vor den Lumeniern gewarnt. Sollte es tatsächlich einen Verräter geben, ist er für jeden, der ihm in die Quere kommt, äußerst gefährlich. Ich bin mir sicher, dass dir nichts passieren wird, Phil. Aber sollte er irgendwann bei euch auftauchen, dann befolge meinen Rat und verschwinde so schnell du kannst. Das, was ich im Parkhaus mit dir gemacht habe, war gar nichts gegen das, was *er* mit dir tun könnte.«

17

PLAN B

Lucy bemühte sich, die Barriere in ihrem Kopf aufrechtzuerhalten, als sie die Tür zum Schlafzimmer öffnete und an die Kommode heranschlich. Sie wusste nicht, warum sie überhaupt schlich. Nikolas war nicht da. Und er würde noch mindestens eine Stunde brauchen, bis er zurückkam. Sie hatte ihm eine lange Einkaufsliste gegeben. Schließlich konnte sie in ihrem Zustand momentan nicht aus dem Haus. Sie würde mit ihren Emotionen vermutlich die ganze Stadt ins Chaos stürzen. So wie sie es heute Nacht mit dem Haus getan hatte. Sie hatte es regelrecht verwüstet. Und es hatte ewig gedauert, das ganze Chaos aufzuräumen. Sie war froh, dass sie jetzt ein wenig allein war. So konnte sie sich ganz in Ruhe um ihren Plan kümmern.

Sie hoffte nur, dass nicht versehentlich ein kleines Bild ihres Planes aus der schützenden Mauer in ihrem Kopf heraus fiel. Konnte so etwas überhaupt passieren? Vielleicht musste sie die Mauer ein bisschen höher ziehen. Und ein wenig dicker konnte sie auch ruhig sein. Sie bastelte in ihrem Kopf einen riesigen Schutzwall um ihren Plan herum und zog dann die Schublade mit ihrer Unterwäsche auf.

Warum Nikolas den Portalschlüssel ausgerechnet hier versteckt hatte, wollte sie jetzt lieber nicht analysieren. Das würde sie nur ablenken und womöglich ihre mühsam aufgebaute Mauer zu Fall bringen. Als sie aber eine rote Rose entdeckte, die quer über ihren

Höschen lag, schmolz ihre Entschlossenheit augenblicklich dahin und sie lachte. Das war schon das dritte Mal, dass sie eine Rose in ihrer Unterwäsche fand. Manchmal lag auch eine Rose auf ihrem Kopfkissen, wenn sie morgens aufwachte oder auf dem Küchentisch, wenn sie nach Hause kam. Manchmal hing sie sogar in der Dusche zwischen dem Duschgel und dem Shampoo.

Sie seufzte verliebt in die Schublade hinein und streichelte über die roten Blütenblätter. Er war so süß mit seinen kleinen »Ich liebe dich«-Hinweisen. Als ihr Blick wieder auf die Höschen fiel, erinnerte sie sich an die Nacht, in der sie zum ersten Mal miteinander geschlafen hatten. Bei dem Gedanken wurden ihr sofort die Knie weich und ihre Glücksgefühle explodierten in ihr wie ein buntes Feuerwerk. Sie bekam wieder dasselbe Bauchkribbeln wie in dieser Nacht und ihr Herz polterte los, als würde sie gerade noch einmal erleben, wie er seine Hände sanft über ihren Körper...

»Schhhht!«, machte sie zu sich und schüttelte ihren hitzigen Kopf wild hin und her, um den Gedanken abzuschütteln. Dann nahm sie einen tiefen Atemzug und schob die Unterwäsche beiseite, um den Schlüssel zu suchen. Sie hatte jetzt keine Zeit, um in heißen Erinnerungen zu schwelgen. Obwohl es ihrem Energieniveau zugute kommen würde, wenn sie es tat, dachte sie sich. Schließlich musste sie ihre Energie noch um ein Vielfaches anheben, bevor sie ihren Plan in die Tat umsetzen konnte. Sie wusste nicht, ob sie es innerhalb einer Stunde schaffen würde, aber sie konnte sich noch ungefähr daran erinnern, wie hoch die Energie in ihr gewesen war, als sie den Splitter in sich getragen hatte. Bis dahin musste sie kommen. Mindestens. Sie spürte einmal kurz nach, wie es Miriam ging und konzentrierte sich dann wieder auf ihre eigenen Gefühle, als sie erkannte, dass von Miriam eine zwar seltsame aber angenehme Ruhe und Erleichterung ausging. Wahrscheinlich war Hilar gerade bei ihr.

Der Portalschlüssel lag ganz hinten in der linken Ecke der Schublade. Sie hatte ihn noch nie in der Hand gehabt. Nikolas hatte ihn gleich weggelegt, als er plötzlich wieder aufgetaucht war und seit dem hatte sie auch nicht mehr daran gedacht. Für einen Stein, der von seinem Aussehen her aus Marmor zu sein schien, war er ganz schön leicht. Lucy wiegte ihn abschätzend in der Hand und betrachtete dabei den Kristall, der in der Mitte eingefasst war. Er war zwar durchsichtig, schimmerte aber in den verschiedensten Regenbogenfarben, wenn man den Stein hin und her bewegte. Er war auch merkwürdig warm. Als hätte er auf einer Wärmflasche gelegen. Lucy versuchte, nicht das Kristallstück zu berühren, als sie ihn in die Hosentasche steckte. Sie wusste, dass man ihn durch eine solche Berührung aktivierte. Schnell schob sie die Schublade zu, lief hinunter, schnappte sich ihre Jacke und eilte aus dem Haus.

Es war eisig kalt. Und es schneite schon wieder. Dicke, flauschige Schneeflocken schwebten vom Himmel und legten sich leise auf die weißen Straßen und die Dächer der Autos und Häuser. Lucy seufzte missmutig, als sie den Weg hinunter ging, um zur Hauptstraße zu gelangen. Sie wollte lieber nicht zu sehr darüber nachdenken, dass heute Weihnachten war. Weiße Weihnachten. Seit Jahren hatte es an Heiligabend keinen Schnee mehr gegeben. Und dieses Jahr, gerade heute, schneite es die schönsten Schneeflocken, die man sich vorstellen konnte. Dennoch hatte sie sich Weihnachten irgendwie anders vorgestellt. Harmonischer. Und freudvoller. So wie sie es sich immer gewünscht hatte. Aber stattdessen lief sie jetzt allein durch die Straßen, um in einen halb zugefrorenen Fluss zu springen. Es war riskant, ja geradezu lebensmüde einen solchen Sprung ohne Nikolas zu wagen. Ohne ihm zumindest Bescheid gesagt zu haben. Wenn es nicht funktionierte und sie im eiskalten, reißenden Gewässer landete, würde er sie so wenigstens noch retten können. Aber er hatte keine Ahnung von ihrem Plan. Langsam zweifelte sie daran, ob es wirklich eine so gute Idee war, auf eigene Faust nach Lumenia zu reisen. Was, wenn ihre Energie nicht ausreichte? Was würde dann passieren? Würde sie zwischen den Welten landen? Irgendwo im Nichts stecken bleiben? Vielleicht sollte sie umkehren und doch Nikolas oder Hilar darum bitten, einen Splitter für Miriam aus Lumenia zu holen. Vielleicht konnte sie sie dazu überreden.

Viel zu schnell war sie aber am Flussufer angekommen und blickte ängstlich in das teilweise von dünnem Eis bedeckte Wasser. Es strömte unruhig und erschreckend kräftig flussabwärts aus der Stadt hinaus. Würde Nikolas sie finden, wenn sie hinein fiel und von der Strömung mitgerissen wurde? Lucy schauderte bei dem Gedanken, mit den kalten Fluten in Berührung zu kommen. Aber dann riss sie sich schnell zusammen und rief sich in Erinnerung, warum sie das hier tat. Sie brauchte einen Plan B. Sie konnte nicht einfach dastehen und ihrer besten Freundin beim Sterben zusehen. Sie musste etwas unternehmen, denn sie befürchtete, dass es Miriam nicht schaffen würde, ihre Kämpfe aufzugeben und ihren Lebenswillen wiederzufinden. Sie brauchte einen kleinen Schubs in die richtige Richtung. So wie sie damals.

Voller Entschlossenheit trat sie jetzt an den Rand des Flussufers. Dann atmete sie tief ein, schloss die Augen und erinnerte sich an das Gefühl, das der Kristallsplitter im Sommer in ihrem Körper ausgelöst hatte. Dieses bebende, surrende Bauchgefühl, das ihr wie in Wellen die Wirbelsäule hinauf gekrochen war und ihren ganzen Körper durchzogen hatte. Sie versuchte, das Gefühl in ihrem Bauch entstehen zu lassen und atmete ein paar Mal ganz tief ein. Nach ein paar Atemzügen fühlte sie ein zaghaftes Brummen hinter ihrem Bauchnabel. Sie atmete weiter die kalte Luft ein und ließ das Gefühl stärker werden. Dann nahm sie noch das Glücksgefühl hinzu, das sie gerade noch gespürt hatte, als sie an die erste gemeinsame Nacht mit Nikolas gedacht hatte. All diese Gefühle brauchte sie jetzt, um ihre Energie ansteigen zu lassen. Denn sonst kam sie nicht durch das Portal. Nach ein paar weiteren Minuten intensiver Glücksgefühle war sie ganz benebelt vor Glück und Energie. Es hatte also funktioniert. So ähnlich hatte es sich auch im Sommer angefühlt.

Mit geschlossenen Augen griff sie jetzt in ihre Hosentasche und zog den Schlüssel heraus. Er fühlte sich plötzlich ganz heiß an. Sie suchte mit dem Daumen das Kristallstück in der Mitte und strich sanft darüber, so wie sie es damals bei Alea gesehen hatte. Dann öffnete sie die Augen und zögerte keine Sekunde mehr. Sie ging in die Knie und sprang so weit sie konnte in den Fluss. Als sie mitten in der Luft war, sah sie aber plötzlich jemanden am anderen Ufer stehen. Es war nur der Bruchteil einer Sekunde, bevor ein gleißendes Licht aus allen Richtungen auf sie zuschoss, sie vollkommen einhüllte und hinfort riss. Nur ein winziger Moment. Doch er reichte aus, um zu erkennen, wer dort stand und ihr dabei zusah, wie sie in ein Portal sprang. Sie erkannte noch genau sein Gesicht und das bösartige Grinsen. Es war Marius.

Ihre Energie sackte sofort ab und Panik stieg in ihr auf. Dann spürte sie ein Stechen am ganzen Körper. War es kalt um sie herum? Oder war es heiß? Sie konnte es nicht sagen. Es brannte wie Feuer und stach gleichzeitig wie eisiges Wasser. Sie wurde herum geschleudert. Wie ein Blatt in einem wilden Sturm. Sie konnte nichts mehr sehen. Alles war gleißend hell und in ihren Ohren ertönte ein so lautes Rauschen, dass sie glaubte, ihr würde gleich der Kopf explodieren. Es drückte und schmerzte und irgendetwas stieß heftig gegen ihren Arm. Sie schrie vor Schmerz. Und dann – sie hatte das Gefühl, als sei nicht einmal eine Sekunde vergangen – wurde ihr schwarz vor Augen und sie verlor das Bewusstsein.

18

EIN SCHWIERIGER SPRUNG

Verzeiht mir. Ich hab euch lieb.
Miri

Das war alles, was in dem Brief stand. Aber es lagen mindestens noch 20 weitere Briefe auf dem Fußboden. Alle vollgeschrieben und dann zerknüllt oder zerrissen. Hilar hob schnell den Papiermüll auf und steckte ihn in den Papierkorb. Dann nahm er einen Stift von Miriams Schreibtisch und schrieb so gut er konnte in ihrer Schrift die Worte:

Macht euch keine Sorgen. Ich feiere bei Lucy.

auf ihren Abschiedsbrief und legte ihn gut sichtbar auf den Schreibtisch, damit ihre Familie sich keine Sorgen machte. Dann sprang er leichtfüßig aus dem geöffneten Fenster, durch das er zuvor in ihr Zimmer geklettert war. Warum hatte er bloß ihr Vorhaben nicht gespürt? Und wieso hatte er nichts davon in ihren Gedanken gesehen? Er hätte doch spüren müssen, dass sie verzweifelt versuchte, die richtigen Worte für einen Abschiedsbrief zu finden. Und er hätte auch sehen müssen, was sie vorhatte. Schwächelte seine Intuition etwa? So wie bei Nikolas im Sommer?

Die Schwingung in dieser Welt war sehr niedrig. Vielleicht zog sie ihn nun ebenfalls hinab. *Nein*, dachte er. Er schüttelte mit dem Kopf und warf diesen Gedanken schnell ab. Er würde es nicht zulassen, dass ihn seine Kräfte verließen, so wie damals bei Nikolas. Niemals.

Schnell schloss er die Augen und konzentrierte sich auf Miriam, um zu spüren, wo sie sich befand. Zuerst sah er nur schmutzige Gehwege voller Schneematsch vor sich und ein paar leere, parkende Autos. Ihre Gedanken waren undeutlich. Nur Bruchstücke und Fetzen, die er nicht deuten konnte. Aus ihrem Kopf schien nichts weiter zu kommen als einzelne Buchstaben, aus denen ein Satz oder ein Hinweis zu bilden schier unmöglich war. Dann schien sie aber den Kopf zu heben, denn er sah ein paar Hochhäuser. Als er schließlich auch einige Geschäfte entdeckte, die ihm bekannt vorkamen, rannte er sofort los.

Entweder sie wusste selbst nicht, wohin sie ging oder sie hatte eine wirksame Methode gefunden, ihre Gedanken zu verbergen. Es war jetzt noch viel schwieriger, in ihren Kopf vorzudringen, als an dem Abend an dem er sie das erste Mal gesehen hatte. Sie schien irgendetwas mit ihren Gedanken zu tun, das es einem unmöglich machte, sie zu deuten. Er versuchte immer wieder, Hinweise in ihrem Kopf zu finden. Hinweise darauf, was sie dachte. Aber es war ein einziges Chaos, das ihm entgegen kam. Und auch ihre Gefühle schien sie hinter einer Mauer versteckt zu haben. Er konnte sich nur auf seine Intuition verlassen, die ihn glücklicherweise sehr zuverlässig durch die leeren Straßen führte.

Er ließ sich zwar nicht von den Festlichkeiten – die hinter den Türen der Häuser, an denen er vorbei lief, stattfanden – ablenken, aber er spürte die Emotionen der Menschen dahinter. Die Liebe und die Freude, die sie empfanden. Und auch Gerüche von festlichen Mahlzeiten lagen in der frischen Winterluft, die er – schnell wie ein Blitz – geradezu zerschnitt. Manchmal, wenn er sich sicher war, dass ihn niemand sah, machte er einen großen Sprint von mindestens fünf oder sechs Metern. Es war leicht für ihn, die Gravitation außer Kraft zu setzen. Genauso leicht, wie das Einbiegen in eine scharfe Kurve, ohne dabei auf dem matschigen Schnee auszurutschen. Er trat dabei auf die Luft wie auf einen Stein. Stützte sich von ihr ab und machte den nächsten Sprint. Er musste bereits schneller als einer dieser Schnellzüge in dieser Welt sein. Wenn ihn in dieser Geschwindigkeit jemand sah, würde er nur einen vorbeiziehenden Schatten bemerken und ihn für eine Sinnestäuschung halten. Für die Menschen in dieser Welt existierten Dinge, die sie sich nicht erklären konnten, einfach nicht. Sie blendeten sie aus. Dieses Denken konnte er zwar nicht nachvollziehen, aber jetzt in diesem Moment kam es ihm sehr gelegen.

Während er auf die Innenstadt zuschnellte, erreichten ihn plötzlich Gedanken von Nikolas. Er fuhr gerade aus der Innenstadt heraus und war auf dem Weg nach Hause. Und er schien in Panik zu sein, was mehr als unnatürlich war. Nikolas war niemals in Panik. Er war die Ruhe in Person. Immer selbstsicher und vollkommen bewusst darüber, was sich um ihn herum abspielte. Man konnte ihn niemals mit irgendetwas aus der Fassung bringen. Er wusste einfach alles schon vorher, kannte die Zusammenhänge und sah meist auch schon die Lösung und den Ausgang der Situation. Aber jetzt peinigte ihn ein Gefühl von Angst. Er rief immer wieder in Gedanken nach Lucy, aber sie antwortete ihm nicht.

Hilar warf einen Blick auf die Situation und sah, wie Nikolas wie vom Teufel gejagt durch die Straßen fuhr. Er sah einen Fluss vor sich. Ein reißendes, kaltes Gewässer und Lucy, wie sie mitten hinein sprang. Hilar flog vor Schreck fast über seine eigenen Füße. Er versuchte ebenfalls, mit seinen Gedanken zu Lucy vorzudringen, aber sie antwortete auch ihm nicht. Sie schien gar nicht *da* zu sein. Wie war das möglich? Nikolas wusste nicht, ob die Szene, die er immer wieder vor sich sah, schon geschehen war oder erst noch stattfinden würde. Er konnte kein konkretes Gefühl dazu empfangen, weil Lucy einfach nicht zu greifen war. Er sah einfach nur diese verrückten Bilder.

Was ist los?, fragte Hilar.

Nach ein paar stillen Sekunden erklang Nikolas' panische Stimme in seinem Kopf. *Ich weiß es nicht. Verdammt, ich weiß es nicht! Wie kann ich es nicht wissen? Das ist nicht möglich!*

Bleib ruhig, Niko! Sie muss eine Mauer aufgebaut haben, damit wir nicht sehen, was sie tut, dachte Hilar.

Ich sehe immer wieder diesen Fluss, schickte Nikolas ihm in Gedanken. *Und Lucy, wie sie hinein springt. Das kann doch nicht ihr Ernst sein?!*

Dann war es wieder still. Hilar beobachtete in seinem Kopf, wie Nikolas jetzt den Wagen parkte, ins Haus stürmte, die Treppe hinauf lief und die Schublade einer Kommode aufriss. Dann durchwühlte er Lucys Unterwäsche.

Äh, Niko? Was...

Sie hat den Schlüssel, dachte Nikolas und brüllte ein wütendes »Verdammt!!« hinterher.

Hilar spürte, dass er nicht auf Lucy wütend war, sondern auf sich selbst. Weil er ihr die Sache mit dem Portal nicht genauer erklärt hatte. Und auch, weil er auf ihren Wunsch, einen Kristallsplitter aus Lumenia zu holen, um Miriam damit das Leben zu retten, nicht genauer eingegangen war. Er hatte ihren Gedanken nur als unmöglich abgetan und keine weitere Diskussion zugelassen. Weil er geglaubt hatte, dass ihr die Konsequenzen dieses Plans klar waren. Warum hatte er ihr nicht zugehört? Warum hatte er nicht mit ihr darüber geredet? *Verdammt!*, erklang es wieder in Hilars Kopf.

Sie will einen Splitter holen?, fragte Hilar erstaunt und rannte dabei die Einkaufsmeile hinunter, bis er an einem sehr hohen Gebäude ankam. Es war ein Bürokomplex. Miriams Arbeitsplatz. Er spürte, dass sie sich irgendwo darin befand, also lief er hinein – es war glücklicherweise offen. Eilig suchte er das Treppenhaus.

Sie wollte Quidea darum bitten, um Miriam damit zu heilen, dachte Nikolas, als er wieder ins Auto stieg. *Das hat sie mir gestern im Krankenhaus gesagt.*

Hilar dachte sofort an die Gefahr, die bestand, wenn jemand versuchte, mit unzureichendem Energieniveau durch ein Portal zu kommen, wollte diesen Gedanken aber nicht an Nikolas weiterleiten. Aber er hatte ihn schon mitbekommen.

Es war jetzt still in seinem Kopf und Hilar spürte, dass Nikolas mit den Tränen kämpfte, während er erneut durch die Straßen bretterte. Er wusste nicht, was mit Lucy passiert war. Ob sie es geschafft hatte, durch das Portal zu kommen oder ob sie … Er wollte nicht daran denken, aber er wusste genau, dass einen die hohe Energie in Lumenia zerreißen konnte, wenn man nicht mit ihr in Resonanz war. Das war eine Schutzvorrichtung der blauen Garde, um zu verhindern, dass jemand Lumenia betrat, der dieses Landes nicht *würdig* war.

Hol Miriam und komm zum Fluss. Wir müssen nach Lumenia.

Hilar nickte innerlich, sprang die letzten Stufen hinauf und stieß eine schwere Metalltür auf, die direkt auf das Dach des Gebäudes führte.

Miriam stand schon an der Kante und starrte in den Himmel. Ihr dunkelblondes Haar wehte hektisch im eisigen Wind und schwängerte die kalte Luft mit einem honigsüßen Duft.

Hilar atmete ihn tief ein und schritt langsam auf sie zu. »Du musst mit mir kommen«, sagte er ganz ruhig zu ihr. »Jetzt!«

Sie drehte sich so schnell um, dass sie fast stolperte. Hilars Herz wäre ihm dabei fast stehengeblieben. Aber im nächsten Moment machte er sich klar, dass er viel schneller sein würde, als sie. Er würde sie auffangen, noch bevor sie überhaupt registrierte, dass sie gefallen war.

Sie sah ihn erschrocken an. »Was machst du hier?? Woher weißt du...« Sie hielt inne und zog kurz die Augenbrauen hoch. »Ah«, machte sie. »Schon klar. Ihr seht ja *alles*.« Dann drehte sie sich wieder um. »Bitte geh«, sagte sie phlegmatisch.

»Nur, damit du's weißt«, sagte Hilar mit fester Stimme, »wenn du da 'runter springst, springe ich hinterher.«

Ihr Kopf drehte sich halb zu ihm um und er erkannte, dass sie die Stirn runzelte. »Du bist ja verrückt«, murmelte sie.

»Mag sein. Aber egal was du anstellst, ich werde da sein und es verhindern. Du wirst also niemals dazu kommen.« Er klang härter, als er es wollte. Aber es machte ihn traurig und auch wütend, dass sie einfach alles beenden wollte und dabei gar nicht an die Menschen dachte, die sie zurückließ. Sich selbst schloss er dabei nicht aus.

»Bitte lass mich in Ruhe!«, rief sie. »Du verstehst das nicht.«

Jetzt stellte er sich neben sie an die Kante und sah sie eindringlich an. »Ich verstehe nicht?«, fragte er und zog dabei wütend die Augenbrauen zusammen. »Ist das dein Ernst?«

Eine Träne rollte ihr langsam über die Wange, als sie den Kopf langsam zu ihm umdrehte und ihn verzweifelt ansah. »Du kannst vielleicht meine Gefühle spüren und meine Gedanken lesen, Hilar, aber du lebst nicht mein Leben. Du weißt nicht, wie es ist, wenn sich die Menschen, die du liebst, selbst zerstören und es ihnen ganz egal ist, wie es dir dabei geht.«

Hilars Gesichtszüge entspannten sich und er sah ihr jetzt voller Mitgefühl in ihre graugrünen Augen, die sich immer wieder mit Tränen füllten. »Wiederhole das«, sagte er. »Und dann sieh dir an, was du gerade tust.«

Als sie ihn aber nur irritiert anblickte, sagte er: »Du bist im Begriff, dich selbst zu zerstören und es ist dir ganz egal, wie es uns dabei geht. Den Menschen, die du zurücklässt und die dich lieben.«

Sie erstarrte. Und Hilar erstarrte ebenfalls. Hatte er ihr gerade gesagt, dass er sie liebte? Nervös wich er ihrem Blick aus und ging sich mit einer Hand durch sein stoppeliges Haar. Dann räusperte er sich mehrmals, atmete tief ein und fuhr fort. »Tust du das aus Rache?«, fragte er, um von sich abzulenken.

»Nein!«, sagte sie sofort. »Ich … ich kann nur nicht … ich weiß nicht, wie…« Sie war völlig wirr und sichtlich nervös. Ihre Wangen waren plötzlich ganz rosig und ihr Herz hämmerte wie ein Presslufthammer gegen ihren Brustkorb.

»Genauso geht es deiner Familie, Miri. Sie wissen nicht, *wie*. Sie sind überfordert. So wie du.«

»Früher war ich das nicht«, sagte sie jetzt leiser und sah dabei hinunter auf den Asphalt. »Früher kam ich besser damit klar. Aber in letzter Zeit…«, schluchzte sie, »wird alles immer schlimmer. Meine Gefühle, meine Gedanken, so viele alte Wunden und Ängste…«

»Sie kommen alle in dir hoch«, führte Hilar ihren Satz weiter, »alle auf einmal. Sie überwältigen dich so sehr, dass du den Boden unter den Füßen verlierst, nicht wahr?«

Sie sah ihn überrascht an.

»Seit Lucys Unfall ist das so, richtig?«

Sie zwinkerte irritiert. »Woher weißt du…«

»Es ist die Energie des Kristalls, die dich überfordert, Miriam«, sagte er. »Die Energie hat sich auf Lucy übertragen, als der Splitter in ihrem Körper gewesen ist. Sie strahlt diese Kraft nun aus, so dass sie sich auf alle Menschen in ihrer Umgebung auswirkt. Und da du viel Zeit mit ihr verbringst, hast du davon eine Menge abbekommen.«

»Was?«, fragte sie fassungslos. Sie verstand nicht, was das bedeutete. War sie jetzt verstrahlt?

Hilar schmunzelte. »Es bedeutet, dass diese Energie dich mit hinauf zieht. Ob du dafür bereit bist oder nicht. Sie zieht dich hoch in andere Schwingungsebenen«, erklärte er. »Und dadurch kommt alles ans Licht, was im Dunkeln lag. All deine Schatten. Deine Traumata, Schmerzen, alles was du verdrängt hast.«

Sie sah ihn erschrocken an.

»Das ist auch mit Lucy passiert, als der Splitter sie getroffen hat. Sie ist nur anders damit umgegangen und konnte es deshalb bewältigen.«

»Wie hat sie das gemacht?«, fragte Miriam erstaunt.

»Indem sie alles akzeptiert hat«, antwortete er. »Es gibt zwei Möglichkeiten, mit einer solch hohen Energie umzugehen. Entweder du nimmst sie an und akzeptierst alles, was dadurch passiert – selbst, wenn es unangenehm ist. Oder...«, er hielt inne und sah sie bedrückt an.

»Oder?«

»Oder es treibt dich in den Wahnsinn.«

Damit hatte er den Nagel auf den Kopf getroffen. Genau das schien gerade mit ihr zu passieren. Ihre Gefühle trieben sie in den Wahnsinn. Seit Monaten. Sie waren so stark, dass sie sie völlig aus der Bahn warfen. Sie hatte keine Kontrolle mehr darüber. Sie brachen einfach aus hier heraus. »Warum?«, fragte sie mit Tränen in den Augen. »Warum passiert das?«

»Weil du nur in höhere Ebenen aufsteigen kannst, wenn du all die Dunkelheit, die du mit dir herum schleppst, loslässt. Deswegen werden dir all diese Schmerzen bewusst. Sie können nicht mitgenommen werden in diese Ebene, in die du aufsteigst. Das ist, als würde ein Ballon aufsteigen und du versuchst mit aller Kraft, dich am Boden festzuhalten. Entweder zu lässt los oder es zerreißt dich.«

Sie sah ihm erstaunt ins Gesicht. Sie stieg auf? In andere Ebenen? Und es war Lucys Energie, die das bewirkte? Sie konnte es kaum fassen, dass all das nur passierte, weil sie in Lucys Nähe gewesen war.

»Sie weiß nichts davon«, sagte er zu ihr. »Wir hielten es für besser, ihr zu verschweigen, dass sich ihre starke Energie auf dich und auch andere Menschen auswirkt. Sonst hätte sie sich noch die Schuld daran geben, dass du krank geworden bist.«

Das Entsetzen in Miriams Gesicht verwandelte sich auf einmal in Mitgefühl. plötzlich tat ihr Lucy leid. All die Dinge, die mit ihr passierten...

»Lass uns später darüber reden«, drängte Hilar jetzt. »Du musst jetzt mit mir kommen. Lucy ist in großen Schwierigkeiten und braucht unsere Hilfe.«

Miriam riss ihre Augen so weit auf, dass die kalte Luft in ihnen wie tausend Nadelstiche schmerzte. »Was ist mit ihr??« Sie schrie fast, so besorgt war sie plötzlich.

»Sie hatte vor, auf eigene Faust einen Kristallsplitter aus Lumenia zu holen, um dich damit zu heilen. Und wir wissen nicht, ob sie das Portal überlebt hat.«

Die Worte, die aus Hilars Mund gekommen waren, und deren erschreckende Bedeutung, drangen nur ganz langsam zu Miriams Verstand vor. Sie wollte nicht glauben, was sie da hörte. Und vielleicht wollte sie es deswegen nicht glauben, weil sie die Schuldgefühle dann nicht aushalten würde. Nein, sie würde sie nicht nur *nicht aushalten*, sie würden sie innerlich zerfressen. Ihr Leben lang. Lucy hatte sich ihretwegen in Gefahr begeben! *Ihretwegen.* Um sie wieder gesund zu machen. Und *sie* hatte nichts Anderes im Kopf gehabt, als sich umzubringen. Sie hätte sich in diesem Moment ins Gesicht spucken können. »Was meinst du mit, *ihr wisst nicht, ob sie es überlebt hat?* Wo ist sie?«, fragte sie so ruhig, wie sie es schaffte. Aber ihre Stimme überschlug sich dabei mehrmals und klang so klirrend wie dünnes Glas, das zusammenschlug.

»Das müssen wir herausfinden. Nikolas wartet am Portal auf uns. Wir müssen nach Lumenia, um zu sehen, ob sie es hindurch geschafft hat. Komm.«

Er legte jetzt einfach ihren Arm um seinen Nacken, hob sie hoch und stellte sich an die Kante des Gebäudes.

»Halt dich gut fest«, sagte er, festigte seinen Griff um ihre Beine und ihren Oberkörper und stieß sich mit aller Kraft von dem Gebäude ab.

19

Paco

Lucy sah zunächst nichts. Das weiße Licht schien sie immer noch wie ein Schleier zu umgeben. Aber irgendjemand trug sie. Jemand, der sich nett anfühlte. Und warm. Voller Energie, Lebendigkeit und Liebe. Sie fühlte sich wohl. Und geborgen. Um sie herum ertönte wirres Gerede. Flüstern. Tuscheln. Aber es war kein böses Tuscheln. Es klang neugierig und auch ein wenig besorgt.

»Ins Zentrum!«, rief jemand von weiter hinten. Sie kannte die Stimme. Es war die raue Stimme eines älteren Mannes, dem sie zuvor schon einmal begegnet war. War das Quidea? Weil sie sich am Nacken ihres Retters festhielt, spürte sie, wie er nickte. Hatte das Nicken ihr gegolten? Oder der Stimme?

»Lucy?«

Ja, diese Stimme kannte sie auch. Sie war sanft und gefühlvoll.

»Du musst jetzt deine Energie hochhalten, hörst du? Du musst sie so hoch wie möglich halten, sonst reißt es dich wieder hier heraus.«

»Paco?«, sagte sie und tastete mit einer Hand sein Haar und sein Gesicht ab. Es war schrecklich, nichts sehen zu können. Alles war weiß.

»Ja«, sagte er. »Ich bringe dich ins Zentrum. Du hast ganz schön was abbekommen.«

Lucy versuchte nachzufühlen, was mit ihr nicht stimmte, aber sie spürte kaum etwas. Ihr Körper fühlte sich taub ab. Als wäre er halb erfroren. »Was ist passiert?«, fragte sie. Offensichtlich hatte sie den Sprung nach Lumenia doch geschafft! Sie war hier. Paco trug sie. Und sie hatte Quidea gehört. Sie war also wirklich hier!

»Du bist mitten in unsere Weihnachtsfeier geplatzt«, erzählte Paco und lachte. »Du bist vom Himmel gefallen. So wie Nikolas damals. Allerdings war der Tannenbaum im Weg und du hast dich am Arm verletzt.«

»Ich bin in euren Tannenbaum gefallen?«, rief sie bestürzt. Das konnte auch nur ihr passieren. »Kannst du dich bei deinen Leuten für mich entschuldigen? Ich wollte eure Familienfeier nicht stören.«

Jetzt lachte Paco wieder und drückte sie kurz an sich, so als wollte er sie wie einen Teddybär knuddeln. »Dann müsste ich dich vor der ganzen Stadt entschuldigen. Wir verlassen gerade den Marktplatz.«

Lucy riss die Augen ganz weit auf, konnte aber trotzdem nichts als weißes Licht sehen. »Ich bin vor der ganzen Stadt in einen Weihnachtsbaum gefallen?« Sie hätte sich am liebsten mit der flachen Hand gegen den Kopf geschlagen, spürte aber einen stechenden Schmerz, als sie ihren Arm bewegen wollte. Was für ein peinlicher Auftritt.

»Nicht in *einen* Weihnachtsbaum. Ich *den* Weihnachtsbaum«, lachte er weiter. »Der ist ganz schön gigantisch.«

Offensichtlich machte es ihm auch noch Spaß, sie damit aufzuziehen. Er amüsierte sich köstlich und Lucy konnte es ihm nicht einmal verdenken. Es musste irre dämlich ausgesehen haben, wie sie da vom Himmel gefallen war und den Baum umarmt hatte. Hoffentlich stand er noch.

»Ja, keine Sorge. Die Leute haben schnell reagiert und ihn aufgerichtet, noch bevor er in die Menge stürzen konnte.«

»Ist ja gut«, sagte Lucy peinlich berührt. »Tut mir ja leid.«

Paco lachte wieder. »Ist doch nur Spaß. Unglücke passieren hier normalerweise nicht. Aber wenn mal eins passiert, reagieren wir ziemlich schnell. Also mach dir keine Gedanken. Es ist alles gut.«

Lucy spürte jetzt, wie es um sie herum wärmer wurde. Und stiller. »Wo sind wir jetzt?«, fragte sie.

»Wir gehen gerade in das Gebäude. Alea und eine … in deiner Welt sagt man Ärztin, oder? Na, jedenfalls werden sich die beiden um dich kümmern.«

Ein seltsamer Unterton lag bei dem Wort *Ärztin* in seiner Stimme. Und das lag nicht daran, dass er das Wort nicht häufig benutzte oder weil es generell in Lumenia nicht verwendet wurde. Seine Stimme hatte fast schmerzverzerrt geklungen, als er das Wort ausgesprochen hatte. Lucy hörte jetzt Schritte mehrerer Personen. Sie quietschten auf dem glatten Fußboden. Es war verwirrend, dass sie gar keine Gedanken hören konnte. War ihre Fähigkeit durch den Sturz vorübergehend verlorengegangen?

Nein, mit deiner Fähigkeit ist alles in Ordnung. Wir haben es uns nur angewöhnt, unsere Gedanken hin und wieder zu verbergen. Es muss ja nicht immer jeder alles wissen, nicht wahr?

»Alea!«, rief Lucy und riss den Kopf hin und her, als könnte sie auf diese Weise herausfinden, wo sie war. Dann stupste jemand neckisch mit dem Finger ihre Nase an.

»Hey, Lucy«, sagte sie und lachte. »Schön, dich wiederzusehen!«

Lucy war so froh, ihre Stimme zu hören, dass sie fast weinte. Sie wusste selbst nicht wieso. Sie sah in Alea so etwas wie eine große Schwester, zu der sie aufblickte und die sie bewunderte. Es war auch Alea gewesen, die sie im Kopf gehabt hatte, als sie den Plan mit dem Kristall ausgeheckt hatte. Sie wollte zuerst *sie* fragen, denn sie hatte das Gefühl, dass sie ihr helfen würde. Erst dann wäre sie mit ihrem Anliegen zu Quidea gegangen. Schließlich konnte man doch nicht einfach so zu einem König gehen und mal kurz um etwas bitten. Das musste man geschickt anstellen.

Alea lachte leise und Lucy spürte auch Paco über ihre Gedanken schmunzeln. Aber sehen konnte sie immer noch nichts. »Bin ich jetzt für immer blind?«, fragte sie ängstlich, als sie spürte, wie Paco sie auf etwas Weiches legte. Bei der Bewegung schmerzte ihr Arm so sehr, dass sie die Zähne zusammenbeißen musste, um nicht zu schreien.

»Nein«, sagte Alea sanft. »Denkst du, das würde ich zulassen? Außerdem würde Nikolas dann durchdrehen.« Jetzt lachten alle im Raum und Lucy hörte eine weitere Stimme. Diese war ihr aber fremd.

»Ist noch jemand hier?«

»Ja, ich. Mein Name ist Linn. Ich werde mich um deine Verletzungen kümmern. Alea wird mir dabei helfen.«

Betretenes Schweigen legte sich jetzt auf ihre Münder und eine seltsame Spannung breitete sich plötzlich im Raum aus. Lucy bewegte irritiert den Kopf hin und her, hörte, wie einer von ihnen näher an das Bett heran trat und ein anderer sich rasch entfernte. Was hätte sie jetzt darum gegeben, zu sehen, was sich hier abspielte!! Irgendetwas ging hier vor sich. Sie versuchte, die Gefühle der Anwesenden zu spüren, aber es fiel ihr ungewohnt schwer. War ihre Empathie in Lumenia vielleicht nicht so stark ausgeprägt wie in ihrer Welt? Oder verbargen sie nicht nur ihre Gedanken, sondern auch ihre Gefühle vor ihr? Niemand von ihnen ging auf ihre Fragen ein. Sie spürte nur, wie zwei warme Hände ihren schmerzenden Arm berührten.

»Lucy?« Das war wieder Paco. »Denk daran, was ich dir gesagt habe.« Seine Stimme klang jetzt nicht mehr so fröhlich wie vorher. Sie hörte sich eher traurig und irgendwie mechanisch an. »Du musst deine Energie hochhalten. Konzentriere dich auf positive Gefühle.«

Lucy nickte und suchte einen schönen Gedanken. Als ihr Nikolas in den Sinn kam, flatterten erneut Schmetterlinge in ihrem

Bauch umher und sie musste automatisch lächeln. In dieses Gefühl steigerte sie sich jetzt so gut sie konnte hinein, ließ zu, dass es sich in ihrem Körper ausbreitete und atmete so lange in dieses Gefühl hinein, bis sie ganz berauscht davon war. Währenddessen spürte sie, wie etwas sehr Warmes auf ihren verletzten Arm strahlte. Die Hand, die sie an ihrem Handgelenk spürte, wurde nun ganz heiß und es fühlte sich an, als würde diese Hitze in ihren Arm fließen und durch ihre Knochen nach oben bis zu ihrer Schulter steigen. Dann flammten die Schmerzen noch einmal kurz auf und einen Moment später begann es an der Stelle heftig zu jucken. Nebenbei stieg die Energie in diesem Raum so sehr an, dass Lucy regelrecht spürte, wie sie mit hinauf gezogen wurde. Ihr ganzer Körper wurde so leicht wie Luft und schwebte in einem Zustand völliger Entspannung. All ihre Muskeln wurden weich wie Butter und ihr wurde so angenehm warm, dass sie allmählich schläfrig wurde und ihr die Augen zufielen.

Sie ließ ihren Kopf erschöpft in ein Kissen fallen und wollte sich gerade in diesen angenehmen Schlaf fallen lassen, als sie auf einmal etwas spürte. Etwas, das nicht zu ihr gehörte. Es war ein Gefühl, das von jemandem in diesem Raum ausging. Sie spürte es viel zu deutlich, als dass sie es hätte ignorieren können. Sie öffnete wieder die Augen und sah nun schemenhaft Umrisse von Möbeln. Zu ihrer Linken stand jemand Großes. Das musste Paco sein. Er stand aber mit mehreren Schritten Abstand zu ihr. Dann drehte sie den Kopf zur anderen Seite und sah zwei weitere Personen. Sie erkannte sofort Aleas wallendes rotes Haar. Sie war es, die Lucys Handgelenk berührte. Linn stand direkt neben Lucys Kopf und hielt ihre beiden Hände über ihren verletzten Arm. Sie war kleiner als Alea. Ihr blondes Haar war geradezu golden und ihr Gesicht hatte eine schmale, zierliche Form. Von ihr ging auch dieses Gefühl aus. Ein starkes Gefühl. So gewaltig, dass Lucy von der Intensität fast die Luft weg blieb. Es war Sehnsucht. Und Liebe.

Tiefe, innige Liebe. So warm und sanft und gleichzeitig so hitzig und leidenschaftlich, dass Lucy errötete. Sie zwinkerte ein paar Mal, wodurch sich die Bilder langsam schärften. Dann drangen noch mehr Gefühle an sie heran. Wut und Traurigkeit. Und noch mehr Liebe. Diese Gefühle gingen von Paco aus. Lucy sah ihn an. Er stand da hinten mit gesenktem Kopf und hatte die Hände in den Hosentaschen zu Fäusten geballt.

Mit diesen Gefühlen war die Stille in diesem Raum geradezu ohrenbetäubend. Lucy wandte sich jetzt zu Alea um, die sie aber nur fröhlich anlächelte und ihr zuzwinkerte. Sie fragte sich, ob sie in Gedanken mit Alea reden konnte, ohne, dass die anderen beiden etwas davon mitbekamen.

Das geht, dachte Alea. *Du musst dir nur eine Art Tunnel zwischen uns vorstellen. Eine Verbindung, die alle anderen ausschließt. So als würden wir beide in dem Tunnel stehen und ungestört reden. Und jeder, der außerhalb dieses Tunnels steht, bekommt nichts mit. Versuch's mal.*

Lucy tat, was sie sagte und schickte die Worte - *Haben die beiden das jetzt mitbekommen?* - durch den Tunnel an Alea.

Nein, sagte diese und lächelte. *Ich habe eben schon durch diesen Tunnel mit dir gesprochen.*

Lucy wandte nun den Blick von Alea ab, damit Paco und Linn nicht mitbekamen, dass sie sich heimlich unterhielten. Dann stellte sie endlich ihre Frage: *Was ist mit den beiden? Haben sie Streit?*

Von Alea ging jetzt ein Gefühl der Überraschung aus, aber sie ließ es sich nicht anmerken. *Was meinst du? Kannst du etwa ihre Gedanken hören?*

Lucy schüttelte in Gedanken mit dem Kopf. *Nein, aber ich nehme ihre Gefühle wahr. Sie lieben sich, oder? Sie lieben sich wie verrückt. Aber Paco ist todtraurig.*

Jetzt zeigte sich in Aleas Gesicht fassungslose Verwirrtheit. *Moment*, dachte sie. *Du spürst ihre Gefühle?*

Lucy nickte kaum merklich. *Ja. Ich glaube, ich bin verflucht. Ich kann Gefühle von anderen Menschen so deutlich fühlen, als wären sie meine eigenen. Und es wird immer schlimmer.*

Das kann nicht sein, dachte Alea und sah Lucy dabei mit großen Augen an.

Lucy erwiderte ihren Blick fragend und jetzt schienen Linn und Paco doch etwas mitbekommen zu haben. Sie sahen von einem zum anderen und machten verwirrte Gesichter. Lucy konnte jetzt wieder ganz normal sehen. Sie sah Linn an und bewunderte einen Moment lang ihre zarte Schönheit. Dann wandte sie aber schnell ihren Blick ab, bevor Linn einen ihrer Gedanken aufschnappen konnte. Dabei bemerkte Lucy aber, dass Alea sie immer noch anstarrte.

Linn nahm jetzt ihre Hände weg und zwitscherte ein fröhliches: »So, erledigt!«

Lucy begutachtete ihren Arm, bewegte ihn auf und ab und seufzte erleichtert. Es tat überhaupt nicht mehr weh. »Danke!«, sagte sie zu den beiden Frauen, ließ ihren Blick aber ein wenig länger auf Alea ruhen, weil sie hoffte, noch eine gedankliche Erklärung zu bekommen. Aber es kam nichts mehr von ihr. Als Linn sich dann verabschiedete und den Raum verließ, schien sich die Spannung zu lösen und Paco trat wieder näher an das Bett heran, von dem er vorher einen übertrieben großen Abstand genommen hatte.

»Lucy« Alea stützte sich nun mit beiden Händen auf dem Bett ab, wobei ihr langes Haar die Bettdecke streichelte. »Sag Paco bitte, was du mir gerade gesagt hast.«

Lucy dachte sich nichts weiter dabei und wiederholte zusammenfassend, dass sie fremde Gefühle spüren könne und sich fragte, was zwischen ihm und Linn los war, weil sie genau fühlen konnte, dass sie sich liebten und…

Paco zuckte bei dem Wort *Liebe* zusammen und sah Lucy an, als habe sie etwas Verbotenes gesagt. Dann tauschte er einen entsetzten Blick mit Alea und Lucy hätte schwören können, dass sie hören konnte, wie sein Herz anfing, schneller zu schlagen.

»Was ist denn los? Habe ich etwas Falsches gesagt?«

Alea setzte sich nun auf die Bettkante und seufzte leise. »Linn ist mit Taro zusammen. Quideas Sohn.« Als sie sprach, senkte Paco den Kopf und biss die Zähne zusammen, wobei seine Kiefermuskeln leicht hervortraten.

»Sie ist mit einem Prinzen zusammen?«, fragte Lucy erstaunt, versuchte aber nicht allzu begeistert zu klingen. Sie spürte, dass Paco dieses Gespräch äußerst unangenehm war.

»Ja«, sagte Alea. »Die Sache ist aber so...« Sie hielt kurz inne und sah Paco unsicher an. Als dieser aber nickte, fuhr sie fort: »Bevor die beiden ein Paar wurden, war Linn mit Paco zusammen.«

Lucy sah zu ihm auf und konnte ihm den Schmerz jetzt direkt vom Gesicht ablesen.

»Das ist ein ziemliches Drama. Eins von wenigen hier in Lumenia«, berichtete Alea. »Linn und Paco hatten schon davon gesprochen, zu heiraten, als sich Linn plötzlich aus heiterem Himmel für Taro entschieden hat. Sie war wie ausgewechselt gewesen. Als wäre sie nicht mehr sie selbst. Paco vermutet, dass Taro sie damals manipuliert hat. Aber jeder Versuch, ihre wahren Gedanken oder Gefühle zu erfahren, scheiterte. Sie verbirgt sie jederzeit so gut, dass niemand jemals Zugang dazu hat.«

Lucy zog verwirrt die Augenbrauen zusammen. »Aber eben gerade war sie wohl nicht vorsichtig genug. Sie hat mir ihre Gefühle geradezu um die Ohren gehauen.«

Alea schüttelte mit dem Kopf. »Das hätte ich gespürt, Lucy. Und Paco ebenfalls.«

Das Entsetzen in Pacos Gesicht machte Lucy fast Angst. Er sah sie mit so großen Augen an, dass sie sich schon vorkam wie ein Freak, mit dem etwas nicht stimmte. »Es gibt bestimmt irgendeine ganz simple Erklärung dafür«, sagte Lucy. Sie konnte sich nicht vorstellen, dass sie etwas konnte, wozu Alea und Paco nicht in der Lage waren. Sie war hier in *Lumenia*! In dem Land, in dem es vollkommen normal war, dass die Menschen übersinnliche Fähigkeiten besaßen. Und sie selbst kam aus einer ganz anderen Welt. Aus einer Welt, in der übersinnliche Kräfte in Romane und Fantasyfilme gehörten und nicht in die Realität. Es war völlig unmöglich, dass *sie* – das Mädchen aus der *zurückgebliebenen, kaputten* Welt – zu mehr fähig war, als diese Lumenier. Nein, das war absurd.

»Gibt es einen Grund, warum sich ausgerechnet diese Empathie bei dir so intensiv entwickelt?«, fragte Alea.

Lucy zuckte mit den Schultern. »Nikolas fragt sich das auch. Er meint, sie entwickelt sich von ganz allein. Ohne, dass ich etwas dazu tun muss. Und sie entwickelt sich sogar weiter, wenn mein Energieniveau im Keller ist. Ich kann es anscheinend nicht aufhalten.«

Alea machte ein besorgtes Gesicht. »Das kann gefährlich werden, Lucy. Du musst lernen, es zu kontrollieren.«

Lucy seufzte schwer. »Ich weiß«, sagte sie und dachte an Miriam und ihre starken negativen Gefühle. Und in diesem Moment schoss ihr wie ein Blitz ein Bild von ihr durch den Kopf. Lucy zuckte vor Schreck zusammen. Sie stand am Flussufer. Genau dort, wo Lucy in das Portal gesprungen war. Nikolas und Hilar waren auch da und breiteten schützend ihre Arme vor Miriam aus. Lucy spürte, wie Miriams Herz vor Angst raste, denn direkt vor ihnen stand Marius und richtete eine Waffe auf sie.

20

ERINNERUNGEN

Aus den Gebüschen hinter ihnen kamen jetzt mit vorsichtigen, langsamen Schritten mehrere uniformierte Männer, die ihre Hände an die Waffenhalter an ihren Hüften legten und Miriam, Hilar und Nikolas mit drohenden Blicken ansahen.

Nikolas wandte sich zu Marius um und funkelte ihn wütend an. »Ich habe dich für schlauer gehalten«, sagte er drohend zu ihm.

Marius warf daraufhin den Kopf in den Nacken und lachte. Der Klang seines Lachens war Nikolas noch so gut in Erinnerung, als hätte er es erst gestern gehört. Ihm kamen sofort die Erinnerungen an das Hotelzimmer in den Sinn.

»Oh ja«, sagte Marius nun. »Ich erinnere mich gut an dein Ablenkungsmanöver. Du hast mich dich die ganze Nacht wie einen Wahnsinnigen durch die Stadt jagen lassen, um mich davon abzuhalten, deiner kleinen Freundin etwas zu tun.«

Nikolas schreckte innerlich zusammen. Er konnte seine Gedanken lesen! Und nicht nur das. Er hatte offenbar gewusst, dass er ihn damals von Lucy hatte ablenken wollen. Warum hatte er dieses Spiel mitgespielt?

»Ich habe es nicht gewusst«, sprach Marius und hob dabei überheblich den Kopf. »Es ist mir erst später klar geworden. Du hättest sie sofort aus dem Hotel holen können. Aber das hast du nicht getan. Dafür musste es einen Grund geben, der mir schleierhaft ist, aber wie auch immer…« Er seufzte gelangweilt und hob dabei eine Augenbraue. »Aus irgendeinem Grund musstest du mich von ihr weglocken und das ist dir prima gelungen.«

Nikolas dachte daran, dass ihm Marius in dieser Nacht dicht auf den Fersen gewesen war. Und das hatte er auch so gewollt. Er hatte ihm das Gefühl geben wollen, dass er sein Ziel, Nikolas zu fangen, jeden Moment erreichen würde. Das hatte ihn die ganze Nacht bei der Stange gehalten, so dass er sich keine Sorgen um Lucy hatte machen müssen. Den Grund – dass er wollte, dass sie sich ein wenig ausruhte und er mit dieser Aktion verhindern wollte, dass sie mit ihrer Angst vor Marius versehentlich eine Katastrophe herauf beschwörte – musste er nicht erfahren. Er baute eine innere Barriere um seine Gedanken auf und ließ nur noch Hilar einen Zugang dazu frei.

»Aber jetzt werden deine Spielchen nicht mehr funktionieren, Nikolas«, sprach er weiter. Dann deutete er mit der Waffe, die er vorher auf ihn gerichtet hatte, auf Miriam. Hilar stellte sich sofort vor sie und versuchte, die Waffe mit seinen Gedanken auseinanderfallen zu lassen. Das war die Verteidigung, die er in Lumenia gelernt hatte. Für den Fall der Fälle. Aber irgendetwas blockierte seine Gedanken. Sie stießen gegen eine unsichtbare Wand.

Nikolas bemerkte seinen Versuch und trat vorsichtig einen Schritt zurück. *Hör auf, Hilar. Verschwende deine Kraft nicht. Er hat die Waffen programmieren lassen.*

Hilar stutzte. *Was? Von Wem?*, fragte er. *Und wieso kann ich sie nicht umprogrammieren?*

Nikolas kannte die Antwort darauf und sie quälte ihn mehr, als er es wahrhaben wollte. Er wollte Hilar gerade seine Gedanken schicken, als Marius ihm zuvor kam.

»Ich muss dir danken, Nikolas!«, sagte er mit einem

selbstgefälligen Grinsen. »Während du die Anderen mit deiner Energie nur bewusstlos … sagen wir mal *geschlagen* hast, hast du mir die Ehre erteilt, dir deine ganze konzentrierte Kraft einzuverleiben. Ich kann mich glücklich schätzen, dass ich dich so wütend gemacht habe. Vielleicht hätte ich der Kleinen doch etwas antun sollen. Dann wäre ich jetzt durch deinen kläglichen Racheversuch vielleicht zu viel mehr in der Lage, als ich es ohnehin schon bin.«

In Nikolas kochte erneut Wut hoch. So sehr, dass er fast die Kontrolle über sie verlor. Er hatte also mit seiner Vermutung recht gehabt. Marius war durch die geballte Ladung Energie, mit der er auf ihn geschossen hatte, quasi *erwacht*. So wie der Kristall Lucys Kräfte geweckt hatte, hatte *er* Marius' Kräfte geweckt. Und das nur, weil ihn seine Wut mal wieder blind gemacht hatte. Er hatte ihn einfach nur ausschalten wollen. Aus Wut, aus Rache, aus Verletztheit. Weil er es gewagt hatte, es auch nur in Betracht zu ziehen, Lucy etwas anzutun. Er hatte ihn mit seiner Bösartigkeit rasend gemacht. Und deshalb hatte er unüberlegt gehandelt. Um ganz ehrlich zu sein, hatte er gehofft, dass Marius an dieser Menge Energie zu Grunde gehen würde. Aber offenbar hatte er genau das Gegenteil bewirkt.

Nikolas nahm einen tiefen Atemzug und akzeptierte die Wut, die seinen ganzen Körper erbeben ließ. Er leitete ihre Kraft bewusst auf sein Energiezentrum. Dann schloss er kurz die Augen, zählte in Gedanken die Männer, die hinter ihnen standen und ballte dann die Hände zu Fäusten. *Halte dich bereit, Hilar*, dachte er seinem Freund entgegen und ließ die Energie in sich ansteigen.

Marius hatte glücklicherweise nichts von alldem mitbekommen und grinste weiter überheblich vor sich hin. »Und jetzt gibst du mir besser den Schlüssel«, sagte er selbstsicher.

»Lucy hat ihn«, sagte Nikolas ruhig. Damit wollte er in Erfahrung bringen, was vorgefallen war, bevor er mit Hilar und

Miriam eingetroffen war. Er suchte in Marius' Gedanken nach Hinweisen und hoffte, dass Lucy ihm nicht über den Weg gelaufen war. Aber Nikolas musste sich gar nicht bemühen. Marius sprach seine Gedanken sofort aus.

»Ja, ich weiß. Die Kleine ist mir damit entwischt.« Er machte einen Moment Pause und spielte die Szene, in der Lucy über dem Fluss einfach im Nichts verschwunden war, erneut vor sich ab. »Faszinierend«, murmelte er. »Sie hat sich einfach aufgelöst.«

Erleichterung machte sich in Nikolas breit. Sie hatte es also geschafft, in das Portal zu kommen. Jetzt stellte sich in ihm nur noch die Frage, ob sie den Übertritt unverletzt überstanden hatte.

»Aber dein Freund wird sicher nicht ohne Schlüssel hier aufgekreuzt sein, nicht wahr?« Dabei sah er Hilar an und zeigte mit dem Lauf der Waffe auf seinen Kopf.

»Er hat ihn nicht!«, rief Miriam plötzlich panisch. Sie war zwar vor Angst fast wie gelähmt, aber dennoch kam ihr ein helfender Gedanke, den sie aber so gut es ging verbarg. »Er ist im Haus! In Lucys Haus! O … oben! Im … Badezimmer«, stammelte sie.

Hilar zog unbemerkt an ihrer Hand und warf ihr einen fragenden Blick zu. Er konnte ihre Gedanken immer noch nicht klar verstehen. Jetzt war da sogar noch irgendeine Blockade, die ihn daran hinderte, in ihren Kopf zu lauschen.

Marius lachte zufrieden. »Schlaues Mädchen«, tönte er. »Dann werden wir jetzt alle zusammen dorthin fahren.«

Auf Drei!, dachte Nikolas, während Marius seinen Leuten Handzeichen gab.

Hilar ließ heimlich eine Hand in seine Hosentasche sinken und griff nach dem Schlüssel. Dann zog er Miriam ganz nah an sich heran und flüsterte ihr so leise etwas entgegen, dass sie sich sehr bemühen musste, alles zu verstehen.

»Drei Regeln«, raunte er. »Erstens: Wehre dich nicht gegen die Gefühle, die gleich in dir entstehen, wenn ich dich umarme.«

Sie sah erst verwirrt zu ihm auf, nickte dann aber.

»Zweitens: Wenn wir dort sind, halte deine Gedanken so positiv wie möglich. Und Drittens: Pass auf deine Gefühle auf.«

Eins.

Hilar ließ nun so viel Energie in sich aufsteigen, dass die Hitze, die er dadurch ausstrahlte, fast wie Feuer auf Miriams Haut brannte. Seine Hand, mit der er sie festhielt, kochte förmlich.

Zwei.

Nikolas atmete tief ein und ließ die Kraft, die er in seinem Bauch gesammelt hatte, nun durch seinen ganzen Körper fließen. Dabei stieg sein Energieniveau mindestens um das Fünffache an. Er lenkte die Kraft durch seine Glieder und konzentrierte sie dann in seinem Kopf, wo er ein inneres Bild schuf.

Drei.

Jetzt passierten mehrere Dinge gleichzeitig. Aus Nikolas' Körper schoss eine flirrende Energiewelle und legte sich wie eine bunt schimmernde Energiewand um ihn, Hilar und Miriam. Im selben Moment packte Hilar Miriam, umarmte sie und drückte sie ganz fest an sich. Sie schnappte laut nach Luft, als sie die Energie spürte die nun in fast unerträglich starken Wellen von Hilar ausging und direkt in ihren Körper überging. Marius brüllte »Feuer!« und die Männer schossen auf die flirrende Energiewand. Aber die Kugeln prallten daran ab und kamen in derselben Geschwindigkeit zu ihnen zurück. Einige der Männer sackten in sich zusammen und die anderen schossen weiter, änderten aber den Schusswinkel, um nicht getroffen zu werden.

Miriam stieß ein lautes Stöhnen aus, das Hilar erröten ließ. Die konzentrierte Kraft, die wie Stromwellen durch ihren ganzen Körper floss, ließ die Energie jeder Zelle ihres Leibes so schnell ansteigen, dass sie kurz davor stand, das Bewusstsein zu verlieren. Alles um sie herum veränderte seine Form, verbog sich und verschwamm vor ihren Augen. Ihr Körper wurde leicht und ihre

Muskeln schienen sich mit jeder Millisekunde mehr in eine kraftlose, weiche Masse zu verwandeln, über die sie jede Macht verlor. Als ihr die Knie weg sackten, rief Hilar »Jetzt!« und Nikolas sprang sofort mit zwei großen Schritten in den Fluss. Hilar hob Miriam auf seinen Arm und sprang nur eine halbe Sekunde später hinterher. Dann erschien ein kurzer Blitz und ein lautes Rauschen ertönte innerhalb der Energiewand und sie waren verschwunden.

21

DER SOHN DES KÖNIGS

Als Quidea in den Raum trat, kniete Lucy schweißgebadet vor dem Bett und stützte sich mit beiden Händen am Boden ab. Alea kniete neben ihr und hatte einen Arm um sie gelegt. Quidea erkannte sofort, was los war und beauftragte Paco, ihm unverzüglich einige Mitglieder der blauen Garde herzuholen. Dann kniete er sich ebenfalls zu Lucy und strich ihr sanft das feuchte Haar aus dem Gesicht. Als sie zu ihm aufblickte, lächelte er väterlich.

»Du bist ein außergewöhnlicher Mensch, Lucy.« Seine Stimme wirkte beruhigend auf sie. Fast hypnotisch. »Ich kenne niemanden, der es schafft, von hier aus in eure Welt zu blicken. Aber dir scheint das so leicht zu fallen wie atmen.«

Lucy sah ihn erschrocken an. Wollte er ihr damit sagen, dass er und die anderen gerade *nicht* spüren konnten, was da drüben vor sich ging? Dass Marius gerade auf ihre Freunde geschossen hatte? Und dass Miriam wegen der unglaublichen Energie, die Hilar ihr in den Körper gejagt hat, gerade ohnmächtig wurde? Lucy stand der Schweiß auf der Stirn. Sie spürte diese Ohnmacht am eigenen Leib.

»Du hättest bei dem Versuch, nach Lumenia zu gelangen, umkommen können«, sagte Quidea jetzt.

Lucy stutzte. Und auf einmal war ihre Aufmerksamkeit ganz bei ihm. Und nicht mehr bei Miriam.

»Aber du hast es trotzdem getan. Hast dein Leben aufs Spiel gesetzt, um das Leben deiner Freundin zu retten«, fuhr er fort. »Das ist sehr edel und mutig von dir. Aber versprich mir, dass du das nächste Mal meinen Sohn mitbringst, damit er dich auf dieser Reise unterstützen kann.«

Jetzt vergaß Lucy völlig das Gefühlschaos, das sie gerade durchlebt hatte. Die Angst und Panik, weil Marius wieder aufgetaucht war und auch die unglaubliche Energie, die Nikolas und Hilar hatten entstehen lassen. Sie vergaß sogar Miriams Ohnmacht und starrte Quidea erschrocken ins Gesicht. Seinen *Sohn*? Meinte er Hilar? War Hilar etwa ein Prinz? Oder meinte er Taro? Aber wie hätte sie Taro mitbringen sollen? Sie kannte ihn doch gar nicht.

Quidea grinste. Offenbar hatte er sie ablenken wollen. Und er war hocherfreut, dass es funktioniert hatte. »Nicht Hilar«, sagte Quidea dann. »Und auch nicht Taro. Ich meine Nikolas.«

Lucy entgleisten die Gesichtszüge. Was sagte er da?? *Nikolas* war sein Sohn?! Der Sohn des *Königs?!* Ihr klappte der Unterkiefer langsam, aber viel zu weit hinunter. Jetzt wurde ihr doch wieder schwindelig. Wenn sie nicht schon am Boden gesessen hätte, wäre sie jetzt mit der Nase voraus darauf zugeschnellt. »Niko ist ... dein Sohn?«, stammelte sie fassungslos. Wohl nur, um sich diese Tatsache wirklich bewusst zu machen. Doch es gelang ihr nicht.

Quidea nickte lächelnd. »Das hat er dir wohl nicht erzählt. Typisch für ihn.«

Oh mein Gott, dachte sie und starrte Quidea dabei in die warmen, väterlichen Augen. Sie hatte Quidea – dem König von Lumenia – den Sohn weggenommen! Sie fühlte sich schrecklich. Sie war verantwortlich dafür, dass Nikolas in diese kranke Welt, die er so fürchtete, zurückkehren wollte. *Ihretwegen.* Quidea musste krank vor Sorge sein. Was, wenn seinem Sohn – dem *Prinzen* – in dieser verrückten Welt etwas zustieß? Dann war *sie*

Schuld daran. Er musste sie hassen. Fürchterlich hassen.

Quidea lachte jetzt und machte es sich auf dem Fußboden etwas bequemer. Er setzte sich im Schneidersitz vor sie. »Ihr und eure verrückten Gedanken«, sagte er amüsiert. »Ich hasse dich nicht, Lucy. Es war Nikolas' Entscheidung und ich wusste, dass das passieren würde. Und nebenbei bemerkt, kann Nikolas sehr gut auf sich aufpassen. Was glaubst du, warum ich ihn im Sommer auf diese Lucy-Mission geschickt habe? Weil ich wusste, dass er es schaffen würde.«

Lucys Augen füllten sich jetzt mit Tränen. Sie wusste gar nicht, was mit ihr los war. Es überkam sie eine tiefe Traurigkeit. »Er hätte es beinahe *nicht* geschafft«, wisperte sie. Ihre Stimme war plötzlich nur noch ein Hauchen. »Sie hätten ihn meinetwegen beinahe… umgebracht.« Sie senkte den Kopf und versuchte, den Drang zu unterdrücken, wie ein kleines Kind loszuweinen. Die Erinnerungen an den Sommer und die Angst, die damit verbunden war – die Angst, ihn zu verlieren – war unerträglich. Und noch unerträglicher wurde sie jetzt, wo sie wusste, dass er dieser Gefahr schon wieder ausgesetzt war. Ihretwegen.

»Oh, oh«, machte Quidea und umfasste dabei Lucys Schultern. Dann sah er ihr eindringlich in die Augen und sagte: »Kontrolle, Lucy. Ich muss dich daran erinnern, dass du hier in Lumenia bist. Hier schwingt die Energie ein *bisschen*«, er betonte das *bisschen* so spitz, dass die Ironie darin fast lustig klang, »höher und um einiges schneller als in deiner Welt.«

Lucy erschrak. Er hatte recht. Sie hatte ganz vergessen, dass sie hier viel intensiver auf ihre Gefühle aufpassen musste als in ihrer Welt. Sie versuchte sofort, ihre Gefühle unter Kontrolle zu bringen. Sie schluckte einen dicken Kloß hinunter und wischte sich die Tränen aus dem Gesicht. »Tut mir leid«, sagte sie schnell.

»Du musst dich zusammenreißen, Lucy«, sagte Alea. »Die blaue Garde ist auf dem Weg hierher und wenn die merken, dass du emotional zu labil bist, müssen sie dich in einen energiesicheren Raum sperren, damit du in Lumenia keinen Schaden anrichten kannst. Hier wirken sich Emotionen viel schneller und heftiger aus, als in deiner Welt.«

Lucy sah Alea mit großen Augen an. Sie wollten sie weg sperren? Schnell stand sie auf, richtete ihre Kleidung und ihr Haar und atmete ein paar Mal tief ein, wobei sie erneut ihre Übung machte, um ihre Energie anzuheben. Dabei dachte sie auch an die starke Kraft, die Hilar gerade hatte entstehen lassen, um Miriams Schwingung anzuheben. Sie hatte alles ganz genau mitbekommen und fühlte die Energie erneut so intensiv, dass es ihr fast die Sinne vernebelte. All das half ihr, sich in wenigen Sekunden in ein anderes Energieniveau zu katapultieren. Und von hier aus sah plötzlich alles wieder ganz anders aus. Sie fühlte sich nicht mehr schuldig und die Erinnerung an die Angst, die sie um Nikolas gehabt hatte, hatte ihre Schärfe verloren.

Quidea atmete erleichtert auf. »Gut gemacht«, sagte er zu Lucy und tätschelte aufbauend ihre Schulter. Dann warf er Alea einen vielsagenden Blick zu. Lucy hörte genau, was er dachte. *Das hätte ins Auge gehen können*, waren die Worte, die in seinem Kopf erklangen.

Lucy schüttelte kaum merklich mit dem Kopf und war erstaunt über die Macht, die Emotionen über das Denken ausüben konnten. Es war einerseits faszinierend und andererseits erschreckend, wie viele Gründe man zum Traurigsein finden konnte, wenn man erst mal emotional am Boden war. Und genauso faszinierend war es, wie sich der Blick auf die Welt veränderte, wenn man es nicht mehr war. Sie erkannte zum ersten Mal so deutlich wie nie, was Nikolas' Training für Auswirkungen hatte. Sie war erschrocken darüber, wie schnell sie gerade emotional abgestürzt war, aber auch erstaunt, wie schnell sie es geschafft hatte, sich aus diesem Tief zu holen. Sie fühlte sich, als habe sie sich gerade innerhalb von

Sekunden in einen anderen Menschen verwandelt. Es war so leicht, sich in einen anderen Zustand zu bringen. Warum hatte sie ihr Leben lang so sehr gelitten, wenn es so einfach war, das Leid zu beenden? Sie verlor über diese Erkenntnis gerade regelrecht die Fassung.

Alea schmunzelte. »Vermutlich hat dir die Motivation gefehlt«, sinnierte sie.

Lucy sah sie überrascht an.

»Die Motivation, dass du mit deinen Emotionen ein ganzes Land ins Chaos stürzen kannst, wirkt offenbar Wunder«, sagte Alea amüsiert.

Lucy nickte. Ja, so war es wohl.

Quidea lächelte anerkennend. »Ich bin beeindruckt«, sagte er mit seiner brummigen, freundlichen Stimme. Seine warmen, schokoladenbraunen Augen funkelten vor Stolz. »Du hast viel gelernt.«

Lucy lächelte glücklich. »Nikolas ist ja auch ein guter Lehrer.«

In diesem Moment hörte Lucy schwere Schritte aus dem Flur hallen. Dann traten zwei Männer und eine Frau in blauen Uniformen in den Raum und nickten Quidea zu. Sie wirkten einschüchternd, was nicht nur an den imposanten royalblauen Uniformen und den silbernen Abzeichen lag, sondern an ihren ernsten Gesichtern und ihrem festen Gang. Lucy erschrak, als sie den letzten von ihnen in das Zimmer kommen sah. Er war von imposanter Größe – vermutlich sogar größer als Hilar – und unter seiner Uniform schienen sich Berge von Muskeln aufzutürmen. Er hatte einen dicken Hals, auf dem ein wirklich hübscher Kopf saß und seine braunen Rehaugen und seine Nase hatten eine verblüffende Ähnlichkeit mit Quidea. Sein Blick war sofort auf Lucy geheftet, als er um die Ecke kam. Zwischendurch hatte er kurz Quidea zugenickt – oder war es eine Verbeugung gewesen? - um seinen Blick dann aber wieder an Lucy zu fesseln und sie mit einem verwirrend emotionslosen Gesicht von oben bis unten zu mustern.

Lucy trat ein paar Schritte zurück und blickte ihm wie ein verängstigtes Reh in die starren Augen, die keinen Laut aus seinem Kopf entweichen ließen.

Kennt ihr euch?, fragte Alea in Gedanken, als sie Lucys Emotionen bemerkte. Auch Quidea sah von einem zum anderen und setzte eine fragende Miene auf.

Ja, sie kannte ihn. Sie hatte ihn schon einmal gesehen. In einem fürchterlichen Albtraum, in dem er...

Sei still! Eine tiefe Stimme hallte so laut und wütend in ihrem Kopf wider, dass sie vor Schreck zusammenzuckte. Und sie war direkt von diesem riesigen Kerl ausgegangen. Ängstlich sah sie ihn an.

»Vermutlich haben wir uns gesehen, als sie das letzte Mal hier gewesen ist«, sagte der riesige Typ und warf Lucy einen warnenden Blick zu. »Wie ich sehe, hat sich seit dem viel getan. Ihre Energie ist beeindruckend hoch.«

Quidea nickte stolz und lächelte dabei so fröhlich wie ein kleines Kind. »Ich habe gewusst, dass sie sich gut entwickeln würde.«

Lucy sah ihn irritiert an. Hatte er das gerade eben nicht mitbekommen? Dieser Typ hatte sie so laut angeschrien, dass es sicherlich halb Lumenia gehört haben musste! Dann wandte sie sich zu Alea um, die Lucy aufmerksam beobachtete und dann fragend die Augenbrauen hob.

Du sagst und denkst kein Wort mehr!

Erneut war die Stimme so laut und donnernd, dass sie Lucy fast Kopfschmerzen machte. Sie zuckte zusammen und sah den blauen Gardisten wieder an. Sein Blick war eiskalt. Was um alles in der Welt war hier los?

Quidea deutete jetzt mit einer Hand auf den angsteinflößenden

Mann und sagte: »Darf ich vorstellen? Das ist mein Sohn, Taro.«

Lucy hielt vor Schreck die Luft an. Sein Sohn? *Taro?* In ihr fügten sich blitzschnell einzelne Fragmente von Informationen zusammen wie ein Puzzle. Sie sah den riesigen Kerl an und wurde sofort kreidebleich. Vor ihr stand also nicht nur der Sohn des Königs. *Das* hier war auch der Mann, der Paco die Frau weggenommen hatte! Das hatte sie vorhin von Alea erfahren.

Taro riss auf einmal den Kopf zur Seite und peitschte Lucy einen hasserfüllten Blick entgegen, woraufhin Lucy sofort eine Mauer um ihre Gedanken aufbaute und sich innerlich dahinter verkroch.

»Aber kommen wir erst einmal zum Wesentlichen«, sagte Quidea nun, der erneut von alldem nichts mitbekommen hatte. »Ich weiß, heute ist Weihnachten. Aber ich möchte, dass ihr alle Portale bewacht und mir jede Veränderung sofort mitteilt. Es befindet sich jemand in unmittelbarer Nähe eines Portals und ich bin nicht sicher, was passieren kann. Also seid bitte wachsam. Wir werden im Versammlungsraum alles Weitere besprechen.«

»*Wer* befindet sich in der Nähe eines Portals?«, fragte Taro nun, wobei er die Fäuste in die Hüften stemmte.

»Marius«, sagte Quidea und legte dabei besorgt seine Stirn in Falten.

Taro reagierte auf den Namen weder mit irgendeiner Emotion noch mit einem Gedanken oder einem Wimpernzucken. Von ihm und seinem versteinerten Gesicht ging einfach nur eine Totenstille aus. Es war beängstigend. Stattdessen sagte er nur: »Wird erledigt.« Und er fügte an: »Sollen wir sie weg bringen?« Dabei deutete er mit einem Nicken auf Lucy.

Quidea lächelte. »Nein, nicht nötig«, sagte er. »Das war gerade nur ein kleiner, emotionaler Ausrutscher. Lucy hat sich wieder gefangen, nicht wahr?« Er sah jetzt Lucy an, die daraufhin energisch nickte.

Taro brummte und sah sie prüfend an. »Hm«, machte er.

»Oh!«, machte Alea nun und lief plötzlich zur Tür. Ihr Blick ging ins Leere, aber ihr Gesicht war voller Freude. »Nikolas ist hier!«, sagte sie erfreut. »Er ist gerade gekommen.«

Quidea machte eine flinke Handbewegung und bat sie, ihm entgegenzugehen. »Er braucht sicher deine Hilfe«, teilte er ihr mit und im nächsten Moment war Alea auch schon weg. Dann schickte er die beiden anderen Gardisten an die Arbeit und folgte ihnen nach. Als er gerade aus der Tür schritt, sagte er: »Taro, kümmere dich bitte um Lucy, solange Nikolas noch nicht hier ist. Und dann hilf den anderen, in Ordnung?«

Taro nickte seinem Vater zu und einen Moment später war dann auch Quidea verschwunden.

Jetzt waren sie allein. Und Lucy hatte das ungute Gefühl, dass dies genau das war, was Taro wollte. Er wandte sich langsam zu ihr um, starrte sie abermals emotionslos an und schien auf irgendetwas zu warten. Dann schlug aus weiter Entfernung eine Tür zu und schien ihm damit das Signal zu geben, sich zu entspannen. Seine Schultern sanken hinab und in seinem Gesicht zeigte sich ein Lächeln. Kein nettes Lächeln, so wie das von Quidea oder Nikolas. Nein, es war ein bösartiges Lächeln. Ein Lächeln, wie sie es von Marius kannte.

Eine Sekunde später schlug wie von Geisterhand auch die Tür dieses Raumes zu und im selben Moment bewegte sich Taro auf Lucy zu. Bei dem Versuch, mehr Abstand zu ihm zu gewinnen, stolperte sie rückwärts über einen Stuhl und fiel fast hin. Taro griff blitzschnell nach ihrem Arm und zog sie unsanft wieder auf die Füße. Jetzt stand er so nah vor ihr, dass sie sein Aftershave riechen konnte. Er hielt ihr Handgelenk weiterhin fest im Griff und bohrte ihr seinen Blick durch die Augen, als wolle er zu ihrem Gehirn vordringen. Lucy bekam es mit der Angst zu tun.

»Was willst du?«, fragte sie panisch. »Ich habe das mit Paco nur so aufgeschnappt. Ich weiß doch von nichts.«

»Hör auf zu plappern!«, schnauzte er.

Lucy erstarrte.

»Nikolas hat eine gute Wahl getroffen«, sagte er jetzt sanfter und ließ seinen Blick über ihr Gesicht schweifen. »Er hatte schon immer einen guten Geschmack. Hat immer alles bekommen, was er wollte.«

Lucy erkannte jetzt tatsächlich so etwas wie Verbitterung in seinem Gesicht, das sich aber sogleich wieder in eine emotionslose Maske verwandelte.

»Sorge nur dafür, dass er wieder verschwindet. Mehr will ich gar nicht.«

Lucy machte ein verständnisloses Gesicht. »Er ist dein Bruder!«, sagte sie bestürzt.

»Er ist *nicht* mein Bruder. Er hat sich in die Familie gedrängt, als er hier aufgekreuzt ist. Er hat keinerlei Ansprüche!« Seine wütende Stimme war mit jedem Wort lauter geworden. Als er aber weitersprach, klang sie wieder ganz ruhig und bedacht. »Und was deinen Traum angeht...«

Lucy schluckte und dachte an den Traum, in dem sie Taro gesehen hatte. Er hatte direkt neben Marius gestanden. »Es war nur ein Traum. Er hat bestimmt nichts zu bedeuten«, sagte sie schnell. »Ich träume öfter mal total dummes Zeug.«

Jetzt lachte Taro leise und Lucy konnte es nicht vermeiden, sein Lächeln sympathisch zu finden. Als er ihre Sympathie spürte, betrachtete er sie einen Moment lang mit einer seltsamen Mischung aus Freude, Sehnsucht und Frustration in seinem Gesicht. Dann versteinerten seine Züge wieder und er festigte den Griff um ihr Handgelenk. »Du weißt, dass er etwas bedeutet. Und ich kann das Risiko nicht eingehen, dass mir jemand – der zufällig von mir geträumt hat – einen Strich durch die Rechnung macht.«

Lucy wich vor Schreck mit dem Kopf zurück und sah ihn

entsetzt an. Sie versuchte verzweifelt, in seinen Kopf zu sehen, um zu erfahren was er jetzt vor hatte, aber ihr kam nur Stille entgegen. Eine unheimliche Stille.

»Ich … weiß doch nicht einmal«, stammelte sie unsicher, »was der Traum bedeutet hat. Du hast sicher nur zufällig neben Marius gestanden«, sagte sie hoffnungsvoll und sah ihn dabei fragend an. Doch seinem Blick nach zu urteilen, irrte sie sich gewaltig. Nein, er hatte nicht zufällig neben ihm gestanden. Und sie hatte nicht nur zufällig davon geträumt. Ihre Intuition und ihre Vorahnungen zeigten sich jetzt sogar in ihren Träumen. Taro steckte mit Marius unter einer Decke. Der Sohn des Königs! Um Himmels Willen! Sie schluckte einen dicken Angstkloß hinunter. Wo war sie hier nur hinein geraten?

Taro sah sie wütend an. So wütend, dass ihr eine Gänsehaut über den Körper jagte.

»W … was willst du jetzt machen?«, hauchte sie ängstlich.

Jetzt lächelte er wieder, berührte mit einem Finger ihr Kinn und hob ihren Kopf etwas an. »Keine Angst. Ich werde ganz sicher nicht die Geliebte meines…«, er sprach das Wort *Bruder* nicht aus, sondern bezeichnete ihn als den Schützling seines Vaters, »zur Strecke bringen. Aber ich werde dir helfen, die Bilder zu vergessen.« Sein Blick wurde sanfter, als er die letzten Worte sprach: »Du wirst mit Nikolas nach Hause zurückkehren und ein glückliches Leben leben. Und du wirst nie wieder an diesen Traum denken oder je wieder einen ähnlichen Traum haben. Dafür sorge ich.«

Sie blickte ihm erschrocken ins Gesicht. Wollte er etwa ihre Erinnerungen löschen? So wie es die Lumenier damals mit ihren Verfolgern gemacht hatten? Nein, das konnte er nicht tun! Das war doch in Lumenia verboten, oder nicht? Sie versuchte vergeblich, ihre Hand aus seinem Griff zu befreien, aber Taro drückte sie jetzt gegen die Wand und nahm ihren Kopf in seine Hände.

»Bitte«, hauchte sie. »Bitte, nicht!«

Seine Hände wurden jetzt heiß. Und ihr Körper fühlte sich sofort wie gelähmt an. Sie konnte die Arme nicht mehr heben, um sich zu wehren und sie hatte auch keine Kraft in den Beinen, um ihm einen schmerzhaften Tritt zu verpassen. Sie konnte nicht einmal den Blick von seinen Augen abwenden. Das Einzige, was sich noch bewegen konnte, waren ihre Gedanken. Und als er anfing, ihr in monotonem Klang seine Worte zu suggerieren, schrie sie in Gedanken so laut sie nur konnte: *NIKOLAS!*

22

VERSCHWÖRUNG

Es roch nach feuchtem Gras, als sie in der Dunkelheit über den Hügel kletterten, hinter dem sich Nikolas' Heimatstadt befand. Es hatte geregnet und die Sonne ging bereits unter. Miriam war noch benommen und rutschte mit ihren glatten Schuhsohlen mehrmals auf dem nassen Gras aus. Hilar bemühte sich, sie festzuhalten. Er musste einen stetigen Körperkontakt zu ihr halten, um ihre Energie hochzuhalten, also hielt er die ganze Zeit ihre Hand. Außerdem musste er sie auch ein wenig stützen. Bei dem Übertritt hatte sie wegen des großen Energieunterschiedes das Bewusstsein verloren und schwankte immer noch sehr.

»Wo ist der ganze Schnee hin?«, fragte Miriam, als sie sich ein weiteres Mal mit der Hand vom Boden abstützte, weil sie schon wieder ausgerutscht war. Gerade war es noch eiskalt gewesen. Und jetzt war es so warm wie im Frühling. Es roch wunderbar nach Blüten und feuchtem Gras. Und der Wind strich ihr warm durchs Haar. Sie fing langsam an, in ihrer dicken Jacke zu schwitzen. Aber sie erhielt keine Antwort.

Stattdessen blendete sie auf einmal das Licht einer bunten Stadt, als sie die Spitze des Hügels erreicht hatten. Sie sah auf und erstarrte. Ihr entfloh ein überwältigtes »Oh mein Gott!«, als sie versuchte, die Pracht, die sich vor ihr erstreckte, in sich aufzunehmen. Sie hatte das Gefühl, ihre Augen reichten nicht aus, um die ganze Schönheit wahrnehmen zu können. Sie hatte noch nie ein solches Panorama gesehen. Noch nicht einmal auf Gemälden oder Fotomanipulationen. Die bunten, rund geformten Häuser leuchteten, als beherberge jedes einzelne davon eine eigene Lichtquelle. Es sah aus wie eine Lichtstadt. Zwischen den Häusern ragten vereinzelt schmale Türme in den Himmel, die sich an den Spitzen zu filigranen Gebilden formten. Sie sahen aus wie Lichtsäulen. Sie strahlten Licht in die Umgebung und in den Himmel ab. Die Dächer der Häuser waren teilweise halbrund und teilweise zwiebelförmig, was die ganze Stadt aussehen ließ wie ein idyllisches, buntes Wolkenmeer. Zusätzlich schmückten Lichterketten die gelben Straßen und die großen Gebäude wurden mit bunten Flutlichtern angestrahlt. Miriam blieb der Mund offen stehen.

»*Das* ist Lumenia?«, fragte sie fasziniert und spürte den Drang, diese wunderschöne Stadt sofort zu betreten.

»Home, sweet home«, sagte Hilar schmunzelnd und ging nun mit Miriam in kleinen Schritten den Hügel hinunter.

Nikolas folgte ihnen. »Wie lange wirst du durchhalten, Hilar?«, fragte er.

Hilar reckte die Faust und setzte ein breites Grinsen auf. »Geht schon, Alter! Keine Sorge.«

Nikolas lachte leise, wusste aber, dass es sehr anstrengend für Hilar war, sich ständig auf Miriams Energieniveau zu konzentrieren und ihr unaufhörlich Energie in den Körper zu leiten. Für Miriam war es ein angenehmer Ausflug. Sie machte sich keine Vorstellung davon, welche Kraft es Hilar kostete, sie in Lumenia zu *halten*. Wenn er sie losließ und ihre Energie absackte, würde sie sofort aus dieser Welt gerissen werden.

»Wir brauchen sicher nicht lange. Wir holen nur Lucy und gehen dann wieder«, sagte Nikolas.

In diesem Moment ertönte plötzlich ein so greller, spitzer Schrei in ihren Köpfen, dass Nikolas die Hände hochriss und sie sich an den Kopf hielt. Auch Hilar war zusammengefahren und sogar Miriam hielt sich verwirrt die freie Hand an den Kopf. Dann ertönte der Schrei noch einmal.

NIKOLAS!

»Das ist Lucy!«, rief Miriam. »Wieso höre ich Lucy in meinem Kopf?«

Nikolas antwortete nicht. Er rannte sofort los. Hilar folgte ihm und riss Miriam hinter sich her, die glücklicherweise einigermaßen mit seinem Tempo Schritt halten konnte. Ein weiterer Schrei gellte durch ihre Köpfe, woraufhin Nikolas einen wütenden Schrei ausstieß und fluchend an Geschwindigkeit zulegte. Er war jetzt so schnell, dass Hilar und Miriam kaum noch hinterher kamen. Dann blieb er abrupt stehen. Alea kam aus den Stadttoren auf ihn zu gelaufen.

»Alea, was ist los? Was ist mit Lucy?«, rief Nikolas panisch.

Als Alea ihn erreichte, legte sie eine Hand auf seine Schulter und lächelte sanft. »Es ist alles in Ordnung. Es geht ihr gut.«

»Nein, es geht ihr *nicht* gut. Hast du das nicht gehört?«

Alea stutzte. »Was gehört?«

»Sie hat geschrien! Sie hat nach mir gerufen. Wo ist sie?«

Alea deutete verwirrt in Richtung Stadt und sagte: »Im Zentrum.« Dann konzentrierte sie sich auf Lucys Gedanken und hörte sie lachen, weil Taro ihr einen Witz erzählt hatte. »Es geht ihr gut, Nikolas. Sie unterhält sich mit Taro.«

Nikolas sah verwirrt zu Hilar, der nun mit Miriam zu ihnen stieß und kurz verschnaufte. »Nein, du bist nicht verrückt, Mann. Ich habe es auch gehört«, antwortete Hilar auf seine Gedanken. »Geh schon mal voraus. Wir kommen nach«, fügte er dann hinzu und bedeutete ihm mit einer Handbewegung, dass er loslaufen sollte. Nikolas war sofort verschwunden.

Alea betrachtete jetzt Miriam und lächelte dann. »Du bist Lucys beste Freundin«, sagte sie und hielt ihr die Hand hin. »Freut mich, dich kennenzulernen, Miriam.«

Miriam ergriff ihre Hand und blickte sie fasziniert an. Sie war wunderschön.

»Lucy hat ganz schön was auf sich genommen, um dir zu helfen. Wir mussten sie erst mal zusammenflicken.«

Miriam machte ein erschrockenes Gesicht und fürchterliche Schuldgefühle stiegen in ihr auf. »Was ist passiert?«, fragte sie kleinlaut.

»Ihr Arm war gebrochen, weil sie eine ziemliche Bruchlandung hingelegt hat. Und sie war kurzzeitig erblindet. Und das ist auch alles, was sie weiß. Wir haben ihr nicht gesagt, dass sie innere Blutungen hatte, weil der Energieunterschied sie fast zerrissen hätte. Und ihr solltet es ihr auch nicht sagen. Sie hätte den Übertritt geschafft, wenn nicht plötzlich dieser Typ aufgetaucht wäre. Er hat ihr Angst eingejagt und dadurch ist ihre Energie abgerutscht.«

Hilar fluchte leise. »Als wir ankamen, war er auch noch da.«

»Ich weiß«, sagte Alea. »Lucy hat alles miterlebt. Ihre Empathie geht bereits über den Schutzwall hinaus. Nicht einmal wir können so deutlich in die andere Welt sehen wie sie. Es war erstaunlich. Sie entwickelt sich rasend schnell.«

»Sie hat alles miterlebt?«, fragte Miriam. »Etwa auch … die Sache mit…« Sie sprach es nicht aus, aber sie spürten beide genau, was sie meinte. Sie hoffte inständig, dass Lucy nicht mit angesehen hatte, wie Miriam sich vom Hochhaus hatte stürzen wollen.

Hilar versuchte, sie ein wenig aufzulockern, indem er der Sache den Ernst nahm. »Dein geplanter Hechtsprung stand nicht auf dem Menü, Kleine. Sie hat nur die Szene am Fluss miterlebt. Was davor war, ist ihrer Aufmerksamkeit entgangen. Wahrscheinlich war sie zu sehr damit beschäftigt, ihre Energie hochzupushen.«

Miriam atmete erleichtert aus. »Bitte sagt es ihr nicht, okay? Sie würde mir das nie verzeihen.«

Alea lächelte sanft. »Doch, würde sie. Aber wir sagen es ihr nicht. Keine Angst. Und jetzt lasst uns mal reingehen. Ich will wissen, was da eben los war.«

Miriam durchschritt voller Freude das Stadttor und betrachtete mit funkelnden Augen die runden Häuser, die gelben Straßen und die niedlichen Laternen. Es war ein so idyllisches Bild, dass sie sich sofort in diese Stadt verliebte. Alles schien so harmonisch zu sein und friedlich. Alles war sauber und wohlgeordnet. Die Straßennamen erinnerten an Fantasiewelten, wie sie sie aus Büchern und Filmen kannte. Friedelgasse, Noxelgasse, Euphoria-Lane…

»Was gibt's denn in der Euphoria-Lane?«, fragte sie neugierig und erntete von beiden ein Schmunzeln.

»Die Straße führt zum Euphoria-Platz. Dort steht eine Skulptur. Das Wahrzeichen von Lumenia«, erklärte Alea.

»Wieso Euphoria?«, fragte Miriam neugierig weiter.

Alea wandte sich zu ihr um und grinste. »Was fühlst du denn, wenn du hier bist?«, fragte sie mit bedeutsamer Stimme.

Miriam überlegte kurz. Seit sie aus ihrer Ohnmacht aufgewacht war, fühlte sie sich wie auf Wolken. Ja regelrecht berauscht.

Alea lachte. »Eben«, sagte sie dann. »Euphoria. Das ist die Schwingung Lumenias.« Sie klang fast ein wenig überheblich. Ihr Selbstbewusstsein schwappte geradezu über ihr wallendes Haar.

Miriam wusste nicht, ob sie ihr niederschmetterndes Selbstbewusstsein mögen sollte oder lieber eine Abneigung dagegen entwickeln sollte. Eigentlich mochte sie Menschen nicht, die überheblich waren und so über allen Dingen standen. Aber bei Alea wirkte diese Überheblichkeit einfach wie eine unerschütterliche und vor allem *ehrliche* Selbstsicherheit. Und diese strahlte sie so deutlich aus, dass es fast einschüchternd wirkte.

Alea reagierte auf ihre Gedanken nur mit einem verständnisvollen Lächeln und blickte dann wieder die Straße hinunter. »Euphoria ist auch das Spiel der Schöpfung«, fügte sie

an. »Nikolas bringt Lucy seit einer Weile die Spielregeln bei.«
Dann wechselte sie sprunghaft das Thema. »Sag mal Hilar«, sprach
sie, ohne sich umzudrehen. »Ist Lucy vorher schon mal Taro über
den Weg gelaufen?«

Hilar versuchte, sich an Lucys ersten Besuch in Lumenia zu
erinnern und sagte dann: »Nein. Soweit ich weiß, nicht. Wieso?«

»Es sah so aus, als würde sie ihn kennen. Aber ich konnte nichts
in Erfahrung bringen. Ich habe nur Bruchstücke mitbekommen.
Irgendetwas von einem Traum. Sagt dir das was?«

Hilar sah sie erstaunt an. »Ja. Sie hatte einen sehr heftigen
Albtraum. Aber soviel ich weiß, ging es da um Miriam.«

Miriam unterbrach ihr schwelgendes Sightseeing und wandte
sich zu Hilar um. »Um mich? Sie hat von mir geträumt?«

»Sie hat vorausgesehen, was du tun würdest. Aber ihr ist nicht
klar, dass es eine Voraussicht war. Sie glaubt, dass ihre Sorge um
dich den Traum verursacht hat.«

Miriams Schuldgefühle wurden immer bissiger. Sie fühlte sich
schrecklich. Wie konnte sie Lucy bloß je wieder in die Augen
sehen? Wenn sie daran dachte, was sie vorgehabt hatte, wurde ihr
ganz schlecht. Was hätte sie Lucy damit angetan? Sie hätte sie
totunglücklich gemacht. Und das alles nur wegen ihrer verrückten
Familie, ihrem dummen Exfreund und dieser bescheuerten
Krankheit.

Hilar zog ein paar Mal an ihrem Arm und warf ihr dann einen
warnenden Blick zu. »Gedanken«, sagte er nur und Miriam begriff
sofort, was er meinte. Sie musste auf ihre Gedanken aufpassen.
Das war die Regel, an die sie sich halten musste, solange sie in
Lumenia war. »Entspann dich. Du kannst dir später immer noch
den Kopf zerbrechen. Drüben ist das nicht so schlimm wie hier.
Wenn du hier etwas Falsches denkst, wirst du es sofort bereuen.«

Miriam riss sich jetzt zusammen und versuchte, sich wieder auf
die wunderschönen Häuser zu konzentrieren, an denen sie vorbei

gingen. Aber ihre Gedanken kreisten weiter um Lucy. Und dann blitzten plötzlich sehr ungewöhnliche Bilder in ihrem Kopf auf. Sie sah, wie Lucy mit einem völlig fremden Mann zusammen war, sich an ihn schmiegte und sich leidenschaftlich von ihm küssen ließ. Er trug eine blaue Uniform. Und sein Name war Taro.

23

nichts passiert

Lucy saß auf einer kuscheligen, braunen Couch direkt vor einem knisternden Kamin und lachte. Taro erheiterte sie mit ein paar Witzen aus Gardistenkreisen und genoss ihre Aufmerksamkeit in vollen Zügen.

»Ich würde gern mal einen Tag mit euch und eurem Job verbringen. Das hört sich lustig an«, lachte Lucy und ließ sich sorglos in die Rückenpolster fallen.

»Gern«, sagte Taro. »Sag mir einfach wann.« Dann lächelte er ihr flirtend zu und erstarrte im selben Augenblick, als er spürte, dass sich jemand dem Raum näherte. »Dein Freund ist im Anmarsch«, sagte er und lehnte sich mit ernstem Gesicht in seinem Sessel zurück.

Lucy hüpfte sofort vom Sofa und blickte zur Tür. Eine Sekunde später sprang die Tür auf und gab den Blick auf Nikolas frei, der sofort mit schnellen Schritten in das Zimmer stürmte und Lucy entgegen lief. Lucy strahlte über das ganze Gesicht, als sie ihn sah.

»Niko«, flüsterte sie und sprang ihm so fest in die Arme, dass er ins Taumeln geriet. Er schlang seine Arme um sie und drückte sie ganz fest an sich. Ihm wären vor Erleichterung fast die Tränen gekommen. Er hatte solche Angst um sie gehabt.

»Bist du in Ordnung?«, fragte er, ohne sie loszulassen.

Sie nickte glücklich. »Ja, alles okay.«

Dann sah Nikolas auf und blickte über ihre Schulter hinweg Taro an, der mit ausgebreiteten Armen im Sessel lag und amüsiert grinste. Er konnte wie immer keinen seiner Gedanken oder auch nur den Hauch eines Gefühls bei ihm wahrnehmen. Es ging einfach nur eine unheimliche Leere und Kälte von ihm aus. Nur sein Grinsen deutete auf etwas Gemeines hin, das Nikolas sicher nicht gefallen würde. Er wandte den Blick von ihm ab und löste sich dann aus der Umarmung, um Lucy in die Augen zu sehen.

»Ich habe dich rufen hören«, flüsterte er und durchforstete ihre Gedanken nach einem Hinweis darüber, was mit ihr passiert war. Aber er fand nichts. Nachdem sich Alea und Linn um sie gekümmert hatten, war sie mit Taro hierher in dieses Kaminzimmer gegangen. Das war alles, was er in ihren Gedanken finden konnte. Und eine seltsame Ruhe, die er von Lucy nicht kannte. In ihrem Kopf schwirrten immer mehrere Gedanken gleichzeitig herum, die sich entweder um ihre Familie drehten, um Miriam oder um ihn. Aber jetzt war da gar nichts. Nur eine leere Gelassenheit. Und ein regelrechter Glücksrausch. Sie musste sich doch wenigstens fragen, wie es Miriam ging. Das war in den letzten Tagen immer ihr erster Gedanke gewesen. Dann wollte er ihre Fähigkeiten testen und redete in Gedanken mit ihr. *Lucy, kannst du mich hören?* Aber sie reagierte nicht.

Sie sah ihm nur irritiert ins Gesicht und zog die Stirn kraus. »Was meinst du damit? Ich habe dich nicht gerufen«, flüsterte sie zurück.

In dem Moment ließ er von ihr ab und ging mit großen, wütenden Schritten auf Taro zu. »Was hast du mit ihr gemacht??«, schrie er ihn wütend an.

Jetzt lachte Taro leise. »Ich bitte dich, Bruderherz. Was soll ich denn gemacht haben? Es geht ihr gut, wie du siehst.« Sein emotionsloses Gesicht wirkte dabei fast unheimlich. Und sein stechender, eindringlicher Blick bohrte sich unangenehm in

Nikolas' Kopf.

»Es ist alles in Ordnung mit mir«, sagte Lucy und zog an seinem Arm. »Mach dir keine Sorgen.«

Nikolas sah sie gequält an und versuchte, sich zu beruhigen. Er war so froh, dass sie unverletzt war. Dass sie jetzt vor ihm stand und ihn mit ihren warmen, braunen Augen ansah. Offenbar schien es ihr wirklich gut zu gehen. Auch, wenn sie irgendwie verändert wirkte.

»Na, dann lass ich euch zwei Turteltauben mal allein«, seufzte Taro gelangweilt und stand auf. Dann klopfte er Nikolas auf die Schulter, warf ihm einen weiteren undeutbaren Blick zu und verschwand mit den Worten »Man sieht sich« aus der Tür.

Nikolas ließ einen Moment verstreichen und wandte sich dann wieder Lucy zu. »Es tut mir leid«, sagte er jetzt. »Ich hätte mit dir darüber reden sollen; dir mehr über Lumenia und die Portale erzählen sollen. Es ist einfach noch so ungewohnt für mich, verstehst du? Ich gehe manchmal einfach davon aus, dass du bestimmte Dinge weißt oder verstehst. So war es immer in Lumenia. Die Leute wussten immer wovon ich rede, ohne, dass ich große Worte gebraucht habe.«

Lucy legte jetzt einen Finger auf seine Lippen und machte ein leises, zischelndes Geräusch. Dann küsste sie ihn sanft. »*Ich* muss mich entschuldigen«, flüsterte sie. »Ich hätte dir sagen sollen, was ich vor habe. Ich habe deine Angst um mich gespürt, als du am Fluss gestanden hast und das tut mir sehr leid. Ich wollte nicht, dass du dir Sorgen machst. Ich wollte zurück sein, bevor du überhaupt etwas merkst.«

Nikolas legte jetzt seine Stirn gegen ihre und seufzte. »Lass uns einfach in Zukunft offen über alles reden, in Ordnung? Keine Geheimnisse mehr und kein Zurückhalten von Gedanken oder Gefühlen, ja?«

Lucy nickte und lächelte liebevoll. Dann küssten sie sich erneut, wobei ihre Energie sofort um das Doppelte anstieg. Das kribbelige Verliebtheitsgefühl explodierte in ihrem Bauch und zog ihr warm und leidenschaftlich durch die Adern. Nikolas spürte ihre Gefühle und ließ sich davon anstecken, sodass seine Energie dadurch ebenfalls anstieg. Es war wie ein Ping-Pong Spiel. Ihre Energie stieg seinetwegen an und seine Energie jagte ihretwegen nach oben. Sie spürten sich gegenseitig ansteigen und ließen sich von dieser Aufwärtsspirale mitreißen, bis sie völlig berauscht waren.

Dann löste sich Nikolas von ihren Lippen und versuchte, sich mit einem tiefen und langen Atemzug zusammenzureißen. »Alea kommt«, sagte er atemlos und wandte sich zur Tür um.

Einen Moment später hörten sie Schritte. Lucy schnappte ebenfalls nach Luft und richtete ihr Haar, bevor Alea um die Ecke kam. Ihr Gang wirkte angespannt und in ihrem Gesicht war Sorge zu erkennen. Eine Sekunde später kamen auch Hilar und Miriam um die Ecke. Lucy lief sofort auf ihre beste Freundin zu und umarmte sie stürmisch.

»Miri, alles in Ordnung?«, fragte Lucy.

Miriam umarmte Lucy mit einem Arm, denn den anderen hielt immer noch Hilar fest. Sie lachte leise, als Lucy sie fest drückte. »Ja, alles gut. Und bei dir? Was war denn los?«

Lucy ließ sie los und fing an, zu erzählen: »Naja, ich habe gedacht, ich kann Quidea überreden, mir ein Stück von dem Kristall mitzugeben, um dich zu heilen. Ich weiß, ich hätte etwas sagen sollen, aber…«

Miriam schüttelte jetzt mit dem Kopf. »Das weiß ich schon, Lucy und ich kann dir gar nicht sagen, wie sehr du mich mit dieser halsbrecherischen Aktion gerührt hast. Ich werde dir dafür ewig dankbar sein. Aber ich meinte eigentlich deinen Schrei. Was war denn mit dir?«

Lucy blickte sie mit verwirrtem Gesicht an. »Schrei?«

Miriam warf Hilar einen irritierten Blick zu und drehte sich dann wieder zu Lucy um. »Du hast wie am Spieß geschrien!«, berichtete sie. »Du hast nach Nikolas gerufen. Ich konnte dich in meinem Kopf hören. Das war ganz schön gruselig.«

Nikolas trat jetzt näher an sie heran und betrachtete Lucy aufmerksam. Aber sie sah nur verstört von einem zum anderen. »Sie erinnert sich nicht«, sagte er nachdenklich.

Hilar beugte sich nun nach vorn und starrte Lucy in die Augen, um ihre Gedanken nach Informationen zu durchwühlen. Aber er fand keinen Hinweis darauf, dass sie zu irgendeinem Zeitpunkt Angst gehabt und nach Nikolas gerufen hatte.

»Das ist ja schräg.« Er sah sie weiterhin ratlos an. »So etwas habe ich ja noch nie erlebt. Haben wir uns das eingebildet?«

Alea verschränkte nachdenklich die Arme vor der Brust und summte ein melodisches »Hmm« vor sich her. »Ich habe davon nichts mitbekommen, was ungewöhnlich ist, denn ich war zu dem Zeitpunkt sehr aufmerksam.« Sie machte einen Moment Pause und runzelte die Stirn. »Und selbst, wenn ich *nicht* aufmerksam gewesen wäre, hätte ich einen solchen Schrei mit Sicherheit wahrgenommen. Es muss irgendeine Erklärung dafür geben.«

Lucy schmunzelte jetzt. »Vielleicht habt ihr euch so sehr in eure Sorgen hineingesteigert, dass ihr euch diesen Schrei nur eingebildet habt«, versuchte sie zu erklären. »Ich habe auf jeden Fall *nicht* geschrien. Das wüsste ich doch.«

Alle starrten sie regungslos und nachdenklich an. Erst als sie nach einer Weile Schritte aus dem Flur hörten, hoben sie gleichzeitig die Köpfe und drehten sich zur Tür um.

Quidea kam nun mit Paco in den Raum und lächelte erfreut. »Nikolas«, sagte er und breitete die Arme aus. Dann nahm er seinen Sohn fest in den Arm und klopfte ihm väterlich auf die Schulter.

Lucy erstarrte. Das hatte sie ganz vergessen. Nikolas war der Sohn des Königs. Zwar nur der Adoptivsohn, aber was machte das schon für einen Unterschied? Er war von einem König großgezogen worden. Jetzt wurde ihr plötzlich klar, warum er so vollkommen wohlerzogen war und immer den Gentleman gab. Und auch seine königliche, erhabene Ausstrahlung und sein Selbstbewusstsein erklärten sich nun von selbst. Obwohl sie sagen musste, dass auch Hilar diese Eigenschaften besaß. Genauso wie Paco und Alea. Wurden in Lumenia *alle* wie Königskinder erzogen? Sie hatte noch nie erlebt, dass einer von ihnen je schlechte Manieren an den Tag legte. Musste sie sich – jetzt, wo sie wusste, dass Nikolas ein Prinz war – ihm gegenüber anders verhalten?

»Um Himmels Willen!«, stieß Nikolas plötzlich aus. »Bloß nicht!«

Dann lachten alle und die Stimmung lockerte sich allmählich auf. Einen Augenblick später setzten sie sich alle vor den Kamin und redeten. Lucy erzählte Quidea von ihrem Plan und Miriams Krankheit und Nikolas erwähnte ein weiteres Mal entschuldigend, dass er nicht ausreichend mit Lucy darüber gesprochen hatte.

»Nun«, sagte Quidea dann, »ich kann dir diesen Gefallen leider nicht tun, Lucy.«

Lucy machte ein enttäuschtes Gesicht und senkte den Blick. Dann war alles umsonst gewesen? Ihre ganze Mühe und der ganze Aufwand?

»Hör mir zu«, fuhr der König fort. »Du weißt aus eigener Erfahrung, dass jeder Mensch in der Lage ist, sich selbst zu heilen. Auch ohne Kristall.«

Lucy nickte. Sie wollte in diesem Moment aber nicht erwähnen, dass sie nicht glaubte, dass Miriam diese Aufgabe allein bewältigen konnte.

»Selbst, wenn ich dir einen Splitter mitgegeben hätte, hätte es aber nicht funktioniert, Lucy.«

Jetzt hob sie verstört den Kopf. »Aber bei mir hat es doch auch funktioniert«, erinnerte sie sich.

»Du warst in einer anderen Situation. Du hast dir nichts sehnlicher gewünscht, als wieder gesund zu sein. Hast dir vorgestellt, wieder vollkommen beschwerdefrei dein Leben zu genießen. Miriam dagegen«, er hielt inne und warf einen Blick auf Miriam, die nun schuldbewusst den Kopf senkte, »es tut mir leid dies zu erwähnen, aber ihr Wunsch ging genau in die entgegengesetzte Richtung. Der Kristall hätte sie umgebracht.«

Lucy riss die Augen auf und schluckte. »U...umgebracht?«

Quidea nickte langsam und tief. »Er beschleunigt die Verwirklichung der Gedanken und Gefühle, wie du dich sicher erinnerst. Es hätte vielleicht nicht einmal ein paar Stunden gedauert und ihr Wunsch, diese Welt zu verlassen, wäre wahr geworden.«

Lucy wurde kreidebleich. Der Gedanke, dass sie ihre beste Freundin beinahe versehentlich *umgebracht* hätte, schnürte ihr die Kehle zu. Sie sah Nikolas an, der immer noch einen entschuldigenden Ausdruck in seinem Gesicht hatte. »Das war es, was du im Krankenhaus gemeint hast, als du gesagt hast, dass es so nicht funktionieren kann, oder?«, fragte sie ihn.

Er nickte. »Ich hätte es besser erklären müssen«, sagte er wieder. »Ich war davon ausgegangen, dass du es verstanden hättest.«

Ich dumme Kuh, dachte Lucy und hätte sich jetzt am liebsten eine Ohrfeige verpasst. *Wie konnte ich nur so blöd sein?*

»Lucy«, sagte Alea jetzt und legte sanft ihre Hand auf Lucys Schulter. »Du hast es ja nur gut gemeint. Mach dich mal nicht fertig.«

Lucy nickte seufzend. Sie war dankbar für die aufheiternden Worte.

»Und ein bisschen mehr Kontrolle bitte«, fügte Alea noch an und sah Lucy dabei ernst ins Gesicht.

Sie nickte sofort und konzentrierte sich anstatt auf ihren blöden, halsbrecherischen und vor allem *gescheiterten* Plan, lieber auf ein positives Gefühl und ließ es stärker werden. Ein paar Sekunden später ging es ihr dann wieder gut und Alea lächelte wieder.

»Ich denke, Miriam ist jetzt bereit, sich auf die ganze Sache einzulassen und sich selbst zu heilen«, sprach Quidea weiter und sah dabei Miriam bedeutsam an, die jetzt energisch nickte und schuldbewusst zu Lucy hinüber sah.

Quidea stand jetzt auf und seufzte müde. »Und jetzt ist es an der Zeit, euch wieder nach Hause zu schicken, meine Lieben. Hilar ist sehr erschöpft und ich vermute, ihr wollt sicherlich noch den Rest des Heiligen Abends genießen.«

»Was ist mit Marius?«, fragte Hilar plötzlich und hob damit die Ruhe und Entspannung, die sich im Laufe des Gespräches in ihnen allen ausgebreitet hatte, mit einem Schlag auf.

Sie sahen alle Quidea an, der nun beruhigend lächelte und eine entschärfende Handbewegung machte. »Alles in Ordnung«, sagte er. »Ich habe eine Gruppe der blauen Garde hinüber geschickt, die sich darum gekümmert hat.«

Lucy stutzte. Für einen Moment hatte sie tatsächlich Schwierigkeiten gehabt, sich an den Namen *Marius* zu erinnern. Der Name, der sich seit den Ereignissen im Sommer auf erschreckend negative Weise in ihre Erinnerung gebrannt hatte, wie nichts Anderes. Jetzt konnte sie mit dem Namen kaum noch ein Bild verbinden. Sie überlegte, ob sie sich vielleicht den Kopf gestoßen hatte, als sie vom Himmel in diesen Baum gestürzt war. Eine andere Erklärung fand sie hierfür nicht.

Alea hatte ihre Gedanken mitbekommen und sah sie nun nachdenklich an. Auch Nikolas beobachtete sie sehr aufmerksam.

Quidea verabschiedete sich jetzt mit der Begründung, dass er sich noch einmal auf der Weihnachtsfeier blicken lassen musste und ging dann einfach.

»Ich begleite euch noch zum Portal«, sagte Alea und stand nun auch seufzend auf.

Und dann machten sie sich – jeder in seinen eigenen Gedanken versunken – langsam auf den Weg. Miriam betrachtete noch einmal eingehend die Stadt, als sie durch die honigfarbenen Straßen gingen und genoss Hilars Hand, die ihre ganz fest hielt. Sie mochte es, dass Hilar sie die ganze Zeit festhielt und auf sie und ihre Gedanken und Gefühle aufpasste. Es gab ihr ein Gefühl von Sicherheit und Geborgenheit.

Lucy ging mit Nikolas ebenfalls Hand in Hand und versuchte die ganze Zeit, aus der seltsamen Leere in ihrem Kopf schlau zu werden. Sie überlegte sogar, zum Arzt zu gehen und sich den Kopf untersuchen zu lassen. Vielleicht hatte sie wirklich einen heftigen Schlag abbekommen und nun war etwas in ihrem Gehirn durcheinander geraten.

Nikolas folgte aufmerksam ihren Gedanken und versuchte, sich einen Reim aus der ganzen Sache zu machen. Er wurde einfach nicht schlau daraus. Er wusste, dass Taro eine fragwürdige Persönlichkeit hatte, der man nicht so recht über den Weg trauen wollte. Auch wenn er sich immer zuvorkommend und höflich gab. Alle mochten ihn, aber alle hielten auch einen gewissen Abstand zu ihm, was wohl daran lag, dass nie jemand einen seiner Gedanken oder seine Gefühle wahrnehmen konnte. In Lumenia gewährte jeder einfach jedem den Zugang zu seinen Gedanken und Gefühlen. So war es einfach viel leichter, miteinander zu kommunizieren. Außerdem war dies ein Vertrauensbeweis. Jemandem seine Gedanken und Gefühle zu offenbaren, war ein Geschenk, das mit Respekt und Achtung behandelt wurde. Nur manchmal, wenn es die Situation verlangte, verschloss man sich vor den anderen. Was das anging, war Taro also jemand, der niemandem je sein Vertrauen schenkte und Nikolas wusste nicht, woran das lag.

Dann kam ihm noch einmal die Geschichte zwischen ihm, Paco und Linn in den Sinn. Er überlegte, ob es da irgendeinen

Zusammenhang zu Lucy gab und ob doch etwas an der Sache dran war, die Paco vermutete. Dass Taro Linn manipuliert hatte. Wenn dem so war, würde dies schwerwiegende Folgen haben. Jemanden zu manipulieren, war das schlimmste Verbrechen, dass man in Lumenia begehen konnte. Er konnte sich beim besten Willen nicht vorstellen, dass Taro wirklich so dumm war. Schließlich hatte er einen Ruf zu wahren. Aber als Nikolas im Kaminzimmer Lucys verwirrtes Gesicht gesehen hatte und die Veränderung in ihrem Denken, war ihm diese Vermutung tatsächlich kurz gekommen. Er hoffte zutiefst, dass sie sich nicht bewahrheitete und dass Lucy einfach nur verwirrt war. Ein Portalübertritt war kein Zuckerschlecken und konnte einen schon mal aus der Bahn werfen, wenn man – wie sie – auf eigene Faust einen Portalschlüssel aktivierte, der einen in Stücke reißen konnte.

Lucy bekam von seinen Gedanken glücklicherweise nichts mit. Sie war zu beschäftigt mit ihren eigenen Gedanken.

Paco hingegen dachte an Linn. Er lief in einigem Abstand zu seinen Freunden voraus und ließ vor seinem geistigen Auge immer wieder Bilder von ihrem zarten, lieblichen Gesicht aufkommen. Seine Gefühle waren dabei so intensiv, dass jeder sie spüren konnte.

Auch Lucy spürte, was in ihm vorging, aber es interessierte sie seltsamerweise nicht. Ihre volle Aufmerksamkeit kreiste die ganze Zeit einzig und allein um das bohrende Gefühl, dass sie irgendetwas vergessen hatte. Es fühlte sich an, wie dieses Gespür, wenn man zu Hause den Herd angelassen hatte und schon im Urlaub war. Es zermürbte einen regelrecht. Dieses Gefühl ließ ihr keine Ruhe. Es schien unaufhörlich an einer rätselhaften Tür zu kratzen, die fest verschlossen war. Und Lucy hatte keine Ahnung, wie sie an den Schlüssel kommen sollte.

24

EVOLUTION

Der Morgen des 25. Dezember war klirrend kalt. Aber es schneite nicht mehr. Hilar begleitete Miriam nach Hause, nachdem sie mit Lucy und Nikolas ausgedehnt gefrühstückt hatten. Den Rest des Heiligen Abends hatten sie gestern gemeinsam verbracht. Nikolas hatte ein Feuer im Kamin angezündet und sie hatten bis spät in die Nacht über Lumenia gesprochen. Miriam hatte bestimmt 1000 Fragen gestellt. Sie konnte immer noch nicht glauben, dass dieses Land tatsächlich existierte. Wenn sie nicht dort gewesen wäre und sich in die wunderhübschen Straßen und die runden Häuser mit ihren spitzen Dächern verliebt hätte, hätte sie es für einen Traum gehalten. Für einen völlig verrückten, aber atemberaubend schönen Traum.

Der Schnee machte knirschende Geräusche unter ihren Füßen, als sie die ruhigen Straßen entlang gingen und durchbrach sanft die friedliche Stille des Morgens. Es war fast so friedlich und ruhig wie in Lumenia. Nur nicht so traumhaft schön. Sie seufzte und hob den Kopf. Vor ihnen kam ihnen eine kleine Familie entgegen. Sie trugen bunte Päckchen vor sich her und machten glückliche Gesichter. Als sie an ihnen vorbei gingen, starrten sie Hilar mit einer solchen Überraschung und Faszination in ihren Blicken an, dass er sich verlegen am Kopf kratzte und auf den Boden starrte. Sie schienen ihre Blicke gar nicht mehr von ihm lösen zu können. Miriam sah ihnen nach und lachte dann.

»Was war das denn?«, fragte sie überrascht, als sie sicher war, dass sie sie nicht mehr hören konnten.

Hilar zuckte mit den Schultern. »Das passiert mir dauernd. Ich muss irgendwie seltsam für euch aussehen, aber ich kann einfach nicht herausfinden, woran es liegt. Sind es meine Haare?«

Er sah sie jetzt mit hochgezogenen Augenbrauen fragend an und Miriam musste erneut lachen. »Nein«, kicherte sie. »Du siehst nicht seltsam aus. Und deine Haare sind völlig okay.« Sie betrachtete die blonden Stoppeln, die wirklich gut zu seinem Gesicht passten und lächelte. »Du siehst ehrlich gesagt … ziemlich gut aus.«

Sein Blick wirkte überrascht, obwohl er sich über ihr Kompliment mehr als freute. Als er sah, dass sich ihre Wangen vor Scham rot färbten, lächelte er verzückt.

»Es liegt nicht an deinem Aussehen«, sprach sie nun weiter.

»Nicht?«, fragte er neugierig.

Miriam strich sich eine Haarsträhne aus dem Gesicht und klemmte sie sich hinter ihr Ohr, wobei sie den Kopf gesenkt hielt und beschäftigt auf den Schnee blickte. »Es liegt wohl an deiner Ausstrahlung«, murmelte sie leise. Einen Moment lang sagte sie nichts, hob dann aber den Kopf und sah ihn wieder an. Hilar spürte, dass ihr Herz dabei schneller schlug. »Du wirkst so … majestätisch, weißt du?! Genauso wie Nikolas. Ihr habt das beide. Vielleicht ist das so bei Lumeniern. Bei Alea hat es mich fast umgehauen.«

Hilar dachte kurz über ihre Worte nach, konnte sich aber nichts unter dem Begriff *majestätisch* vorstellen. »Was meinst du damit?«

Sie legte die Stirn in Falten und blickte ihn dann ahnungslos an. »Also … ich kann das nicht so gut erklären. Es ist einfach ein Gefühl, das man hat, wenn man vor euch steht. Ihr wirkt so … erhaben und stark. So als könnte euch nichts umhauen, verstehst du? Als würdet ihr über allen Dingen stehen, alles wissen, alles verstehen und alles können. Ihr strotzt nur so vor Selbstbewusstsein und das wirkt faszinierend auf Menschen.«

Hilar blickte nun ebenfalls auf den Schnee und dachte darüber nach. Starrten ihn die Leute *nur* deshalb so an? Weil er *selbstbewusst* war? Er hielt es für völlig normal, selbstbewusst zu sein und konnte sich kaum vorstellen, dass diese Eigenschaft bei anderen Menschen Faszination auslösen konnte. »Wirke ich auf *dich* faszinierend?«, fragte er jetzt direkt heraus und biss sich fast im selben Moment reuevoll auf die Lippe. Er konnte mal wieder seinen Mund nicht halten und platzte einfach mit seinen Gefühlen heraus, ohne darüber nachzudenken. Aber bisher hatte er in ihren verwirrenden Gedanken und Gefühlen nichts darüber herausfinden können. Und es machte ihn nervös, wenn er die Gedanken und Gefühle anderer Menschen nicht deuten konnte. »Sorry«, murmelte er sofort hinterher. Was machte er da eigentlich? Sie hatte sich gerade erst von ihrem – seiner Meinung nach ziemlich hirnlosen – Freund getrennt und er machte schon solche Anspielungen.

»Ja«, sagte sie jetzt zaghaft lächelnd und senkte verlegen den Kopf. »Ziemlich sogar.« Dann kramte sie übereifrig ihren Schlüssel aus der Tasche, ging durch das Gartentor zu ihrem Haus und schloss die Tür auf. Hilar folgte ihr glücklich.

Sofort kam ihre Mutter aus der Küche geeilt und nahm Miriam in den Arm. »Oh, Miriam. Es tut mir so leid, Spatz!«, sagte sie sofort und strich ihrer Tochter liebevoll über das Gesicht.

»Nein, mir tut's leid«, entgegnete Miriam. »Ich wollte euch nicht anschreien.« Miriam nahm auch ihren Vater in den Arm, wünschte ihren Eltern frohe Weihnachten und zog Hilar zur Treppe. »Wir gehen in mein Zimmer«, sagte sie zu ihren Eltern, lief mit Hilar hinauf, öffnete die Tür und zog ihn in ihr Zimmer.

Als sie die Tür geschlossen hatte, lehnte sie sich dagegen und seufzte. »Ich kann ihnen gar nicht in die Augen sehen, nach dem, was ich gestern vorgehabt habe«, sagte sie leise. »Danke, dass du das mit den Briefen geregelt hast. Ich weiß nicht, was sie gemacht hätten, wenn sie sie gefunden hätten. Ich hätte es mir nie verziehen, wenn ihnen deshalb etwas zugestoßen wäre.« Hunderte Gedanken gingen ihr durch den Kopf, was alles hätte passieren können. Aber keinen von ihnen wollte sie sich länger ausmalen.

»Keine Ursache«, sagte Hilar. Und dann kam ihm ein Gedanke. »Sag mal, gestern am Fluss...«

»Mhm«, machte Miriam und räumte nebenher rasch ein paar Klamotten weg, die über der Stuhllehne hingen.

»Wieso hast du Marius gesagt, dass der Schlüssel in Lucys Haus ist? Ich habe versucht, deine Gedanken zu lesen, aber es ist mir nicht gelungen.«

Miriam grinste jetzt schadenfroh. »Nun ja, ich dachte, ich könnte ihnen damit ein bisschen schaden. Das Haus ist doch programmiert.«

Jetzt endlich dämmerte es Hilar. »Richtig«, sagte er und lachte. »Das hätte ich gern gesehen, wie die versuchen, ins Haus zu kommen.«

Miriam lachte ebenfalls und setzte sich aufs Bett. Doch jetzt wurde sie ernster. »Denkst du«, sagte sie dann besorgt, »die tun Lucy etwas an?«

Hilar setzte sich neben sie. Er spürte, wie erschrocken sie über die gestrigen Ereignisse war. Und dass ihr zum ersten Mal bewusst wurde, welcher Gefahr Lucy im Sommer ausgesetzt gewesen war, erschreckte sie nur umso mehr. »Ich denke«, sagte Hilar, »dass Lucy einen ziemlich guten Beschützer hat.« Dabei lächelte er vertrauensvoll. »Und außerdem kann sie mittlerweile gut auf sich selbst aufpassen.«

Miriam sah ihn dennoch besorgt an. »Aber die haben Waffen. Was ist, wenn sie ihr auflauern und...«

Hilar unterbrach ihre Sorgen sofort mit den Worten: »Die lauern ihr seit Monaten auf, Miriam. Und bisher haben sie ihr nichts angetan. Entweder ist sie zu wertvoll für sie oder die haben einfach Angst vor ihr.«

Miriam sah ihn entrückt an. »Angst? Vor Lucy?«

Hilar lachte kurz. »Du machst dir keine Vorstellung davon, was deine beste Freundin im Sommer mit denen angestellt hat.« Als Hilar an die Typen dachte, die Lucy auf dem Weg zum Lagerhaus in die Flucht geschlagen hatte, musste er wieder lachen. »Die haben sich vor Angst in die Hose gemacht. Und das meine ich wörtlich.«

Miriam sah ihn mit großen Augen an. »Wie bitte?«

»Deine Freundin kann ziemlich furchterregend sein, wenn sie wütend ist«, sagte er amüsiert. »Sie hat sogar Alea ein wenig erschreckt, als sie die Typen fast dazu gebracht hat, sich selbst das Gesicht weg zu schießen.«

Miriam entgleisten die Gesichtszüge. »Du machst Witze!«

Hilar schüttelte den Kopf. »Nein. Ihre Kräfte hatten damals Ausmaße angenommen, die sich keiner von uns hat vorstellen können. Und diese Kräfte brechen seit einigen Monaten wieder aus ihr heraus. Wie du weißt, liest sie bereits wieder Gedanken und nimmt fremde Gefühle wahr. Aber sie löst durch ihre starke Energie auch diverse kleine Katastrophen in ihrer Umgebung aus. Deswegen ist Nikolas hier. Um ihr zu helfen, damit umzugehen und um sie zu trainieren.«

Miriam versuchte all diese Informationen erst einmal zu sortieren und berührte fassungslos ihre Stirn. »Moment«, sagte sie, »was für Katastrophen denn?«

Hilar seufzte. »Stromausfälle, elektrische Geräte, die explodieren oder ausfallen, Gegenstände, die in ihrer Nähe zerspringen«, zählte er auf.

»Oh mein Gott«, raunte Miriam. »Und ich dachte, das ist einfach nur ihre Pechsträhne!« Sie konnte kaum fassen, dass all diese

Unglücke, die sie in den letzten Monaten bemerkt hatte, durch Lucy *ausgelöst* worden waren.

»Sie hat es noch nicht unter Kontrolle«, erklärte Hilar.

Wieder tat ihr Lucy unendlich leid. Was sie alles durchmachen musste seit dem Sommer, konnte sie sich gar nicht vorstellen.

»Mit dir passiert gerade dasselbe«, sagte Hilar dann zu ihr. »Bei Lucy hat es nämlich genauso angefangen wie bei dir. Es sind alle möglichen Emotionen in ihr hoch gekommen und sie hatte seltsame Ahnungen, die sie sich nicht erklären konnte. Du bist ihrer Energie ausgesetzt. Und das heißt, dass deine Entwicklung genauso angestoßen wurde wie ihre. Du solltest dich also besser auf dich konzentrieren. Lucy wird das schon hinbekommen.«

Miriam sah ihn lange an und nickte dann. Ja, deswegen waren sie ja jetzt hier. Damit Hilar ihr half, mit all diesen Emotionen umzugehen. Und um sie bei der Selbstheilung zu unterstützen.

»Also kann's losgehen?«, fragte er.

Sie nickte. Sie waren beide ein wenig nervös, aber Hilar versuchte, sich zu konzentrieren und redete einfach drauf los: »Also, ich sage dir das, was ich weiß und wenn du Fragen hast, dann unterbrichst du mich einfach, ja?«

Miriam nickte gespannt.

»Gut«, entgegnete er und überlegte einen Moment. »Krankheiten existieren bei uns zwar nicht, aber wir lernen, wie sie entstehen. Ich werde dir also alles erzählen, was ich darüber weiß und dir die Lumenischen Prinzipien beibringen, mit denen wir uns gesund erhalten.«

»Moment«, sagte sie überrascht. »Krankheiten existieren bei euch nicht?«

Er schüttelte mit dem Kopf.

»Gar nicht??«, fragte sie noch einmal.

»Nein. Wir sorgen dafür, dass es gar nicht erst dazu kommt.«

Sie zwinkerte erstaunt. »Und wie macht ihr das?«

»Nun«, sagte er und seufzte, »wir haben zunächst einmal natürlich bessere Voraussetzungen. Ihr seid in dieser Welt sehr vielen Dingen ausgesetzt, die krank machen. Dingen, die es bei uns nicht gibt. Stress zum Beispiel. Und damit meine ich körperlichen und seelischen Stress. Ihr seid Giften ausgesetzt. In der Luft, im Wasser, in der Nahrung. Hinzu kommt eure Ernährung.« Wieder seufzte er. »Du lebst in einer ziemlich toxischen Welt, Miriam.«

Sie nickte. »Ich weiß«, sagte sie betreten. »Aber ich kann diese Welt nun mal nicht ändern.«

»Nein«, entgegnete er. »Aber was ich damit sagen wollte, ist Folgendes«, er atmete tief ein und sah sie dabei mit einem Blick an, der fast ein wenig Bewunderung ausdrückte. »Wir betreten unsere Welt mit perfekten Voraussetzungen. Wir werden mit Wertschätzung und Liebe groß, erleben keinerlei Dramen oder Traumata, die uns traurig oder krank machen können. Wir leben in einer gesunden Umwelt und ernähren uns artgerecht und natürlich. Unser ganzes Leben ist also so ausgerichtet, dass wir immer gesund sind. Immer in Harmonie.«

Miriam wurde fast ein wenig neidisch. In solch einer Welt wäre sie auch gern groß geworden. In einer Welt, in der es keinen Streit gab, keine Traurigkeit, keine Dramen. Und keine Umweltgifte. Da war es natürlich leicht, gesund zu bleiben.

Hilar nickte. »Richtig. Aber da du in einer anderen Umwelt lebst, in einer feindlichen und toxischen Welt, bietet sich dir eine unglaubliche Entwicklungschance«, sagte er begeistert. »Dein Körper muss ganz andere Dinge leisten, um zu überleben. Er muss mit Schwierigkeiten zurechtkommen, die wir gar nicht kennen. Und das heißt, er muss sich viel weiter entwickeln. Wir in Lumenia haben uns seit Jahrtausenden nicht weiter entwickelt. Weil wir das nicht mussten. Es gibt keine Schwierigkeiten bei uns, keine Hindernisse, über die wir uns hinaus entwickeln müssen. Schwierigkeiten und Hindernisse sind aber die Voraussetzung für

Entwicklung und Evolution. Tiere und Menschen haben sich in der Evolutionsgeschichte immer nur deshalb weiter entwickelt, weil sie Schwierigkeiten ausgesetzt waren, über die sie sich hinaus entwickeln mussten. Diese Schwierigkeiten haben sie stärker gemacht, leistungsfähiger, cleverer, verstehst du? Sie mussten Hindernisse überwinden.«

Sie sah ihn erstaunt an. So hatte sie das noch nie betrachtet. Dass Probleme auch etwas Gutes sein konnten. Mehr noch: Probleme und Hindernisse waren der Grund für Entwicklung. Sie zwinkerte überrascht. Hilar betrachtete ihre problematische Welt also als eine Art Entwicklungschance?

»Deine Welt ist geradezu ein Nährboden für außergewöhnliche Entwicklungen«, sagte er. »Je größer die Schwierigkeiten, desto größer das Entwicklungspotential. Durch diese Schwierigkeiten, denen du ausgesetzt bist, hast du die Möglichkeit, dich viel weiter und stärker zu entwickeln, als wir es jemals könnten.« Er betrachtete ihr erstauntes Gesicht lächelnd und nickte anerkennend. »Ich vermute, dass in Lucy deshalb so außergewöhnliche Kräfte entstehen – Kräfte, die sogar unsere übersteigen – weil sie in einer ganz anderen Umwelt lebt, in der sie mit viel größeren Problemen zurecht kommen muss. Genauso wie du.«

Sie war sprachlos. Und immer noch blickte sie ihn mit großen, erstaunten Augen an. Er hatte recht. Sie hatte in der Schule gelernt, dass Evolution nur durch Schwierigkeiten möglich war. Durch Hindernisse. Ihre problematische Welt barg also ein unheimlich großes Potential. Denn an Schwierigkeiten mangelte es dieser Welt nun wirklich nicht. Hieß das also, dass sie größere Kräfte entwickeln würde, als die Lumenier? Sie konnte sich das kaum vorstellen.

»Hättest du Lucy im Sommer gesehen, hättest du keine Zweifel mehr daran«, sagte Hilar lachend. »Der Kristall hat eine

Entwicklung in ihr angestoßen, die alles übersteigt, was ich je gesehen habe. Und ich denke, das wird auch mit dir passieren. Du wirst dich nicht nur heilen«, sagte er vollkommen sicher und überzeugt, »du wirst Fähigkeiten entwickeln, die unsere bei weitem übersteigen. Vermutlich hat Quidea recht.« Er lächelte jetzt wissend. »Er vermutet, dass ihr beide wahrscheinlich die nächste Evolutionsstufe der Menschheit einläuten werdet. Der *gesamten* Menschheit. Uns eingeschlossen.«

25

Familiendramen

Lucy saß schweigend im Wagen. Nikolas hatte direkt vor dem Hochhaus geparkt, in dem ihre Eltern lebten. Doch nun traute sie sich nicht, auszusteigen. Monatelang hatte sie den Kontakt zu ihren Eltern gemieden, weil ihre unglücklichen Gefühle ihr zu sehr zu schaffen machten. Beim letzten Besuch waren ihre Fähigkeiten deshalb völlig außer Kontrolle geraten. Deshalb hatte sie sich erst einmal von ihnen fern gehalten. Um keinen Schaden anzurichten. Doch heute war Weihnachten. Es gab keine Möglichkeit mehr, sich vor einem Besuch zu drücken.

Nikolas saß neben ihr und wartete geduldig. Dann sagte er wieder: »Ich passe schon auf. Mach dir keine Sorgen.«

Sie seufzte und sah ihn an. »Und wenn ich das ganze Haus in Brand stecke?«

Er verkniff sich ein Schmunzeln. »Das werde ich zu verhindern wissen.«

Sie war froh, dass er bei ihr war. Doch manche Emotionen konnte auch er nicht abschwächen oder deren Auswirkungen verhindern. Besonders dann nicht, wenn es um ihre Familie ging. »Eigentlich«, sagte sie jetzt, »gibt es keinen großen Unterschied zwischen Miriams und meiner Familie. Sie gehen sich alle gegenseitig an die Gurgel.« Sie seufzte wieder. »Nur dass Miriams Familie darauf mit Wut reagiert und meine eher mit...« Sie hielt inne und sah zu dem Hochhaus hinauf.

»Mit Depressionen«, beendete Nikolas ihren Satz. »Ich weiß.« Er hatte ihre Familie schon kennengelernt. Nur ganz kurz bei einem Einkaufsbummel. Dass Lucy mit ihm zusammen gezogen war, hatte sie ihrer Familie daraufhin am Telefon erzählt, um zu vermeiden, dass es zu einer größeren Diskussion und eventuellen Katastrophen kam. Doch auch während dieses Telefongesprächs hatte er so sehr auf ihre Emotionen aufpassen müssen, dass ihm selbst fast die Kontrolle entglitten wäre. Lucy reagierte sehr emotional auf das Leid ihrer Familie. Es war also kein Wunder, dass sie Angst vor diesem Besuch hatte.

»Als ich das letzte Mal bei ihnen war«, erzählte Lucy, »hatten sie danach einen Rohrbruch. Und der Fahrstuhl ist in den Keller gestürzt.« Sie holte tief und zitternd Luft. »Wenn da jemand drin gewesen wäre…«

Nikolas nahm ihre Hand. »Ich bin bei dir, Lucy. Es wird nichts passieren. Ich verspreche es.«

»Und wenn du nicht schnell genug bist?«, fragte sie ängstlich und sah ihn dabei hilfesuchend an. »Wenn meinetwegen eine Schüssel zerplatzt und jemand etwas ins Auge bekommt? Oder wenn die Decke einstürzt und meine Familie unter sich begräbt?« Ihr kamen die Tränen bei diesen Gedanken. Auf einmal war sie wieder ganz die alte. Die Lucy, die sich alle möglichen Horrorszenarien ausmalte, um darauf vorbereitet zu sein. Es war erschreckend, wie schnell ihr altes Ich wieder die Oberhand gewonnen hatte, nur weil sie vor dem Haus ihrer Eltern im Wagen saß. Es war, als sei ihr altes Ich niemals weg gewesen. »Lass uns lieber wieder fahren«, sagte sie verzweifelt. Ihr wurde in diesem Moment so deutlich wie nie zuvor bewusst, welche Gefahr ihre ausufernden Kräfte mit sich brachten. Sie hatte zuvor nie so deutlich darüber nachgedacht. Vielleicht hatte sie es auch nicht wahrhaben wollen. Aber jetzt, wo sie ihre Familie – erneut – dieser

Gefahr aussetzen sollte, bekam sie es zum ersten Mal mit der Angst zu tun. »Ich glaube«, sagte sie nachdenklich, »ich habe es bisher nicht so ernst genommen. Ein paar kaputte Glühbirnen, explodierende Radios oder Fernseher, Stromausfälle«, zählte sie auf, »dabei ist bisher niemand zu Schaden gekommen. Ich habe es irgendwie einfach hingenommen, weil es keine wirklich schlimmen Auswirkungen hatte. Sogar als das U-Bahnnetz ausgefallen ist, hat es niemandem wirklich geschadet.«

»Du wirst niemandem schaden, Lucy«, sagte Nikolas mit fester Stimme. »Deshalb bin ich doch hier. Ich sehe es, bevor solche Dinge passieren und werde sie verhindern. Vertrau mir.«

Sie zögerte noch einen Moment. Doch dann nickte sie seufzend. »Aber nur kurz«, bat sie. »Wir essen etwas und gehen wieder.«

Er nickte. Doch bevor sie die Autotür öffnen konnte, zog Nikolas an ihrem Arm, so dass sie sich noch einmal umdrehte.

»Einen Moment noch«, sagte er, zog sie an sich heran und küsste sie. Und währenddessen ließ er eine Welle positiver Energie in ihren Körper fließen. Sie schnappte nach Luft, so heftig waren die positiven Gefühle, die ihren Körper plötzlich durchströmten. Dann löste er sich von ihren Lippen und grinste. »Nur ein kleiner Schubs in die richtige Richtung«, sagte er und zwinkerte dabei.

Sie lachte atemlos. Und auf einmal lichtete sich der sorgenvolle Schleier in ihrem Kopf. Plötzlich war die Angst, eine Katastrophe auszulösen, gar nicht mehr so groß. Und sie spürte eine deutliche Zuversicht, dass sie diesen familiären Besuch gut überstehen würde. Es war erstaunlich, wie schnell Nikolas die Gefühle eines Menschen verändern konnte. Innerhalb von Sekunden hatte er ihr die Ängste genommen. Wie machte er das bloß?

Ohne noch ein weiteres Wort stieg Nikolas jetzt aus. Lucy tat es ihm gleich. Und dann gingen sie Hand in Hand zu dem Haus und klingelten. Lucy fühlte sich etwas benebelt, weshalb sie den erbärmlichen Zustand des Treppenhauses und den Gestank gar nicht bemerkte. Früher hatte sie sich immer darüber aufgeregt. Der kaputte Fahrstuhl und das wackelnde Geländer entging ihrem Interesse ebenso wie der ganze Müll und die beschmierten Wände. So sah es eben in Ghettos aus. Sie hüpfte die Stufen hinauf, zog Nikolas hinter sich her und gab ihm noch einmal einen langen Kuss, bevor sie an der Tür klopfte.

Ein schmackhafter Duft von Rotkohl, Klößen und gebackener Pute kam ihr entgegen, als ihr Vater die Tür öffnete und sie herein bat. Doch gleichzeitig kamen ihr auch negative Emotionen entgegen, die sie wie ein Tsunami überrollten. Sie schnappte erneut nach Luft, als sie ihren Vater umarmte. Dann ging sie sofort ins Wohnzimmer, wo ihr Bruder gerade damit beschäftigt war, den Tisch festlich zu decken.

»Frohe Weihnachten!«, rief sie - so fröhlich wie sie es schaffte. Angesichts der letzten Ereignisse war ihr nicht wirklich nach Weihnachten zumute. Sie sorgte sich immer noch um Miriam und hatte die Befürchtung, dass sie es allein nicht schaffen würde, sich von ihrer Krankheit zu befreien. Auch wenn Hilar ihr half, war sie doch sehr in ihren Kämpfen verstrickt. Außerdem war da ja noch die Sache mit Marius, die ihr immer noch in den Knochen saß. Quidea sagte zwar, dass sich die blaue Garde darum gekümmert hatte, aber wer wusste denn schon, wie viele Leute Marius noch da draußen hatte? Es konnte jeden Augenblick erneut jemand eine Waffe auf sie richten. Oder auf Miriam. Vielleicht sogar auf ihre Familie! Auf einmal stieg Panik in ihr auf. Daran hatte sie noch gar nicht gedacht. Ihre Familie war dieser Gefahr ja genauso ausgesetzt wie Miriam!

»Na, du Verrückte!«, lachte David. Ihr Bruder war zwar älter als sie, lebte aber noch bei ihren Eltern, da er – genauso wie sie – mit zahlreichen Problemen im Leben zu kämpfen hatte, mit denen er alleine nicht zurecht kam. Deshalb halfen ihre Eltern ihm immer wieder auf die Füße, was natürlich zu Reibereien führte. »Lebst du noch?«, fragte er sie, wobei er sie in den Arm nahm und fest drückte. Damit spielte er auf ihre verrückte Idee an, mit einem wildfremden Mann zusammenzuziehen, der seiner Meinung nach auch ein Krimineller hätte sein können. In dem Punkt war sich ihre Familie mit Miriam einig, hatten die Sache aber nach einer langen Diskussion mit Lucy hinnehmen müssen. Außerdem – und keiner von ihnen würde das je zugeben – mochten sie Nikolas.

Lucy ließ sich von ihm drücken und versuchte, ihre Sorgen zu verdrängen. Jetzt kam auch ihre Mutter aus der Küche und nahm sie in den Arm. Sie war eine zierliche Frau mit kurzen Haaren und traurigen Augen. Doch sie hatte ein glückliches Lächeln auf den Lippen, als sie Lucy sah. Lucy versuchte, den Schwall an negativen Emotionen, der ihr bei der Umarmung entgegen kam, zu ignorieren. Er riss sie jedoch trotzdem viel zu stark nach unten. Sie drückte ihre Mutter fest und liebevoll, spürte jedoch, wie ihr von all den negativen Gefühlen schwindelig wurde. Als sie sie sich aus der Umarmung löste, taumelte sie rückwärts durch den Raum und stieß gegen Nikolas.

Er umfasste ihre Schultern und hielt sie fest. *Atmen, Lucy*, dachte er ihr entgegen.

Sie nahm einen tiefen Atemzug. Sie hatte die Luft tatsächlich kurz angehalten. Das hatte sie gar nicht bemerkt. Schnell versuchte sie, sich zusammenzureißen und betrachtete den Tannenbaum, um sich abzulenken. Dieser war jedoch so mickrig, dass ihr erneut eine tiefe Traurigkeit durch den Leib zog. Dieser kleine Baum machte ihr die Armut ihrer Familie erneut so deutlich bewusst, dass sie schon wieder gnadenlos abstürzte. Denn zu dieser Traurigkeit gesellten sich auch noch Schuldgefühle hinzu. Sie hätte ihrer Familie einen Baum kaufen sollen. Sie selbst hatte ein riesiges Ungetüm von Baum in ihrem Wohnzimmer stehen und ihre Eltern mussten sich mit diesem kahlen Ding begnügen. Was war sie für eine Tochter? Sie sollte besser losfahren und in irgendeinem Wald einen Baum aus dem Boden reißen. Nikolas würde das mit seinen Fähigkeiten bestimmt schaffen. Schließlich waren ja die Geschäfte zu, also blieb nur diese Option. Gerade als sie Nikolas darum bitten wollte, zog er sie jedoch schon an den Tisch. Das Essen war fertig und sie setzten sich bereits alle. Also ließ sich Lucy schweren Herzens auf dem Stuhl nieder.

Vielleicht war es doch keine so gute Idee gewesen, ihre Familie zu besuchen. Sie spürte, wie wie abstürzte. Und dieser Absturz wurde von der Angst begleitet, erneut irgendeine dumme Katastrophe auszulösen. Sie sah Nikolas ängstlich an.

Keine Sorge, dachte er. *Atme tief durch und bleib ganz ruhig.*

Lucy atmete. Sie atmete tief, langsam und ruhig. Aber ihr Herz raste.

Nebenbei erzählte ihr Bruder von einem Vorstellungsgespräch, bei dem er ein gutes Gefühl hatte, weil der Chef ihn wohl mochte. Er erhoffte sich durch seine Erzählung ein wenig Anerkennung von seinem Vater, weshalb er seine Worte mehr an ihn richtete, als an Lucy und Nikolas. Aber er reagierte nicht darauf. Er schaufelte sich unbeeindruckt Essen auf den Teller, ignorierte David und wünschte allen einen guten Appetit.

Lucy spürte Davids Verletzung und seinen inneren Kampf so deutlich, dass ihr erneut die Luft weg blieb. Sein Kampf um Anerkennung, der ihm selbst wohl gar nicht bewusst war, löste in ihr denselben Stress aus, den David in sich spürte. Jeder Muskel, der sich in ihm verkrampfte, verkrampfte sich auch in Lucy und jeder Gedanke, der ihm kam, jede Erinnerung blitzte auch in ihrem Kopf auf. Sie spürte seine Gefühle. Die Traurigkeit. Die tiefe Traurigkeit darüber, dass er nicht beachtet wurde. Die Wut und die Verzweiflung. Das Gefühl wertlos und dumm zu sein. Nicht richtig. Weil sein Vater ihn nicht so anerkannte, wie er war. Das hatte er noch nie.

Gleichzeitig – während sich alle weiter unterhielten – spürte

Lucy die Wut, die in ihrem Vater anstieg. Die Wut darüber, dass *er* keine Erfolge verzeichnen konnte. Deshalb kämpfte er gegen den Erfolg seines Sohnes und verwehrte ihm die Anerkennung. Er fühlte sich mindestens ebenso wertlos wie er. Weil er nichts zum Familienglück beitragen konnte und seiner Frau und seiner Familie nichts bieten konnte. Und das als Mann! Als Herr im Haus. Seine Ansicht, ein Mann müsse für die Familie sorgen, stark sein und zumindest einen guten, angesehenen Job vorzeigen können, zerstörte sein Selbstwertgefühl, denn er konnte nichts von alldem vorzeigen. Seine Verbitterung, der Frust und die Wut tobten über den Tisch direkt durch Lucys Körper und lösten noch mehr Stress in ihr aus. Ihr Magen krampfte sich zusammen und ihr wurde übel. Außerdem stieg ihr Blutdruck, so dass sie jetzt ihr Herz in ihrem Kopf hämmern hörte. Gleichzeitig hatte die Weihnachtsmusik, die aus dem Radio tönte, Aussetzer. Und die Kerzen, die auf dem Tisch standen, begannen wild zu flackern.

Nikolas versuchte verzweifelt, sie in Gedanken zu erreichen, aber sie hörte ihn nicht mehr.

Jetzt kamen Lucy schmerzhafte Gefühle von ihrer Mutter entgegen, die die Spannungen zwischen ihrem Sohn und ihrem Mann fühlte. Anspannung verhärtete Lucys ganzen Leib. Ihr Atem wurde hastiger und Schweißperlen zeigten sich auf ihrer Oberlippe. Als sich dann ihr Hals zuschnürte und sie Probleme beim Atmen bekam, schob Nikolas hastig den Stuhl zurück, stand auf und nahm Lucys Hand.

»Wir haben etwas im Auto vergessen«, sagte er mit freundlichem Gesicht. »Wir sind gleich wieder da.«

Und noch ehe jemand reagieren konnte, zog er Lucy aus der Wohnung. Sie sah noch, wie der Tannenbaum umkippte und auf den Geschenken landete und dann das Radio einen lauten Knall von sich gab. Schnell lief Nikolas mit ihr hinaus.

War es kälter geworden? Lucy fror fürchterlich, als sie am Auto standen und Nikolas den Kofferraum öffnete, um ihrer Familie – die am Fenster stand und sie verwundert beobachtete – etwas vorzuspielen. Ihr ganzer Körper schüttelte sich und ihre Zähne klapperten laut aufeinander, als sie sprach: »I … ich sch … schaf … fe d … das n … nicht«, stammelte sie und schlang die Arme um ihren Brustkorb, um sich zu wärmen. Aber es nützte nichts.

»Lucy, ich mache das jetzt, weil das ein Notfall ist, in Ordnung? Und ich mache das nur deswegen, weil du noch nicht mit deiner Fähigkeit umgehen kannst. Aber das kann und darf kein Dauerzustand werden, denn es ist unnatürlich und kann schlimme Konsequenzen haben. Verstehst du?«

Sie nickte, obwohl sie keine Ahnung hatte, wovon er sprach.

Dann zog er sie hinter die geöffnete Kofferraumklappe, nahm ihre Hände und schloss die Augen. Etwa zehn Sekunden später spürte Lucy einen warmen Windhauch um sich herum. Es fühlte sich an, als wäre in ihrer Nähe ein Lagerfeuer und der Wind tröge die warme Luft des Feuers an sie heran. Nur, dass sie es an ihrem ganzen Körper spürte. Es schwirrte um sie herum, wirbelte ihr Haar durcheinander und legte sich dann wie eine dicke, flauschige und warme Decke um ihr ganzes Sein. Ihr wurde augenblicklich warm und ihre Gefühle beruhigten sich sofort. Gelassenheit und Ruhe machten sich in ihr breit. Lucy machte ein überraschtes Gesicht und sah Nikolas an, der jetzt wieder seine Augen öffnete und sie losließ. »Was ist das?«, fragte sie. »Das fühlt sich ja toll an!«

Nikolas lächelte zögerlich und seufzte dann. »Es ist ein Schutzschild, der dich vor fremden Energien schützt. Also auch vor fremden Gefühlen.«

»So etwas geht?«, fragte sie erstaunt. Er konnte sie vor fremden Gefühlen schützen? »Warum hast du mir das nicht schon vorher gezeigt?«

»Ein solcher Schild ist nur für einen Notfall geeignet. Er blockt alle fremden Energien ab. Auch Informationen.« Er machte kurz

Pause und seufzte wieder. »Dadurch ist deine Intuition nicht nur eingeschränkt, sondern komplett ausgeschaltet. Weil du nicht mehr mit der Energie um dich herum interagieren kannst.«

Lucy erschrak. »Kann ich jetzt auch keine Gedanken mehr hören?«

»Nein. Bis auf meine.«

Sie blickte ihn verblüfft an. »Wieso nur deine?«

»Weil ich den Schild um uns beide herum aufgebaut habe. Ich kann ihn nicht einfach nur um dich aufbauen. Damit würde ich deine Energie manipulieren und das ist verboten. Also habe ich ihn um mich herum entstehen lassen und ihn auf dich ausgeweitet.«

Sie machte große Augen. »Das heißt … du kannst jetzt auch keine Gedanken mehr hören?«, fragte sie mit Unbehagen in der Stimme.

»Vorübergehend nicht.« Er bemerkte ihr schlechtes Gewissen, dass er ihretwegen auf seine Kräfte verzichten musste und fuhr rasch fort: »Aber ich hebe ihn auf, sobald wir wieder fahren, also mach dir darüber jetzt keine Gedanken, ja?« Dann deutete er auf das Fenster, an dem sich ihr Bruder immer noch die Nase platt drückte. Ihre Eltern hatten sich offenbar wieder an den Tisch gesetzt.

»Wir sollten wieder zurückgehen. Ich sage ihnen, wir haben das Geschenk, das wir ihnen noch geben wollten, versehentlich zu Hause liegen lassen.«

Sie nickte.

Nikolas schlug nun den Kofferraum wieder zu und ging mit Lucy zurück zu ihrer Familie. Der Rest des Nachmittags verlief ruhig und angenehm. Sehr angenehm sogar. Lucy genoss es in vollen Zügen, dass sie nicht ununterbrochen mit irgendwelchen Gefühlen konfrontiert wurde. Es gab nur sie und Nikolas. Keine fremden Gedanken, keine fremden Gefühle. Es war wie Urlaub.

Und obwohl Nikolas ein wenig nervös war, weil er keine Informationen von außen bekam – es also auch nicht hörte, wenn Hilar gedanklich Kontakt zu ihm suchte – genoss er es ebenfalls. Es war schön, für ein paar Stunden nichts als sich selbst und die Frau die er liebte wahrzunehmen. Von nichts und niemandem abgelenkt zu werden und sich einzig und allein seinen eigenen und ihren Gefühlen und Gedanken hinzugeben. Lucy spürte keine Emotionen mehr, als sie sich mit ihrer Familie unterhielten, also konnte sie sich ganz auf das konzentrieren, was sie sagten. Ohne all die Gefühle und Gedanken mitzubekommen, die um ihre Worte kreisten. Lucy konnte sich nicht erinnern, wann sie sich jemals so unbeschwert mit ihrer Familie unterhalten hatte. Sie hatte das Gefühl, als habe sie diese Fähigkeit der Empathie schon immer gehabt und nicht erst seit Kurzem.

Sie konnte es zwar in ihren Gedanken nicht hören, aber es sah so aus, als würden sie auch Nikolas mehr und mehr akzeptieren und mögen. In ihren Gesichtern erkannte sie diese Faszination, die er bei ihnen schon bei ihrem ersten Zusammentreffen ausgelöst hatte. Lucy wusste nicht, wie er das machte oder woran es lag, aber so reagierten alle Menschen auf ihn. Er hatte etwas, das einen an ihn fesselte und wenn sie genauer darüber nachdachte, erkannte sie diese Eigenschaft auch bei Hilar, Paco und Alea. Und auch bei allen anderen Lumeniern, denen sie bisher begegnet war. Ihr fiel auch Taro wieder ein, der wohl von allen die überwältigenste Ausstrahlung hatte. Nicht die angenehmste, dachte sie und ließ ein Bild von ihm durch ihren Kopf blitzen. Aber, wenn er den Raum betrat, schien er die Menschen mit einer Kraft zu überrollen, die einen nicht nur faszinierte, sondern auch fast Angst einjagte.

Nikolas gefielen ihre Gedanken nicht. Das konnte sie spüren. Als sie sich verabschiedeten und wieder in sicherem Abstand zu den Gefühlen ihrer Familie waren, hob Nikolas den Schutzschild wieder auf. Sie waren beide froh und erleichtert, den Besuch bei

Lucys Familie unbeschadet überstanden zu haben.

Als Lucy die Autotür öffnete, um einzusteigen, wechselte Nikolas schließlich das Thema. »Ich muss mit dir über Taro sprechen«, sagte er mit einem seltsamen Unterton in der Stimme.

Lucy stieg ein, legte sich den Sicherheitsgurt an und wandte sich dann zu ihm um. »Was ist mit ihm?«, fragte sie überrascht, während auch er in den Wagen einstieg.

Nikolas fuhr geschickt aus der Parklücke und trat dann ungewollt stark aufs Gaspedal. »Du musst wissen, dass dieses Manipulieren von Energien sehr leicht für uns ist«, erklärte er und sah sie dabei bedeutsam an.

Sie nickte. »Ja«, sagte sie dann und zog die Stirn kraus. »Ich weiß.«

»Das, was ich gerade mit deiner Energie getan habe«, er holte tief Luft, »war nur ein Bruchteil von dem, was ich tun *könnte*.«

Sie wusste nicht, worauf er hinaus wollte und blickte ihm fragend ins Gesicht. Er war nicht der Typ Mensch, der sich Angebereien hingab, also mussten seine Worte eine tiefere Bedeutung haben. »Ich weiß«, sagte sie wieder und sah ihn dabei nachdenklich an. »Aber du hast mir damit gerade sehr geholfen. Ich hätte das nicht überstanden, wenn du diesen Schutzschild nicht aufgebaut hättest. Vermutlich hätte ich die Weihnachtspute explodieren lassen«, lachte sie. Doch Nikolas blieb ernst, also verkniff sie sich ihr Lachen und sah ihn wieder ernst an. »Machst du dir Gedanken, weil das eine Art Manipulation war? Ich weiß, dass das in Lumenia verboten ist, aber meinetwegen kannst du das ruhig öfter machen. So könnten wir eine Menge dumme Unglücke verhindern.«

»Nein«, sagte er. »Darum geht es nicht.« Er blieb einen Moment stumm und dachte nach. Er fuhr erst fort, als er an einer Ampel hielt. »Lumenier können Energien, Schwingungen und Informationen in einem Raum oder in einem Menschen in

Sekundenschnelle verändern.« Jetzt sah er Lucy besorgt an. »Und auch löschen.«

Lucy erwiderte seinen Blick irritiert. »Warum erzählst du mir das?«

Er holte noch einmal tief Luft und seufzte dann. »Ich vermute, es ist etwas passiert, als du gestern mit Taro allein gewesen bist. Etwas, woran du dich nicht mehr erinnern kannst.«

»Nikolas«, sagte sie seufzend, »das haben wir doch gestern schon geklärt. Ich habe nicht um Hilfe gerufen. Taro hat mir nichts getan. Ich kann mich an jede Sekunde erinnern.«

Er sah wütend auf die Straße. »Deine Fähigkeiten hatten Aussetzer«, erinnerte er sie. »Gestern konntest du zeitweise meine Gedanken nicht hören. Du hattest sogar Schwierigkeiten, dich an Marius zu erinnern.«

»Ja, weil ich Verrückte durch ein Portal gesprungen und mitten in einem Tannenbaum gelandet bin«, sagte sie lachend.

»Nein«, widersprach er. »Solche Dinge passieren, wenn einem die Erinnerungen gelöscht wurden.« Jetzt sah er sie wieder an. Dieses Mal noch besorgter. »Ich glaube«, sagte er und festigte den Griff um das Lenkrad, »er hat dich manipuliert.«

Lucy sah ihn erschrocken an. Wenn sie sich recht erinnerte, war das doch in Lumenia verboten. Warum sollte er denn so etwas mit ihr machen?

»Weil du irgendetwas weißt«, antwortete Nikolas auf ihre Gedanken. »Etwas, das ihm nicht gefällt.«

26

NEUE KRÄFTE

Sie saßen immer noch in ihrem Zimmer und immer noch sprachen sie über Krankheit und Heilung und über die Wichtigkeit der Gefühle. Zwischendurch hatten sie mit Miriams Eltern und ihrer kleinen Schwester zu Mittag gegessen. Maja war erst 12 Jahre alt und hatte von all den Dramen glücklicherweise nichts mitbekommen. Sie hatte keine Ahnung, dass Miriam schwer krank war und so sollte es auch bleiben. Sie bekam schon genug mit, wenn die Familie sich wieder einmal in einem Streit ausließ. Sie machten sich nicht einmal die Mühe, Maja in diesen Momenten aus dem Zimmer zu schicken, so blind waren sie vor Wut. Maja hatte schon oft zwischen den Fronten gestanden, bitterlich geweint und ihre Familie angebettelt, sich zu vertragen. Aber sie wurde ignoriert. Genauso wie Miriam. Und so hatte sie sich immer mehr in sich selbst zurückgezogen.

»Sie ist ein süßer Fratz«, reagierte Hilar auf ihre Gedanken und lächelte. »Ist dir klar, dass sie mich für einen Außerirdischen hält?«

Miriam lachte. »So etwas Ähnliches habe ich schon vermutet, so wie sie dich die ganze Zeit angeguckt hat«, kicherte sie. »Sie hat ja kaum ihr Essen angerührt.«

Hilar lachte ebenfalls und hielt sich die Situation noch einmal vor Augen. Obwohl die Kleine so viel Leid mit ansehen musste, hatte sie eine überraschende Stärke ausgestrahlt, dachte er. In ihr gab es ein Leuchten, dass er sogar bei Lumeniern nur selten spürte. Er vermutete, dass sie irgendwoher Kraft schöpfte; eine Energiequelle hatte, durch die sie an Stärke gewann, wenn die Welt um sie herum drohte, einzustürzen. »Sie hat eine enorme Kraft«, sagte er zu Miriam. »Ist dir das aufgefallen?«

Sie sah ihn groß an. »Wie meinst du das?«

»Nun, den Umständen nach zu urteilen, wäre es völlig verständlich, wenn sie ein kraftloser Schatten ihrer Selbst wäre. Aber das ist sie nicht. Sie strotzt geradezu vor Energie. Sie strahlt etwas aus«, sagte er nachdenklich, »das ich normalerweise eher bei Kindern aus Lumenia spüre. Eine Unmenge an Lebensenergie. Es hat mich fast umgehauen.«

Miriam sah ihn überrascht an. »Hm«, machte sie und dachte einen Augenblick über ihre kleine Schwester nach, während sie sich wieder aufs Bett setzte. »Sie verbringt ihre Zeit oft mit Dingen, die sie liebt. Dinge, die sie begeistern. Manchmal steigert sie sich so sehr da hinein, dass sie nachts nicht schlafen kann. Sie ist ziemlich begeisterungsfähig«, erzählte Miriam. »Vielleicht gibt ihr das Kraft?!«

Hilar nickte zustimmend. »Gut möglich«, sagte er, ging nachdenklich durch das Zimmer und versuchte, Maja im Haus zu spüren. Sogar von Miriams Zimmer aus, konnte er ihre Kraft wahrnehmen. Er hätte nicht erwartet, dass es in dieser Welt Menschen wie sie gab. Menschen, die so viel Unglück ausgesetzt waren und trotzdem vor Kraft strotzten – ohne irgendein Hilfsmittel zu haben. Wie zum Beispiel einen Kristall, so wie es bei Lucy gewesen war. Einen kurzen Moment überlegte er, ob Miriam vielleicht auch schon die Energie des Kristalls übernommen hatte und sie auf ihre Familie übertrug. »Verbringst du viel Zeit mit deiner Schwester?«, fragte er neugierig.

»In letzter Zeit nicht«, sagte Miriam. »Ich bin ständig unterwegs. Und Maja ist auch die meiste Zeit nicht da. Sie hat eine neue

Freundin, mit der sie viel Zeit verbringt.«

»Hm«, machte Hilar nachdenklich und setzte sich ebenfalls wieder aufs Bett.

»Warum fragst du?«, wollte Miriam wissen.

Hilar sah sie nachdenklich an. »Ich hatte nur kurz den Verdacht, dass sich Lucys Energie sogar auf deine Familie auswirken könnte.«

»Aber Lucy war schon länger nicht mehr hier bei uns«, entgegnete sie.

»Nein, aber *du* bist hier«, sagte er. »Du bist seit Monaten Lucys Energie ausgesetzt. Das heißt, deine eigene Energie muss in dieser Zeit enorm angestiegen sein. Das könnte auch Auswirkungen auf deine Familie haben.«

Jetzt stand Miriam erschrocken von ihrem Bett auf. »Du meinst«, sagte sie besorgt, »diese Entwicklung, die Lucy bei mir angestoßen hat, stoße ich jetzt bei meiner Familie an?«

Hilar nickte langsam und vorsichtig. »Es könnte eine Kettenreaktion sein.«

»Nein!«, rief sie ängstlich. »Das geht nicht! Meine Familie kann mit so etwas nicht umgehen!« Wenn sie daran dachte, dass all die verborgenen Ängste, Traumata und Wutgefühle aus ihren Familienmitgliedern heraus brachen, wurde ihr ganz schwindelig. Keines ihrer Familienmitglieder hatte das Bewusstsein oder die innere Stärke, damit klar zu kommen. Nicht einmal Miriam hatte das hinbekommen! Erst jetzt, wo sie Hilfe hatte, lernte sie, damit umzugehen. Ihre Familie würde jedoch daran zu Grunde gehen. Auf einmal durchfuhr sie ein Schrecken. Was, wenn all das gerade schon passierte? Wenn der Streit ihrer Familie deswegen eskaliert war, weil sie ihre Energie schon längst angehoben hatte? Sie geriet in Panik.

Hilar stand jetzt auf, nahm ihre Schultern und beruhigte sie mit den Worten: »Es muss ja nicht so sein. Es war nur eine

Vermutung.«

»Und was, wenn du recht hast?«, fragte sie. Sie dachte an ihre kleine Schwester. Was, wenn sie auch krank werden würde?

»Das wird sie nicht«, versicherte Hilar ihr. »Bei der Menge an positiver Energie, die sie ausstrahlt, ist das gar nicht möglich. Ich schätze, sie konzentriert sich einfach intensiv auf Glücksgefühle. Das hebt ihre Energie an. Mehr ist das nicht.«

Doch Miriam ließ sich nicht beruhigen. Sie wollte nicht dafür verantwortlich sein, dass ihre Familie womöglich in ein Loch stürzte, aus dem sie nicht mehr heraus kam. Sie waren einfach nicht dazu in der Lage, mit verdrängten Gefühlen konfrontiert zu werden, ohne dabei durchzudrehen. Womöglich kamen sie auch noch auf solch dumme Ideen wie Miriam, die sich hatte umbringen wollen, weil sie mit diesen Gefühlen nicht zurecht gekommen war. Ihre Panik wurde immer größer. Und damit auch ihre Entschlossenheit, diese Kettenreaktion sofort zu unterbrechen.

»Was kann ich tun, um das aufzuhalten?«, fragte sie Hilar.

Er ließ die Arme sinken und seufzte. »Gar nichts«, sagte er dann. »Wenn es wirklich so sein sollte, dann kannst du dich höchstens von ihnen fernhalten. Oder du hältst dich von Lucy fern. Dann würde deine Energie irgendwann wieder absinken und alles wird so wie vorher.«

Sie sah ihm entrückt ins Gesicht. Das waren also die zwei Optionen, die sie hatte? Entweder Lucy aus ihrem Leben zu verbannen oder ihre Familie? Sie konnte es nicht fassen.

»Wir wissen es nicht mit Sicherheit«, sagte er. »Vielleicht hat deine kleine Schwester einfach nur eine Menge Spaß, der ihre Energie anhebt. Also beruhige dich erst mal. Wir werden mit Nikolas darüber sprechen.«

Miriam nickte energisch. Ja, das war eine gute Idee. Und am besten erzählten sie auch dem König von Lumenia davon. Es musste doch noch irgendeinen anderen Weg geben, diese Sache aufzuhalten.

Und dann, als wäre ein Blitz durch Miriams Körper gefahren, zuckte sie plötzlich zusammen. In ihr blitzten plötzlich wieder Bilder auf. Sie schossen durch ihren Geist wie Szenen aus einem Film. Glasklare Bilder. So war es auch in Lumenia gewesen, als Hilar ihre Energie hochgehalten hatte. Plötzlich waren Bilder in ihr aufgetaucht, die sie nicht verstand. Jetzt war es wieder so.

»Was ist das?« Sie schaute Hilar irritiert an und zog die Stirn kraus. »Warum sehe ich so verrückte Bilder in meinem Kopf?«, fragte sie verwirrt. Sie sah erneut Lucy mit diesem blau uniformierten Mann in sehr inniger Umarmung vor sich. Dann blitzte ein anderes Bild auf, in dem sie sich küssten. Miriam erschrak darüber so sehr, dass sie rückwärts durch den Raum taumelte und gegen ihren Schreibtisch stieß. Im nächsten Moment sah sie den blau Uniformierten ganz allein, wie er Lucy dabei beobachtete, wie sie in einem Ballkleid mit Nikolas tanzte. Sie schüttelte den Kopf, kniff kurz die Augen zusammen, öffnete sie wieder und erschrak, als sie dann Hilars entsetztes Gesicht sah.

»Oh, tut mir leid«, sagte sie schnell. Offenbar hatten ihn diese Bilder schwer schockiert. »Das hat bestimmt nichts zu sagen. Lucy würde niemals fremdgehen. Das sind nur Hirngespinste. Stresssymptome oder so. Oder Ängste? Keine Ahnung.« Sie fasste sich an die Stirn. Irgendetwas stimmte mit ihr nicht.

Seine Gesichtszüge entspannten sich jedoch nicht. Ganz im Gegenteil. Wut zeigte sich jetzt darin. Und eine erschreckende Erkenntnis. »Nein«, sagte er jetzt und stand so schnell auf, dass Miriam erneut erschrak. »Mit dir ist alles in Ordnung. Deine Fähigkeiten entwickeln sich.« Dann streckte er die Hand nach ihr aus und bat sie mitzukommen. »Wir müssen sofort zu Nikolas. Du hast den Tanz der Götter gesehen«, erklärte er. »Das ist die Zukunft.«

Miriam konnte gar nicht darauf reagieren, da zog er sie schon aus dem Zimmer und lief mit ihr die Stufen hinunter. Unten angekommen, nahm er ihre Jacken und rannte hinaus in die Kälte. Es war schon dunkel. Und es schneite wieder.

»Du irrst dich bestimmt!«, rief Miriam, als die Worte, die er gerade zu ihr gesagt hatte, endlich in ihren Verstand vorgedrungen waren. »Das *kann* nicht die Zukunft sein!«

Sie gingen zügig die Straße hinunter. »Es *war* die Zukunft«, widersprach Hilar ihr und wirkte dabei extrem angespannt.

»Aber woher willst du das denn wissen? Lucy würde so etwas nie tun!«, versicherte sie ihm. »So ist sie nicht. Sie ist total verknallt in Nikolas. Himmel, sie ist sogar mit ihm zusammen gezogen!«, sagte sie atemlos, während sie versuchte, mit Hilar Schritt zu halten.

»Das hat damit nichts zu tun«, sagte Hilar. »Du kennst Taro nicht.«

Sie verstand nicht, was er damit sagen wollte. Und er erklärte es ihr auch nicht. Er ging weiter zügig die Straße entlang und bog dann mit ihr in eine Seitenstraße ein. Er wollte eine Abkürzung nehmen. Und er sah dabei so ernst und wütend aus, dass ihr ein Schauer über den Rücken lief. Er glaubte wirklich daran, dass Miriam die Zukunft gesehen hatte. »Was soll das überhaupt sein, der Tanz der Götter?«, fragte sie irgendwann.

»Ein Ball«, sagte er. »Das größte Ereignis des Jahres in Lumenia.«

»Und wann soll das sein?«, fragte Miriam.

»Im Frühling. Am 25. Mai«, antwortete er knapp, als er mit ihr zu einer Bushaltestelle hetzte. Es dauerte jedoch noch eine halbe Stunde, ehe ein Bus kommen würde, also entschied er, zu Lucy und Nikolas zu laufen.

»Das ist ja noch so lange hin«, sagte sie, während sie ihm weiter folgte. »Ich kann mir gar nicht vorstellen, wieso ich so etwas sehen sollte.«

Hilar sah sie nun nachdenklich an. »Ich schätze, ich habe diese Fähigkeit in dir wachgerüttelt, als ich gestern deine Energie angehoben habe. Du hast diese Vision gestern schon einmal gehabt. Du beginnst, in die Zukunft zu sehen. Das können nicht viele von uns.«

Sie sah ihn erstaunt an. Also entwickelten sich jetzt auch in ihr übersinnliche Fähigkeiten? Sie wusste nicht, ob sie sich darüber freuen oder Angst davor bekommen sollte. Eigentlich müsste sie jetzt Luftsprünge machen. Sie hatte sich ihr Leben lang gewünscht, übersinnliche Kräfte zu besitzen. Doch in die Zukunft zu sehen, erschien ihr angesichts der Bilder, die sie gesehen hatte, nicht so toll. »Das heißt, ich kann jetzt also in die Zukunft sehen«, murmelte sie etwas enttäuscht vor sich hin. Warum hatte sich nicht einfach Telekinese in ihr entwickelt? Oder Telepathie?

Er sah sie an und musste über ihre Enttäuschung kurz lachen. »Keine Sorge, Miriam. Der Rest überrollt dich auch noch«, sagte er amüsiert.

Sie sah ihn entschuldigend an. »Ich will mich ja nicht beschweren. Aber«, sie seufzte, »ist das immer so? Schießen einem einfach zusammenhanglose Bilder in den Kopf?«

»Du siehst die Zukunft momentan noch bruchstückhaft. Aber wenn du es trainierst, werden die Bilder deutlicher und du kannst ganze Szenen vor deinem inneren Auge abspielen.«

Okay, das klang schon besser. »Kannst du das auch?«, fragte sie jetzt neugierig, als sie über die Ampel in Richtung Nobelviertel gingen.

Er nickte. »Aber es ist schwer … naja, eigentlich ist es fast unmöglich in andere Welten zu sehen. Weil der Energieunterschied zu groß ist. Die Lumenier können nur sehr schwer in diese Welt sehen und umgekehrt ist es genauso. Deshalb wundert es mich, dass du es kannst. Schließlich wird der Tanz der Götter in Lumenia stattfinden.«

Miriam ging eine Weile stumm neben ihm her und dachte über das Gespräch nach, das sie heute Morgen geführt hatten. Über die Evolution. Aber das wollte sie jetzt nicht ansprechen. Sie hatte ganz andere Sorgen. »Dann ist es wahr?«, fragte sie ihn. »Lucy wird wirklich fremdgehen?« Sie konnte das nicht glauben. Lucy war der treueste Mensch, den sie kannte.

Hilar antwortete zunächst nicht. Sein Gesicht bekam nur einen steinernen Ausdruck und erneut funkelte Wut in seinen Augen. »Nein«, sagte er schließlich. »Jedenfalls nicht freiwillig.«

»Wie meinst du das?«, fragte Miriam zitternd. Es war fürchterlich kalt und ein paar Schneeflocken schwebten vom dunklen Himmel in das Licht der Straßenlaternen. Sie zog sich den Kragen ihres Mantels zu und fröstelte.

Er wollte es nicht aussprechen, aber es war einfach zu offensichtlich. »Sie wird vermutlich dazu gezwungen werden.«

Miriam blieb erschrocken stehen. »Was??«

In diesem Moment spürte Hilar einen stechenden, heißen Schmerz in seinem Kopf, riss die Hände hoch und drückte sie mit schmerzverzerrtem Gesicht krampfhaft gegen seine Schläfen. Dann ging er stöhnend in die Knie.

Miriam schrie vor Schreck: »Oh mein Gott! Was ist mit dir?«

Sie kniete sich neben ihn auf den schneebedeckten Weg und legte ihren Arm um ihn. »Was hast du? Sag doch was!«

Plötzlich riss jemand an ihr und zog sie von hinten auf die Füße. Sie versuchte, sich zu wehren, aber ihr wurden hinter ihrem Rücken die Hände zusammengehalten. Dann hörte sie eine bekannte Stimme, die ihr bedrohlich ins Ohr raunte: »Ganz ruhig, Kleine.«

Es war Marius! Diese Stimme war einfach unverkennbar. Sie wollte schreien, aber er hielt ihr den Mund zu. Dann erschien vor ihr ein anderer Mann. Ein Mann mit einer solch überwältigenden Ausstrahlung, dass sie augenblicklich verstummte und ihn nur fasziniert anstarrte. Es war der Mann aus ihren Visionen. Der Mann in der blauen Uniform, der Lucy … Sie wollte es nicht denken. Sie wusste, dass er ihre Gedanken lesen konnte. Schließlich war er Lumenier.

Sein Gesichtsausdruck war eiskalt, als er auf Hilar zuging und sich zu ihm hinunter kniete. Hilar stöhnte immer noch vor Schmerzen, hob aber den Kopf und sah ihm wütend ins Gesicht. »Taro. Warum tust du das?«, keuchte er.

Taro lächelte unberührt und legte nun seine Hände an Hilars Kopf. »Das geht dich nichts an«, sagte er und schloss die Augen.

»Nein!«, schrie Hilar so laut, dass seine Stimme schallend durch die Straßen gellte. »Hör auf damit!«

Miriam konnte sehen, wie schwer es Hilar fiel, sich zu bewegen. Er versuchte, sich aus Taros Griff zu winden, aber sein Körper schien wie gelähmt zu sein. Er war so steif, dass er nicht einmal seine Finger krümmen konnte.

»Das wirst du bereuen, du Mistkerl!« Dann wurde er plötzlich ruhiger. Seine Augen bewegten sich schnell hin und her und doch sah es so aus, als würde sein Blick ins Leere gehen. Dann ließ Taro ihn los und Hilar fiel in sich zusammen wie ein Sack Kartoffeln. Er stützte sich mit den Fäusten auf dem Boden ab und starrte wie weggetreten auf den Schnee, als Taro nun langsamen Schrittes auf Miriam zukam.

»Auf euch muss man wirklich aufpassen«, sagte er. »Kaum habe ich eine von euch zum Schweigen gebracht, fängt schon die Nächste an. Was ist nur mit euch los, dass ihr eure Fähigkeiten so schnell entwickelt?«

Miriam blickte ihm erschrocken in das schöne Gesicht und versuchte zurückzuweichen, als er sich direkt vor ihr aufstellte. Aber sie stieß gegen Marius, der nun gehässig lachte.

»Entspann dich. Es ist nur zu deinem Besten«, sagte Taro.

Im nächsten Moment legte er auch ihr die Hände an den Kopf

und schloss die Augen. Miriam spürte eine unangenehme Hitze von seinen Händen ausgehen, die ihr direkt ins Gehirn zu strahlen schien. Es brannte wie Feuer. Dann konnte sie sich nicht mehr bewegen und im selben Moment ertönten Worte in ihrem Kopf, die sich so intensiv und so schnell einbrannten, dass sie sich nicht dagegen wehren konnte, sie mit Leib und Seele zu glauben.

27

VERHÄNGNIS

»**A**ber ich sage dir doch«, Lucy seufzte schwer, als sie sich auf die Couch fallen ließ, »es ist absolut *nichts* passiert! Ich kann mich an jede Sekunde erinnern, die ich mit Taro verbracht habe. Wir haben uns nur unterhalten.«

Nikolas ging vor ihr auf und ab und schüttelte mit dem Kopf. »Dir ist nicht klar, was es bedeutet, manipuliert zu werden, Lucy. Er kann dir Erinnerungen an Situationen suggerieren, die niemals stattgefunden haben.«

Lucy schluckte ängstlich. »Warum sollte er denn so etwas machen?«

Nikolas seufzte. Er dachte an Linn und war immer mehr davon überzeugt, dass Taro sie tatsächlich manipuliert hatte. An den Grund wollte er gar nicht denken, aber er war ihm sonnenklar. Er hatte sie Paco ausspannen wollen, um sie ganz für sich zu haben. Warum, wusste er nicht. Aber er hätte nie gedacht, dass Taro so tief sinken würde. Und ihm wurde übel bei dem Gedanken, dass er dasselbe mit Lucy vorhaben könnte.

Jetzt stand sie auf und stellte sich Nikolas in den Weg, so dass er abrupt stehen blieb und sie überrascht ansah. »Du bist eifersüchtig?«, fragte sie bestürzt und sah ihn mit großen überraschten Augen an. Sie konnte es nicht fassen. »Wie könnte denn jemals jemand *deinen* Platz einnehmen?« Sie musste bei diesem Gedanken fast lachen. »Ich liebe dich doch, du Sorgenkopf!«

Jetzt schmunzelte er endlich wieder und streichelte ihr sanft über die Wange. »Ich weiß«, flüsterte er. »Ich liebe dich auch.« Dann küsste er sie zärtlich, wobei sein Herz vor Glück fast zersprang. Das war das erste Mal, dass sie diese Worte zu ihm gesagt hatte.

Als sie sich wieder voneinander lösten, atmete Lucy benommen ein und seufzte. »Dann vertrau mir«, sagte sie. »Ich würde so etwas nicht zulassen.«

»Ich weiß«, entgegnete er. »Ich vertraue dir ja. Aber sollte er wirklich so etwas vorhaben, kannst du dich nicht dagegen wehren, Lucy. Er ist sehr mächtig.«

Sie seufzte wieder und legte nun ihre Arme um seinen Hals. »Aber er ist nicht hier«, stellte sie fest. »Also kann auch nichts passieren.«

Nikolas zögerte einen Moment und senkte den Blick auf ihre Lippen, wobei er nachdenklich die Stirn in Falten legte. »Eigentlich«, raunte er, »wollte ich mit dir zum Tanz der Götter gehen.«

Sie sah ihn fragend an und zog dabei die Augenbrauen hoch. »Ein Tanz?«

Er nickte. »Es ist ein großer Ball. Er findet einmal im Jahr in Lumenia statt«, berichtete er. »Ich wollte gern mit dir dort hingehen, aber vielleicht sollten wir es besser lassen. Es ist zu gefährlich.«

Lucy ließ ihn sofort los und stemmte ärgerlich die Hände in die Hüften. »Ich würde aber gern!«, sagte sie und hätte fast aus Trotz mit dem Fuß aufgestampft. Sie war noch nie auf einem Ball gewesen. Und sie hatte schon als Kind davon geträumt, irgendwann einmal ein Ballkleid zu tragen und mit dem Mann ihrer Träume zu tanzen. Davon träumte doch jedes Mädchen auf dieser Welt! Das konnte und wollte sie sich nicht entgehen lassen. Außerdem sprachen sie hier von Lumenia! Ein Ball in Lumenia! Das *musste* sie sehen! Koste es, was es wolle.

»Lucy« Seine Stimme hatte den Ton, den sie immer dann bekam, wenn er ihr etwas ausreden wollte.

»Nein!«, sagte sie stur. »Ich bin noch nie auf einen Ball eingeladen worden. Ich möchte das erleben, Niko! Bitte!« Sie hob die Arme und faltete ihre Hände vor seiner Brust. Dabei sah sie ihn mit einem herzzerreißenden Bettelblick an.

Nikolas konnte sich das Lachen nicht verkneifen. Sie war einfach zu süß, wie sie da vor ihm stand und darum bettelte, auf den Ball gehen zu dürfen. Das erinnerte ihn an eines dieser Märchen. War es Cinderella? Fehlte nur noch, dass er – *nur bis Mitternacht* – sagte und eine Fee ihr das Ballkleid herbeizauberte. Dann fiel ihm aber wieder Taro ein. Er brummte widerwillig. Er wollte Lucy nicht noch einmal der Gefahr ausgesetzt sehen, von ihm manipuliert zu werden.

»*Wenn* er es überhaupt getan hat«, erinnerte sie ihn. »Das weißt du ja nicht.«

Er seufzte und musste ihr leider recht geben. Vielleicht beschuldigte er ihn zu Unrecht. Wenn er ehrlich war, konnte er sich auch wirklich nicht vorstellen, dass Taro so dumm war, eine solche Straftat zu begehen. Das war einfach verrückt. »Na schön«, sagte er resignierend.

Lucy sprang ihm sofort in die Arme und gab ihm hundert Küsse. »Ich werde auf einen Ball gehen!«, rief sie glücklich und tänzelte durch das Wohnzimmer, als tröge sie schon längst ihr Ballkleid. Und obwohl Nikolas immer noch nicht ganz wohl bei der Sache war, freute er sich ebenfalls. Er konnte es kaum erwarten, mit ihr durch die Nacht zu tanzen. Sie machte sich noch gar keine Vorstellung davon, was dies für ein Ereignis in Lumenia war. Sie würde es für den Rest ihres Lebens nicht mehr vergessen.

Doch seine Freude wurde von einem unguten Gefühl begleitet. Einer Vorahnung. Und so sehr er auch versuchte, sich einzureden, dass Lucy in Lumenia nichts passieren konnte, das Gefühl verschwand einfach nicht. Und er hatte schon zu viel erlebt, als dass er seine Vorahnungen noch ignorieren könnte. Er sagte ihr jedoch nichts. Schon wieder nicht. Und er wusste nicht, ob er damit vielleicht – schon wieder – einen großen Fehler beging.

28

SPITZEL

Philipp stand am Ufer eines kleinen, zugefrorenen Sees und blickte hinüber auf den Park, wo ein paar Jugendliche noch ihre restlichen Böller zündeten. Es war Neujahr. Die Stadt war ruhig. Doch hin und wieder hörte man es noch knallen und zischen. Er hatte diese Knallerei noch nie gemocht. Und sie auch nie verstanden. Was gab es den Menschen, Böller und Raketen zu zünden? Er hielt es für die reinste Geldverschwendung und Umweltverschmutzung. Eines dieser vielen unnützen Dinge auf der Welt, die – wenn es nach ihm ginge – auch abgeschafft werden konnten. Er schüttelte genervt mit dem Kopf, als die Jugendlichen grölten, weil ihnen einer ihrer Böller fast entgegen geflogen wäre. Dann drehte er sich um und sah das Bürogebäude auf der anderen Straßenseite an. Endlich kam jemand aus der Tür und winkte ihn zu sich. »Das wurde auch Zeit«, murmelte er halb erfroren. Er wartete schon seit einer Stunde.

Schnell lief er über das Stück Wiese, dann über die Straße und folgte schließlich dem Mann in der schwarzen Lederjacke ins Gebäude.

»Wir mussten deine Identität erst mal checken«, sagte der Mann und drückte auf den Fahrstuhlknopf.

Philipp stellte sich zu ihm. »Ihr seid ja nicht gerade die schnellsten«, merkte er an. »Ihr hättet einfach Marius fragen können, wer ich bin.«

Der Mann sah ihn irritiert an. »Wer zum Teufel ist Marius?«

Philipp wich seinem Blick aus. Offenbar hatte auch hier keiner eine Ahnung, wer Marius war. Das war wirklich ungewöhnlich. Er hatte schon mit mindestens zehn Leuten gesprochen und niemand kannte Marius. Er fragte sich langsam, wer hier eigentlich die Strippen zog.

Nun öffnete sich der Fahrstuhl. Sie stiegen beide ein.

»Stell' keine Fragen, wenn du beim Boss bist«, sagte der Mann jetzt und drückte währenddessen den Knopf für das Untergeschoss. »Er kann es nicht leiden, wenn er mit Fragen über Lumenia gelöchert wird. Mach' einfach, was er sagt. Dann bist du dabei.«

Philipp sah ihn unbeeindruckt an. »Das wird sowieso nicht nötig sein. Ich weiß wahrscheinlich mehr darüber als ihr.«

Wieder sah der Mann ihn irritiert an. Offenbar war ihm nicht klar, was Philipp mit seiner Aussage gemeint hatte.

»Man schnappt so einiges auf, wenn man mit einem Lumenier befreundet ist«, sagte Philipp dann in überheblichem Ton, um ihm beim Denken auf die Sprünge zu helfen. Offenbar war er nicht der Hellste.

»Das wird sich noch herausstellen«, sagte der Mann misstrauisch. Er glaubte ihm also nicht, dass er mit Nikolas befreundet war.

Aber das war nicht weiter schlimm. Philipp hatte mit dieser Aussage genug Aufsehen erregt, so dass er jetzt endlich zu ihrem Boss gebracht wurde. Er hatte die Vermutung, dass es sich dabei um Marius handelte und er nur unter einem anderen Namen agierte. Das würde erklären, warum niemand seinen wirklichen Namen kannte. Gleich würde er sehen, ob er recht hatte. Es war wirklich clever gewesen, die Nikolas-Karte auszuspielen. Nur deshalb war er so weit gekommen. Es war schwerer als je zuvor, wieder einen Platz in dieser Truppe zu bekommen. Sie waren vorsichtiger geworden.

Als sich der Fahrstuhl öffnete, betraten sie einen langen Korridor. Es war dunkel hier unten. Die Farbe bröckelte von den Wänden und die Leuchtstoffröhren an der Decke schienen schon kurz davor zu sein, den Geist aufzugeben. Es war ein Drecksloch. So wie er es von diesen Leuten gewohnt war. Sie agierten eben im Untergrund und mussten sich Treffpunkte und Stützpunkte suchen, die sonst niemals jemand betrat. Um den Keller dieses Gebäudes zu nutzen, hatten sie wohl den Vermieter bestochen.

Hin und wieder kam ihnen jemand entgegen. Ein Soldat, ein Mann in einer Offiziersuniform und dann eine Frau in einem Hosenanzug. Sie trug eine Brille und hielt ein paar Ordner unter dem Arm. Philipp sah sie interessiert an. »Wie viele Leute seid ihr?«, fragte er dann den Mann.

»Das geht dich nichts an«, entgegnete dieser missgelaunt.

Dann blieben sie an einer Metalltür stehen, auf der ein großes, rotes »A« aufgemalt war. Der Mann klopfte an und wartete.

Einen Moment später kam ein Soldat heraus und ging mit schnellen Schritten den Korridor entlang. Dann rief jemand von drinnen: »Kommt rein!«

Philipp betrat mit dem Mann den Raum. Es war ein recht großer Kellerraum, der wie ein Büro eingerichtet war. An den Wänden standen Regale mit Ordnern und in der Mitte stand ein großer Schreibtisch mit einem Computer und einer Schreibtischlampe, die nicht besonders viel Licht bot. Es gab auch nur ein kleines Fenster, durch das ebenfalls nicht besonders viel Licht drang. Aber es war hell genug, um zu erkennen, dass der Mann, der da am Schreibtisch saß, nicht Marius war.

»Phil«, sagte der Boss und schickte den anderen mit einer Handbewegung hinaus. Dieser verschwand auch sofort.

»Ja«, sagte Philipp, verschränkte die Hände hinter seinem Rücken und neigte etwas den Kopf. Er war etwas enttäuscht, dass er Marius immer noch nicht gefunden hatte, doch er versuchte, möglichst respektvoll zu wirken. Auch wenn er seit einer Woche von einem Boss zum anderen geschickt wurde und er langsam wirklich nicht mehr wusste, wer hier eigentlich das Sagen hatte.

»Nun, mir ist zu Ohren gekommen, dass du überall herum erzählst, du würdest Nikolas kennen.«

Philipp nickte. »So ist es.«

Der Boss lehnte sich in seinem Stuhl zurück und betrachtete ihn abschätzend. Er war ein Mann um die 50 mit kurzen, grauen Stoppeln auf dem Kopf und einem ebenso grauen Drei-Tage-Bart. Doch er trug einen edlen Anzug und eine teure, goldene Uhr am Handgelenk. Er strich sich nachdenklich über das Kinn, während er Philipp musterte. »Ich hörte, du warst im Sommer bei der Verfolgungsjagd dabei?«

Wieder nickte Philipp.

»Du scheinst dich an alles zu erinnern. Warum haben dich die Lumenier nicht erwischt?«, fragte er dann.

»Ich habe mich ziemlich schnell aus dem Staub gemacht«, berichtete Philipp, »nach der Sache in München. Ich hatte Nikolas damals geholfen, Marius zu entkommen und mir so sein Vertrauen erschlichen.«

Der Boss sah ihn eine Weile lang interessiert, jedoch auch skeptisch an. Dann fragte er: »Und wieso kommst du erst jetzt damit an?«

Philipp zögerte kurz. Er hatte sich alle Antworten bereits im Geiste zurecht gelegt, doch es würde auffallen, wenn er sie einfach herunter rasseln würde. Also tat er so, als sei er ein wenig verunsichert. »Nikolas sagte damals, er würde mich kontaktieren«, berichtete er dann. »Darauf habe ich gewartet. Er hat erst vor Kurzem angerufen, um mich bei einer Sache um Hilfe zu bitten.«

Jetzt stand der Boss auf und ging langsam und nachdenklich durch den Raum, während er Philipp weiterhin beobachtete. Er war nicht besonders groß, aber er wirkte respekteinflößend. »Wofür braucht er dich?«, fragte er dann.

Philipp zögerte wieder einen Moment. »Er will, dass ich euch ausspioniere, um zu erfahren, was ihr im Schilde führt.«

Auf einmal lachte jemand hinter ihm. Es war ein Lachen, das ihm äußerst bekannt vorkam. Er drehte sich um und erschrak, als Marius hinter einem Regal hervor kam. Er hatte ihn lange nicht gesehen. Aber er sah noch genauso furchteinflößend aus wie damals. Vielleicht sogar noch ein wenig mehr, was wohl daran lag, dass er nicht besonders gesund aussah. Er war blass und hatte dunkle Schatten unter den Augen.

»Der Kleine will uns also ausspionieren«, lachte Marius und schritt dabei langsam durch den Raum. »Warum wirft er nicht einfach einen Blick in die Zukunft?«, fragte er dann und verschränkte überheblich die Arme vor der Brust. »Ich dachte, das kann er so gut.«

Philipp versuchte, ruhig zu bleiben und sagte: »Das kann er nicht. Er sagt, die Informationen werden von jemandem verschleiert. Deshalb braucht er mich dafür.«

Auf einmal bekam Marius' Gesicht einen bitteren Ausdruck. Er sah einerseits wütend aus, andererseits aber auch überrascht. Er sah Philipp einen Moment lang nachdenklich und mit zusammengebissenen Zähnen an und sagte dann feststellend: »Du hast also wirklich Kontakt zu ihm.«

»Das sagte ich doch«, entgegnete Philipp gespielt genervt.

Damit hatte er Marius jedoch offenbar noch wütender gemacht. Denn der deutete jetzt wütend auf einen Stuhl und sagte mit einem hasserfüllten Blick: »Hinsetzen!«

Philipp gehorchte und setzte sich auf den Stuhl vor dem Schreibtisch. Marius zog sich ebenfalls einen Stuhl heran und stellte ihn so vor Philipp auf, dass er ihn direkt ansehen konnte. Dann setzte er sich, lehnte sich vor und sagte mit leiser, beherrschter Stimme: »Warum sollte Nikolas Key sich dir anvertrauen, Phil?«

Philipp sah ihm fest in die Augen, als er antwortete: »Ich stehe in seiner Schuld. Er hat meiner Frau das Leben gerettet.«

Marius wich jetzt überrascht zurück. »Luisa? Sie lebt?«

Philipp nickte. »Er glaubt, dass ich jetzt alles für ihn tun würde, weil ich ihm dafür dankbar bin. Das bin ich natürlich auch«, versuchte er zu erklären, »schließlich habe ich meine Frau wieder. Aber genau das hat er damit bezweckt. Dass ich ihm vor Dankbarkeit die Füße küsse.« Philipp machte einen Moment Pause, atmete tief ein und setzte eine wütende Miene auf, als er die nächsten Worte sprach: »Aber da hat er sich geschnitten. Er ist genauso wie du gesagt hast. Manipulativ und gefährlich.«

Marius sah ihn lange und nachdenklich an. »Interessant«, sagte er und grinste dann. »Ich hätte dir fast geglaubt.«

Philipp stutzte. »Wie bitte?«

Marius stand jetzt auf. »Ich soll dir also glauben, dass du den Mann, der dir deinen Lebensinhalt zurück gegeben hat, verraten willst?« Marius lachte amüsiert. »Ich kenne dich, Phil. Warum solltest du das tun?«

Philipp überlegte einen Moment. Doch er wusste, dass er jetzt nicht lange zögern durfte. Also sprang er wütend auf und schrie mit Tränen in den Augen: »Weil sie nicht mehr meine Frau ist!!«

Der Mann hinter dem Schreibtisch sprang ebenfalls sofort auf und zog seine Waffe. Und gleichzeitig kam der Typ in der Lederjacke wieder rein, um ebenfalls eine Waffe auf Philipp zu richten.

Philipp reagierte nicht darauf. Er schrie einfach weiter: »Er hat sie manipuliert und verändert! Sie hat auf einmal Fähigkeiten, mit denen sie nicht zurecht kommt! Und sie ist regelrecht besessen von ihm! Ich will, dass das aufhört!« Dabei lief ihm eine Träne über das Gesicht, die seine Worte nur umso deutlicher untermauerte. Er war tatsächlich noch etwas angefressen, weil Nikolas seine Frau verändert hatte. Also musste er jetzt nicht einmal besonders lügen.

Marius sah ihn nach seinem Wutausbruch überrascht an. »Fähigkeiten?«, fragte er und kam interessiert näher.

»Sie hört meine Gedanken, verflucht noch mal!«, schrie Philipp weiter. »Kannst du dir vorstellen, wie das ist, wenn deine Ehefrau deine intimsten Gedanken hören kann? Da sind Ehekrisen vorprogrammiert! Er hat aus ihr eine verfluchte Lumenierin gemacht!«

Der Mann hinter dem Schreibtisch steckte jetzt seine Waffe wieder ein und lachte. »Meine Güte«, sagte er amüsiert. »Wenn meine Frau meine Gedanken hören könnte, hätte sie mich schon längst erschossen.«

Der Mann in der Lederjacke lachte ebenfalls.

»Er hat sie also verändert«, sagte Marius nachdenklich. »Zu welchem Zweck?«

»Woher soll ich das wissen, verflucht noch mal?«, sagte Philipp wütend. »Vielleicht braucht er sie für irgendetwas. Ich habe keine Ahnung! Ich will einfach nur meine Frau wieder zurück! So wie sie war. Ich erkenne sie kaum noch wieder.«

Marius schien tatsächlich in Erwägung zu ziehen, ihm zu glauben, denn er schickte jetzt den Lederjacken-Typen wieder raus und setzte sich. Philipp setzte sich ebenfalls wieder hin.

»Und was erhoffst du dir, wenn du Nikolas verrätst?«, fragte Marius jetzt und schlug dabei lässig ein Bein über das andere.

Philipp atmete tief ein. Bis hierher hatte der Plan funktioniert. Doch er war sich nicht sicher, ob die Strategie, die Nikolas ausgetüftelt hatte, weiterhin gutgehen würde, wenn er jetzt weitersprach. Es war riskant. Sehr sogar. Doch er entschied, Nikolas einfach zu vertrauen. Er hatte sehr sicher gewirkt, als er ihm diesen Plan vorgeschlagen hatte. Also sagte er jetzt: »Nikolas weiß, dass es unter euch einen Lumenier gibt, der euch hilft.«

Der Mann hinter dem Schreibtisch zuckte kurz zusammen. Und sogar Marius schreckte kurz auf. In seinem Blick war plötzlich Angst zu erkennen. Er starrte Philipp mit großen, erschrockenen Augen an. »Wie bitte?«, raunte er dann heiser.

»Er hat es mir gesagt«, bestätigte Philipp seine Worte noch einmal. »Irgendjemand aus Lumenia hilft euch. Und ich will, dass dieser Lumenier das wieder in Ordnung bringt, was Nikolas mit meiner Frau angerichtet hat! Ich weiß, dass er das kann. Alle Lumenier können das. Das hast du selbst gesagt.«

Marius sah ihn immer noch erschrocken an. Doch dann stand er einfach wortlos auf und ging zur Tür.

»Hey!«, rief Philipp und stand ebenfalls auf. »Ich liefere dir Nikolas oder den Portalschlüssel oder was immer du willst! Aber dafür bringt dieser Lumenier meine Frau wieder in Ordnung.«

Marius blieb an der Tür stehen.

»Haben wir einen Deal?«, fragte Philipp.

Marius öffnete die Tür, drehte sich aber noch mal um, bevor er ging. Seine Worte richtete er aber an den Mann hinter dem Schreibtisch. »Führe ihn in alles ein. Er ist dabei.« Dann verschwand er.

Philipp grinste in sich hinein, was glücklicherweise aber niemand sehen konnte. Er hatte es geschafft. Nikolas' Plan war aufgegangen. Sicherlich rannte Marius gerade zu dem Verräter aus Lumenia, um ihm die Neuigkeit zu berichten. Dann würde er zurück kommen und Philipp nach seiner Frau fragen. Schließlich würde der Lumenier Luisa aufsuchen, um zu überprüfen, ob Philipps Geschichte der Wahrheit entsprach. Aber er würde Luisa nicht finden. Stattdessen würde Philipp ihn direkt zu Nikolas führen. Und dann schnappte die Falle zu und Nikolas würde erfahren, wer der Verräter war. Der Plan war genial. Und er schien wirklich zu funktionieren.

Siegessicher drehte er sich zu dem Mann im Anzug um und sah

ihn fragend an. »Also, was ist? Kriege ich hier auch irgendwo 'ne Waffe, um mich gegen diesen verfluchten Lumenier zu wehren?«

29

GLAUBE

Es war schon ein paar Wochen her, seit Nikolas Lucy zum
Tanz der Götter eingeladen hatte. Doch seitdem trainierte sie noch
härter als zuvor. Sie wusste, dass sie ihr Energieniveau bis dahin
so weit wie möglich anheben musste. Und sie musste auch in der
Lage sein, es aufrechtzuerhalten. Außerdem musste sie endlich
ihre Ausrutscher unter Kontrolle bringen. Das hatte sie leider
immer noch nicht vollständig geschafft. Aber sie war guter Dinge,
dass sie es bis Mai hinbekommen würde. Sie hatte das Gefühl, die
energetischen Auswirkungen auf ihre Umwelt wurden langsam
schwächer. Außerdem ging es auch langsam mit Miriam aufwärts.
Sie fühlte sich von Tag zu Tag besser. Hilar half ihr sehr, besser mit
ihren Emotionen umzugehen und das erleichterte Lucy
unglaublich. Vielleicht klappte es deshalb gerade besser mit ihren
Ausrutschern. Weil sie sich nicht mehr so große Sorgen um Miriam
machte. Außerdem hatte Lucy das Gefühl, dass sich ihre beste
Freundin gerade in Hilar verliebte. Sie war so fröhlich wie noch nie
in letzter Zeit und redete pausenlos über *ihren* Lumenier, wie sie
ihn nannte. Es ging also alles gerade ein wenig aufwärts und das
gab Lucy ein gutes Gefühl.

Von Marius hatten sie in den letzten Wochen nichts mehr
gehört. Und es schien, als würden sie auch nicht mehr beobachtet
werden. Nikolas schwieg zwar immer noch, was dieses Thema

anbelangte, aber angesichts all der positiven Entwicklungen, empfand Lucy das als nicht so schlimm. Sie war glücklich. Denn endlich schien ihr Leben mal ein wenig glatt zu laufen.

Zufrieden mit ihrem Leben und dem sonnigen Tag stand sie gerade in der Schlange beim Bäcker und lugte zwischen den Menschen hindurch, um sich die süßen Backwaren anzusehen. Sie wusste, dass Nikolas von diesem Zeug normalerweise nichts aß, aber manchmal ließ er sich von ihr dazu hinreißen, zumindest mal etwas zu probieren. Sie suchte schon einmal etwas aus, das er noch nicht kannte und freute sich schon auf sein Gesicht, wenn er hinein biss. Manchmal breitete sich ein genussvoller Ausdruck in seinem Gesicht aus, aber meistens verzog er sein Gesicht und schluckte den Happen gequält hinunter – nur um ihr einen Gefallen zu tun. Lumenier aßen andere Dinge als die Menschen in dieser Welt. Das wusste sie. Und es hatte eine Weile gedauert, herauszufinden, was Nikolas mochte und ihm Mahlzeiten zuzubereiten, die er auch aß. Aber sie liebte dieses kleine Spielchen, ihm etwas zu Essen zu geben, das er nicht kannte und seine Reaktion zu sehen.

Als sie etwas ausgesucht hatte, machte sie sich schnell wieder auf den Heimweg. Und sie war dabei so glücklich wie nie zuvor. Sie hatte das Gefühl, zu schweben. Genauso hatte sie sich ihr perfektes Leben mit Nikolas vorgestellt. Sie war so erfüllt von Freude, dass sie nicht bemerkte, wie mit jedem tänzelnden Schritt, den sie tat, die Laternen am Wegesrand aufflackerten. Erst als sie an einem Auto vorbei ging, das plötzlich laut aufheulte, erschrak sie und sprang zur Seite.

»Verdammt«, flüsterte sie und rannte schnell davon. Nicht, dass noch jemand glaubte, sie mache sich an fremden Autos zu schaffen. Sie hatte den Wagen schließlich nicht einmal berührt. Aber ihre Glücksgefühle waren wohl gerade ein wenig zu heftig gewesen. Sie versuchte, sie etwas zu dämpfen, was ihr jedoch nicht gelang. Und es kam ihr auch falsch vor. Sie fand es ungerecht, dass sie weder besonders unglücklich noch besonders glücklich sein durfte, nur weil dann ihre Umwelt verrückt spielte. Und im Grunde basierte doch das Spiel der Götter, das Nikolas ihr beibrachte, auf Glücksgefühlen. Also einerseits sollte sie also glücklich sein, andererseits aber nicht? Sie fühlte sich auf einmal wie zerrissen. Als sie zu Hause ankam, schloss sie zerknirscht die Tür auf und schmiss sie etwas zu wütend ins Schloss, so dass der goldene Türknauf absprang und Nikolas entgegen flog.

Nikolas wich dem Geschoss geschickt aus und lachte dann.

Doch Lucy schnaubte genervt. »Irgendwann verhaften die mich noch, wenn die Alarmanlagen der Autos immer anspringen, wenn ich daran vorbei gehe«, sagte sie und hielt Nikolas etwas schmollend die Bäckereitüte hin.

Er nahm die Tüte und lächelte sie dabei aufheiternd an. »Das kriegen wir schon in den Griff, Lucy.«

Sie ging seufzend in die Küche und holte einen Teller für Nikolas aus dem Schrank. »Das sagst du die ganze Zeit«, sagte sie dann. »Und es ist ja auch schon besser geworden, aber es ist doch verrückt, dass ich nicht vor Glück zerspringen darf! Ich bin nun mal glücklich! Warum darf ich das nicht? Ist das nicht Euphoria? Glücklich sein? Eigentlich müsste es dann doch Blütenblätter regnen oder sowas, findest du nicht?« Doch bevor Nikolas etwas dazu sagen konnte, fuhr sie fort: »Jedes Mal, wenn ich *zu* glücklich bin, passiert irgendetwas Dummes. Ich bekomme schon Angst vor meinen Glücksgefühlen. Schlimm genug, dass meine negativen Gefühle Katastrophen auslösen, aber warum die guten Gefühle?«

Jetzt wartete sie darauf, dass Nikolas etwas sagte. Doch er blieb stumm. Er sah sie nur an. So lange, dass Lucy irgendwann irritiert die Augenbrauen hob und sagte: »Nik?«

Doch auf einmal fasste er sich an den Kopf und lachte. »Meine Güte, du hast absolut recht! Warum ist mir das nicht vorher aufgefallen?«

Sie blickte ihn überrascht an. »Was denn?«

»Du hast Angst!«

»Wie bitte?«, fragte sie entrückt.

»Du hast Angst vor deinen Glücksgefühlen! Angst davor, glücklich zu sein.« Er schien so aufgeregt über diese Erkenntnis zu sein, dass er an sie heran trat und ihre Schultern umfasste, um ihr eindringlich in die Augen zu sehen. »Deswegen passieren diese Dinge«, erklärte er ihr. »Du verursachst sie, um dich daran zu hindern, *zu* glücklich zu sein. Weil du glaubst, dass dann etwas Schlimmes passiert. Und ich dachte die ganze Zeit, es liegt an deiner starken Energie. Dabei ist es nur ein tief sitzender Glaubenssatz!« Wieder lachte er. »Verdammt, warum fällt mir das jetzt erst auf?«, sagte er wieder.

»Moment«, entgegnete sie. »Ich soll Angst davor haben, glücklich zu sein?«

»Ja!«

»Das glaube ich nicht«, sagte sie ablehnend. »Ich *will* doch glücklich sein!«

»Natürlich willst du«, erklärte Nikolas weiter. »Aber dein Wille hat nichts mit deinem tiefsitzenden Glauben zu tun. Du kannst etwas wollen und trotzdem nicht daran glauben, es zu verdienen. Verstehst du?«

Sie sah ihn erschrocken an.

»Dieser Glaube ist womöglich so tief in dir verankert, dass ich ihn nicht sehen konnte«, vermutete Nikolas nachdenklich und legte dabei grüblerisch die Stirn in Falten. »Das ist mir noch nie passiert.«

Die Tatsache, dass er diesen Glaubenssatz nicht früher aufgedeckt hatte, schien ihm schwer zu schaffen zu machen. Und Lucy konnte sich auch vorstellen, warum. Es musste einen verrückt machen, wenn man so wie Nikolas war. Wenn jemand, der einfach *alles* sehen und verstehen konnte – und zwar immer und überall – einmal etwas *nicht* sah. Doch Lucy gefiel es, dass sie auch mal eine Schwachstelle bei ihm entdecken konnte. Sie seufzte erleichtert. Nicht nur, weil sie offenbar endlich entdeckt hatten, warum ihre Glücksgefühle solchen Schaden anrichten konnten. Sondern auch, weil Nikolas nicht so perfekt war, wie sie dachte.

Er schmunzelte. »Das hätte dir aber auch schon früher auffallen können.«

»Das mit dem Glaubenssatz?«, fragte sie überrascht.

»Nein. Dass ich nicht perfekt bin.«

»Oh«, machte sie etwas beschämt. »Naja, ich habe vorher einfach nichts *Un*perfektes an dir erkennen können.« Und wenn sie ehrlich war, konnte sie das auch jetzt nicht wirklich. Was war schon unperfekt daran, wenn man einen Glaubenssatz etwas später bei jemandem erkannte, als man es gewohnt war?

»Du hast recht«, sagte er jetzt. »Das sind nur meine eigenen Ansprüche an mich. Es ist weder gut noch schlecht.«

Sie lächelte glücklich. »Es ist einfach, wie es ist«, sagte sie die Worte, die sie von ihm gelernt hatte. Die 1. Euphoria-Regel.

Er nickte zufrieden.

»Also«, sagte sie dann, »wie werde ich diesen Glaubenssatz nun los?« Es war also wieder mal Zeit für eine Unterrichtsstunde, dachte sie.

»Das machen wir später«, sagte er und lächelte. Dann nahm er ihre Hand und zog sie aus der Küche. Er ging mit ihr die Treppe hinauf und steuerte dann genau auf das Schlafzimmer zu.

In Lucys Bauch begann es heftig zu kribbeln. Doch als Nikolas vor dem Bett stand und sie los ließ, erkannte sie den wahren Grund, warum er sie ins Schlafzimmer geführt hatte. Auf dem Bett lag ein großer, flacher Karton. Lucy sah Nikolas fragend an.

Er lächelte. »Mach auf«, bat er. »Es ist dein Ballkleid.«

Lucy schnappte voller Freude nach Luft und stürzte sich sofort auf die schneeweiße Schachtel. Sie zog den Deckel ab, schob das

Papier darin aufgeregt zur Seite und sah direkt auf den fliederfarbenen Seidenstoff ihres Kleides. Vor lauter Freude klatschte sie in die Hände und hüpfte in die Luft. Mit einem Mal war all ihre Verzweiflung über ihre emotionale Auswirkung auf die Welt verflogen. Auch die Erkenntnis über ihren neuen Glaubenssatz war auf einmal nicht mehr wichtig. »Wann ist es denn angekommen?«, fragte sie aufgeregt.

»Gerade eben«, antwortete Nikolas. »Als du nicht da warst.« Lucy war so vertieft in ihre Freude, dass Nikolas jetzt zur Tür ging. »Wir trainieren später. Ich lasse euch zwei erst mal allein«, sagte er noch amüsiert, verließ den Raum und schloss leise die Tür. Als er wieder die Stufen hinunter ging, kontaktierte er in Gedanken Hilar. Er antwortete sofort.

Warum lachst du?, fragte Hilar.

Lucy, antwortete Nikolas und musste immer noch schmunzeln. *Ihr Ballkleid ist gekommen.*

Hilar lachte ebenfalls. *Steht das Haus noch?*

Auch wenn Nikolas gern über diesen Kommentar gelacht hätte, wurde er jetzt wieder ernst. *Genau darüber wollte ich mit dir reden.*

Nein. Das Haus ist echt eingestürzt??

Jetzt musste Nikolas doch lachen. Er ging wieder in die Küche und nahm die Tüte aus der Bäckerei in die Hand. *Es ist ein Glaubenssatz*, dachte er dann und schnupperte dabei in die Tüte hinein.

Ihre Ausrutscher?, fragte Hilar.

Zumindest was ihre positiven Gefühle betrifft, entgegnete Nikolas. *Sie hat Angst davor, glücklich zu sein.*

Jetzt ging auch Hilar ein Licht auf. *Das erklärt Einiges*, dachte er. *Sie verursacht Katastrophen, um sich daran zu hindern, zu glücklich zu sein*, wiederholte er Nikolas' Worte. *Miriam hat denselben dummen Glaubenssatz.*

Nikolas horchte auf.

Sie hat Angst, fuhr Hilar fort, *dass sie verlassen wird, wenn sie zu glücklich ist. Weil sie in den glücklichsten Momenten ihres Lebens immer jemanden verloren hat.*

Nikolas seufzte. *Die beiden sind sich ähnlicher, als sie denken.*

Hilar nickte energisch. Das konnte Nikolas spüren. *Lucy muss das umprogrammieren, bevor du sie mit nach Lumenia nimmst. Sonst richtet sie dort noch eine Katastrophe an.*

Ja, dachte Nikolas. Er wollte sich gar nicht vorstellen, was passieren konnte, wenn Lucy in Lumenia beim Tanz der Götter vor Glück zersprang.

Sie könnte dich noch in den Schatten stellen, mein Freund, lachte Hilar.

Kümmere du dich lieber um Miriam, lachte Nikolas.

Bin schon dabei.

Als Nikolas die Verbindung wieder kappte, ging Hilar zurück zu Miriam, die gerade an einem Schaufenster in der Einkaufsmeile stand und einen königsblauen Herrenanzug betrachtete.

»Sorry«, sagte Hilar. »Nik hat gerade angerufen«, scherzte er.

Doch Miriam reagierte nicht. Sie starrte den Anzug an und verlor sich in ihren Gedanken. Sie hatte das Gefühl, als wolle irgendeine Erinnerung zurück in ihren Kopf finden. Eine Erinnerung, die irgendetwas mit diesem Anzug zu tun hatte. Oder mit der Farbe. Doch es fühlte sich an, als stünde eine unüberwindbare Mauer zwischen ihr und dieser Erinnerung. »Merkwürdig«, murmelte sie und runzelte dabei dir Stirn. »Das erinnert mich an irgendetwas.«

»Hm«, machte Hilar und sah sich den Anzug an. »Sieht ein bisschen aus wie die Uniform eines blauen Gardisten. Zumindest von der Farbe her«, sinnierte er und wollte gerade weitersprechen, als Miriam plötzlich zusammenzuckte.

Ihr war ein Bild durch den Kopf geschossen. Nur ganz kurz. Ein

Bild eines Lumenischen Gardisten in einer blauen Uniform.

Hilar sah sie überrascht an. »Woher kennst du denn Taro?«, fragte er überrascht.

Sie guckte ihn an. »Wen?«

»Taro«, sagte er nachdenklich. »Hm«, machte er dann. »Womöglich hast du ihn kurz gesehen, als wir in Lumenia waren.« Doch es irritierte ihn ein wenig, dass sie bei diesem Bild so sehr zusammengezuckt war. Er lauschte weiter ihren Gedanken. Doch jetzt war alles still in ihrem Kopf.

»Wollten wir nicht meinen Glaubenssatz auflösen?«, fragte sie jetzt. Sie konnte sich das Bild in ihrem Kopf ebenfalls nicht erklären. Doch es verursachte ein ungutes Gefühl in ihr und ungute Gefühle konnte sie in ihrem Heilungsprozess nicht gebrauchen.

»Ja«, sagte Hilar nickend und ging auf ihr Ablenkungsmanöver ein. »Es ist eigentlich ganz einfach. Du musst ihm nur den Boden entziehen.«

»Und wie?«, fragte sie neugierig.

Hilar ging jetzt mit ihr weiter. »Indem du etwas ganz Grundlegendes erkennst«, sagte er und sah sie dabei bedeutsam an. »Dieser Glaubenssatz ist genauso wahr oder unwahr wie sein Gegenteil.«

Miriam blieb stirnrunzelnd stehen. »Hä?«, machte sie.

Hilar lachte. »Denk doch mal darüber nach. Dieser Glaubenssatz beeinflusst nur deswegen dein Leben, weil du ihn als wahr anerkennst. Würdest du genau das Gegenteil glauben, würde *dieser* Glaube dein Leben beeinflussen und steuern. Was sagt dir das? Dass beide Glaubenssätze wahr sind. Je nachdem, welchen du annimmst. Keiner ist wahrer als der andere. Denn sie sind austauschbar. Und etwas, das austauschbar ist, kann nicht die absolute Wahrheit sein, stimmts?«

Sie guckte ihn mit erschrockenem Gesicht an. »Oh mein Gott«, sagte sie. »Du hast recht!« So hatte sie das noch nie betrachtet. Dabei war es so offensichtlich. Glaubenssätze waren wandelbar. Und demnach konnten sie keine absolute Wahrheit sein. Sie hatte das Gefühl, als würde gerade ein Lügengerüst in ihr einstürzen, auf das sie ihr Leben lang hereingefallen war. Sie erkannte plötzlich, dass ihr Glaube, dass etwas Schlimmes passieren würde, wenn sie zu glücklich war, genauso der Wahrheit entsprach, wie der Glaube, dass ihr Glücklichsein etwas Gutes bewirkte. Es war erstaunlich. Durch diese simple Erkenntnis spürte sie, wie ihre Angst vor dem Glücklichsein auf einmal schwächer wurde. Sie blickte Hilar erstaunt an.

»Easy, oder?«, lachte er.

Sie nickte erstaunt. »Hat Lucy so auch ihren Armuts-Glaubenssatz aufgelöst?«

»Ich denke schon«, antwortete er. »Aber es gehört natürlich noch mehr dazu. Du musst dich auf den neuen Glauben konzentrieren, um ihn zu installieren. Das fällt dir aber leichter, wenn du weißt, dass er genauso wahr ist wie der alte.«

»Ja«, sagte sie. »Das fühlt sich jetzt auch viel einfacher an.« Sie war einfach fassungslos darüber, wie leicht das Leben erschien, seit Hilar an ihrer Seite war. Sie wollte ihn am liebsten nie mehr hergeben.

Hilar grinste in sich hinein. »Vorsicht«, sagte er dann. »Vielleicht wirst du mich ja wirklich nicht mehr los.«

30

EIN UNBESCHWERTES LEBEN ?

Lucy warf seufzend einen Blick auf ihr Ballkleid, das sie an ihren Spiegel gehängt hatte. Es war ein zauberhaftes, seidenes Abendkleid, das wie ein weicher Wasserfall von dem gepolsterten und gerafften Brustteil hinab fiel und sich dezent an den Körper anschmiegte. Sie konnte es kaum erwarten, es anzuziehen und dieses Spektakel endlich zu sehen – den Tanz der Götter. Sie wünschte sich, es wäre schon soweit. Als sie zur Tür ging, streichelte sie sanft mit der Hand darüber und seufzte erneut. Sie konnte kaum glauben, dass sie bald auf einem richtigen Ball tanzen würde. Davon hatte sie schon immer geträumt. Schon als kleines Kind. Wie viele Mädchen träumten davon, sich einmal wie eine Prinzessin zu fühlen und auf einen Ball ausgeführt zu werden? Für sie würde sich dieser Traum bald erfüllen.

Nikolas wusste, wie sehr sie sich darauf freute. Natürlich wusste er es. Er half ihr jeden Tag, ihre Energie anzuheben, damit ihr nicht noch einmal so ein Unfall wie im Dezember passieren konnte, wenn sie durch das Portal sprang. Außerdem hatten sie es sich zur Gewohnheit gemacht jeden Tag mindestens einmal *gemeinsam* zu spielen. Seit sie dieses gegenseitige Hochpushen ihrer Energien ausprobiert hatten, wollten sie gar nicht mehr damit aufhören. Mittlerweile verzehnfachte es ihre Energien fast und es trug auch dazu bei, dass Lucy ihre Fähigkeiten immer besser entwickelte.

Das Gedankenlesen war nun ein fester Bestandteil ihres Alltags und sie konnte nun auch viel besser und ohne Anstrengung ihre Gedanken und Gefühle vor anderen verbergen. Die Gefühle, die sie von anderen Menschen wahrnahm, fühlte sie immer noch so intensiv, als wären es ihre eigenen, aber sie lernte immer besser, sie zu differenzieren. Auch zeigte sich langsam die Fähigkeit der bewussten Telekinese. Sie schaffte es also langsam, dass sich Gegenstände nicht versehentlich bewegten oder explodierten, sondern weil sie es *wollte*. Nikolas half ihr jeden Tag, diese Fähigkeit zu trainieren. Sie fühlte sich, als bestünde ihr Leben zur Zeit nur aus Unterricht. Jetzt musste sie nur noch lernen, diesen dummen Glaubenssatz zu entfernen, damit ihr so schön trainierten Glücksgefühle keinen Schaden mehr anrichten konnten.

Auch hatte sie bereits ihre Ausbildung als Heilpraktikerin begonnen und es war oft anstrengend, sich all die Dinge zu merken, die sie dort jeden Tag lernte. Und wenn sie dann nach Hause kam, ging das Lernen und Trainieren weiter. Aber es war schön, mit Nikolas zu trainieren. Es machte Spaß. Sie war glücklich. Und jetzt, wo ihr Ballkleid gekommen war, schwebte sie schon wieder fast vor Glück. Zufrieden ging sie wieder in die Küche, öffnete gedankenverloren den Kühlschrank, holte sich ein Würstchen heraus und biss genüsslich hinein.

»Du solltest nicht so viel von dem Zeug essen«, hörte sie Nikolas hinter sich sagen. Er saß am Tisch und schrieb an seinem nächsten Vortrag für die Uni. Alea hatte ihm dabei geholfen einen lückenlosen Lebenslauf zu erschaffen. Das war eine Menge Arbeit gewesen, denn sie mussten ein ganzes Leben für ihn aufbauen. Ein Leben, das er nie gelebt hatte. Zumindest nicht hier. Es galt, Jobs zu erschaffen, Schulcomputer zu manipulieren, Zeugnisse zu erstellen und vor allem: Geschichten zu erfinden und diese an den verschiedensten Orten in die unterschiedlichsten Archive und Computer einzuspeisen. Von der Geburt, über die Schullaufbahn, den Führerschein, das Studium, verschiedene Jobs, Kontoführungen, Wohnungen, bis hin zu praktischen Erfahrungen als Dozent an verschiedenen Unis, wofür er zwar noch recht jung war, aber sie hatten sich überlegt, er könne ja besonders begabt sein und die Uni schneller hinter sich gebracht haben als andere. Als sie dann den perfekten Lebenslauf für ihn zusammengestellt hatten, war Nikolas tatsächlich zur Uni gegangen, um sich zu bewerben. Und jetzt war er Dozent. Ein sehr erfolgreicher und beliebter Dozent. Besonders bei den Frauen. Wenn Lucy in der Uni aufkreuzte, um ihn zu besuchen, spürte sie die Welle der Eifersucht wie einen Tsunami über sich hereinbrechen. Aber sie hatte gelernt, damit umzugehen. Sie musste eben akzeptieren, dass er als Lumenier ein besonderes Charisma hatte, das die Menschen faszinierte. Außerdem war er der hübscheste Dozent, den man wohl je in dieser Uni gesehen hatte.

»Nur weil du Veganer bist, heißt das nicht, dass ich auch einer sein muss«, schmatzte Lucy und setzte sich zu ihm an den Tisch.

»Nein«, meinte er mit ruhiger Stimme. »Aber es schadet deinem Körper. Hast du nicht vor Kurzem etwas über den Säure-Basen-Haushalt gelernt?« Jetzt hob er die Augenbrauen und lächelte sein typisches halbseitiges Lächeln.

Lucys Herz schmolz wie Eis in der Sonne und sie vergaß fast, zu kauen. »Schon«, seufzte sie verliebt. »Aber so schlimm wird's schon nicht sein.«

Jetzt legte er den Stift auf den Block und faltete seine Hände darüber. »Hast du dich schon mal gefragt, wie alt mein Vater ist?«, fragte er jetzt mit gespanntem Gesichtsausdruck.

Lucy schüttelte mit dem Kopf. »Aber ich schätze ihn mal so auf Mitte oder Ende 50?«

Nikolas lächelte wissend. »Er ist 150.«

Lucy blieb das Würstchen fast im Hals stecken. Sie hustete kurz und sah ihn dann erstaunt an. »150? Wie hat er denn *das* geschafft?«

Nikolas sah unbeeindruckt aus. »Er wird noch viel älter werden. Und das liegt nicht nur an der Energie und dem Spiel der Götter«, erklärte er und deutete auf ihr Würstchen.

Lucy hob das Würstchen hoch und sah ihn ungläubig an, wobei sie ein Auge halb zukniff. »Du erzählst mir doch jetzt nicht, dass es an seiner fleischlosen Ernährung liegt?«

Nikolas lachte über ihr Gesicht, antwortete aber nicht mit einem kurzen Nein, so wie Lucy es erwartet hatte. »Seinen Körper gesund und jung zu halten, liegt nicht ausschließlich an den Gedanken und Gefühlen oder der hohen Energie. Man muss auch auf seinen Körper achten und ihn gut behandeln. Ihm Nahrung zuführen, die er braucht, die ihm nützt und die energetisch hochwertig ist.« Er sah auf das halbe Würstchen in ihrer Hand und warf ihr dann einen zweifelhaften Blick zu. »Abgesehen davon, dass es nicht besonders gesund ist«, fuhr er fort, »ist die Energie auch sehr schädlich. Ich kann sie bis hierher spüren.«

Lucy schluckte den letzten Brocken hinunter und sah das Würstchen dann an. »Was ist denn mit der Energie?«

»Du weißt, dass sich starke Emotionen in den Körperzellen abspeichern«, erinnerte er sie. »Denk nur mal daran, was das Tier in seinen letzten Lebenssekunden gefühlt hat. Oder während seines ganzen Lebens...«

Dann wandte er sich – so unbekümmert, als hätte er nur über das Wetter gesprochen – wieder seinem Block zu. Lucy wurde sofort schlecht. Sie wollte gar nicht darüber nachdenken, aber die Bilder kamen trotzdem in ihr hoch. Sie stand kurzerhand auf, schmiss das Würstchen in den Müll und trank ein großes Glas Quellwasser hinterher. Nikolas sagte, Quellwasser habe eine positive Programmierung, also gute Energie. Vielleicht konnte sie den Schaden damit wieder ausgleichen. Sie war schockiert, dass sie ihr ganzes Leben lang Nahrungsmittel gegessen hatte, die mit einer solch negativen Schwingung belastet waren. Wenn sie genauer darüber nachdachte, hatte sie *Todesängste* gegessen. Und wenn sie sich klarmachte, wie diese Tiere gehalten wurden … Nein, das war zu viel. Wieso hatte sie darüber nicht schon viel früher nachgedacht? Plötzlich kam ihr Miriam in den Sinn. Sie hatte noch vor Ende des Jahres von Linn eine Liste bekommen, wie sie sich ernähren sollte und welche besonderen Lebensmittel sie ihrem Körper zuführen sollte, um ihn wieder ins Gleichgewicht zu bringen. Seit dem aß sie auch kein Fleisch mehr und achtete penibel genau darauf, sich basenüberschüssig zu ernähren.

»Ihr ernährt euch auch so«, erinnerte sie sich. Nikolas hatte ihr gleich am Anfang erklärt, dass er all die Dinge, die sie als normal empfand, nicht aß. Sie lugte über Nikolas' Schulter auf seinen Block. Es ging in seinem Vortrag erneut um Gefühle. »Sehen deswegen alle in Lumenia so hübsch aus? Weil sie sich gut ernähren?«

Jetzt sah er auf und blickte sie schmunzelnd an. »Kennst du das Sprichwort: Du bist, was du isst?«

Lucy nickte.

»Wenn du dich nur von frischen, gesunden, positiven Lebensmitteln ernährst, geht die Information dieser Nahrung auf deinen Körper über. Es ist alles Information, Lucy. Alles ist Energie. Es kommt immer darauf an, welche Information du dir einverleibst. Ob körperlich oder geistig.«

Lucy sah ihn interessiert an. Das war ein klares »Ja«.

»Habt ihr dann gar keine dicken Menschen in Lumenia? Oder Menschen, die nicht genug auf den Knochen haben? Werdet ihr niemals krank?«

Er schüttelte mit dem Kopf.

Es war unfassbar. Lucy wurde fast neidisch. Die Frauen, denen sie bisher in Lumenia begegnet war, waren alle so schön und sie … Sie hatte sich immer über ihre Oberschenkel geärgert, die – obwohl sie in den letzten Jahren kaum etwas essen konnte – diese lästige Cellulite angesetzt hatten. Das kannten die Frauen in Lumenia wahrscheinlich gar nicht. Lucy konnte in diesem Moment kaum glauben, dass sich Nikolas – obwohl es in seinem Heimatland so schöne, perfekte Frauen gab – für *sie* entschieden hatte.

Jetzt drehte sich Nikolas auf dem Stuhl zu ihr um, packte ihre Hüfte und zog sie auf seinen Schoß. Dann schlang er seine Arme um ihren Bauch und sah sie verliebt an. »Mir ist völlig egal, wie die Frauen in Lumenia aussehen«, sagte er und streichelte zärtlich über ihren Oberschenkel.

Lucy senkte den Kopf. »Aber mir nicht«, seufzte sie. »Ich möchte auch so sein wie sie. Und Dinge, die mich an meinem Körper stören, ändern.« Sie dachte an ihr Ballkleid. Und daran, dass man durch den dünnen Seidenstoff womöglich jede Unebenheit sehen konnte. »Aber es gibt Dinge, die gehen nicht mehr weg, wenn man sie erst einmal hat.« Sie machte ein trauriges Gesicht, aber Nikolas lachte leise in sich hinein. »Das ist nicht komisch!«, sagte sie ärgerlich.

»Doch«, entgegnete Nikolas kichernd. »Wolltest du gerade damit sagen, dass es unmöglich ist, deinen Körper zu verändern?«

Sie sah ihn stumm an und einen Moment später lachte sie ebenfalls. Wie dumm von ihr. Natürlich war es *nicht* unmöglich. Gerade *sie* müsste das wissen. Wo sie sich doch Allergien weggezaubert hatte, von denen die Ärzte gesagt hatten, sie würde für immer damit leben müssen. Aber verhielt es sich genauso mit äußerlichen Dingen?

Nikolas nickte. »Sobald du dich gut um deinen Körper kümmerst, kommt er in seinen ursprünglichen, gesunden Zustand zurück. Du weißt doch: Er ist auf Selbstheilung programmiert. Und wenn du ihm das gibst, was er dazu braucht – wie zum Beispiel positive Nahrung – erleichterst und beschleunigst du diesen Prozess damit. Und alles Andere kannst du mit deinen

Gedanken und Gefühlen regeln.«

Spätestens jetzt war sie eine absolut überzeugte Veganerin. Sie wollte es schaffen, ihren Körper bis zum großen Ball auf Vordermann zu bringen und dazu hatte sie nur noch zwei Wochen Zeit. Also musste sie sofort anfangen. Sie sprang von seinem Schoß, lief in den Flur und wählte Miriams Nummer. Sie wollte sich ihre Ernährungsliste kopieren.

Hilar beobachtete, wie Miriam in ihrer Handtasche kramte und ihr Handy herauszog. Er hörte Lucys aufgeregte Stimme am anderen Ende und lachte, als er in Miriams Gedanken mitbekam, worum es ging.

»Na klar, ist gar kein Problem!«, sagte sie. Dann wurde ihre Stimme leiser und sie hielt ihre Hand vor den Mund, damit niemand im Café hörte, worüber sie sprach. »Du weißt ja, ich hatte auch so meine Probleme damit«, erzählte sie. »Obwohl ich so viel Sport gemacht habe!«, fügte sie empört hinzu. »Aber seit ich mich nach dieser Liste richte, ist das … *Problem*«, jetzt sprach sie noch leiser, »regelrecht weggeschmolzen.«

Lucy jubelte am anderen Ende und erzählte ihr, dass sie es um jeden Preis schaffen wollte, so makellos wie die Lumenischen Frauen in diesem Kleid auszusehen. Miriam konnte sie gut verstehen und sagte, sie würde später mit Hilar vorbeikommen. Dabei sah sie ihn fragend an und er nickte sofort.

Als sie dann auflegte, seufzte sie. Hilar spürte erneut die Sehnsucht in ihr. Sie wollte auch gern auf diesen Ball gehen, war sich aber auch im Klaren darüber, dass sie es bis dahin wohl nicht schaffen würde, ihre Energie derart anzuheben. Außerdem würde ein solcher Ball die Sache zwischen ihr und Hilar nicht gerade einfacher machen. Sie war schon jetzt unsterblich in ihn verliebt und konnte und wollte sich mit dem Gedanken einfach nicht anfreunden, dass er in seine Heimat zurückkehren würde, wenn sie wieder vollkommen gesund war. Sie warf einen Blick auf die Mappe mit den Untersuchungsergebnissen ihres Arztes, die neben Hilars Arm auf dem Tisch lag. Sie stand alle zwei Wochen beim Doktor auf der Matte, um von ihm nachsehen zu lassen, wie es mit ihr stand. Und es wurde zu seiner und zu der Überraschung der gesamten Ärzteschaft von Mal zu Mal besser. Und das ganz ohne Chemotherapie, die sie zum Schrecken ihrer Familie abgelehnt hatte. Hilar hatte ihr beigebracht, nicht mehr gegen ihre Krankheit anzukämpfen; weil sie sich nur ohne Kampf ganz und gar auf Gesundheit konzentrieren konnte. Und das war wichtig, um sich zu heilen. Sie musste ihre gesamte Aufmerksamkeit auf Gesundheit richten. Mit einem inneren Kampf gegen die Krankheit war dies nicht möglich. Das hatte sie schnell gemerkt. Und ganz offensichtlich funktionierten diese Spielregeln, die er ihr beigebracht hatte. Miriam freute sich natürlich darüber und auch Lucy war jedes Mal in Feierlaune, wenn wieder ein Arzttermin überstanden war. Aber es bedeutete auch, dass sie sich wohl bald von Hilar verabschieden musste. Er hatte so viel für sie getan und ihr so sehr geholfen, dass sie es in ihrem ganzen Leben nicht wieder gutmachen konnte. Er war ihr Engel. Ihr Retter. Seit er in ihrem Trümmerhaufen von Leben aufgetaucht war, hatte er jeden Tag mit ihr verbracht. Half ihr jeden Tag dabei, ihre Energie anzuheben und Euphoria zu spielen. Ohne seine Unterstützung hätte sie all das nie geschafft. Sie beherrschte die Spielregen mittlerweile ganz gut. Die Absichtslosigkeit war ihr so in Fleisch und Blut übergegangen, dass alles in ihrem Leben ganz leicht und unbeschwert geworden war. Ihre inneren Kämpfe hatten fast vollständig aufgehört. Nur manchmal, wenn sie an ihre Familie dachte oder wieder einen Streit miterlebte, geriet sie noch in Panik und musste weinen. Hilar holte sie dann sofort aus diesen Tiefs heraus. Er war wirklich ihr Held. Ihr Lebensretter. Sie seufzte erneut und steckte das Handy wieder weg. Dann nahm sie die

Tasse wieder in die Hände und nippte an ihrem Tee.

Hilar beobachtete sie einen Moment lang und dachte über ihre Gedanken nach. Er hatte sich ihr die letzten Monate nur auf freundschaftlicher Basis genähert. Obwohl er weitaus mehr für sie empfand. Er wusste nicht, wie es weitergehen sollte. Lumenia für immer zu verlassen war für ihn undenkbar und Miriam würde sicher niemals ihre Familie und ihre beste Freundin verlassen, um mit ihm dort zu leben, wo er sich am wohlsten fühlte. Er fand sich in derselben Situation wieder, in der Nikolas letztes Jahr gesteckt hatte. Nur, dass er diese Welt von früher schon kannte und sicher war, dass er hier klarkommen würde. Hilar hingegen war hier so fremd wie man nur sein konnte. Er geriet immer noch in höchst peinliche Situationen, weil er einfach nicht wusste, wie man mit den Menschen in dieser Welt umzugehen hatte. Sie waren mit ihren inneren Kämpfen und ihren seltsamen Verhaltensweisen oft so erschreckend. Miriam erklärte ihm zwar viele Dinge und schaute sich mit ihm oft Filme an, in denen er mehr über die Menschen hier erfahren konnte, aber auch hier verstand er das Denken und Handeln der Menschen nicht. Besonders Beziehungsdramen waren ihm ein großes Rätsel. Obwohl er sich selbst gerade in einem solchen Drama befand.

Ach, verdammt!, dachte er und sah Miriam nun entschlossen an. Er hatte keine Lust auf Dramen. Er würde schon eine Lösung finden. »Würdest du mit mir auf den Ball gehen?«, fragte er kurz heraus und blickte sie hoffnungsvoll an.

Ihre Augen begannen zu leuchten wie zwei Sterne und ihr ganzes Gesicht erhellte sich sofort zu einem überwältigenden Strahlen, das ihm fast den Atem raubte. »Wirklich?«, fragte sie. Ihre Glücksgefühle stürmten über den Tisch zu ihm hinüber wie eine Böe aus Euphorie.

Er nickte lächelnd und Miriam sprang fast vom Stuhl vor Freude. »Nichts lieber als das!!«, rief sie. Sie hatte arge Probleme damit, ihre Euphorie im Zaum zu halten. Sie platzte aus ihr heraus und kitzelte deutlich spürbar an ihren Stimmbändern, so dass sie am liebsten vor Glück gejubelt hätte. Sie schickte Lucy in Gedanken ein aufgeregtes *Wir müssen shoppen gehen!* und malte sich in Gedanken schon einmal aus, was sie auf dem Tanz der Götter tragen wollte.

»Hast du eine Lieblingsfarbe?«, fragte sie Hilar aufgeregt.

Blau, dachte er ihr entgegen. Manchmal schaffte sie es schon, seine Gedanken zu hören und er nutzte jede Gelegenheit, diese Fähigkeit bei ihr zu trainieren.

»Blau?« Sie war sich oft noch unsicher. Aber sie lag jedes Mal richtig, wenn sie noch einmal nachfragte.

Er nickte und sah in ihren Gedanken wie sie verschiedene Blautöne an sich ausprobierte. Er amüsierte sich köstlich über ihre euphorischen Gedanken und genoss ihre Glücksgefühle. Allerdings wusste er, dass dieser Ball auch eine Entscheidung mit sich bringen würde. Und welche das sein würde war ihm noch völlig unklar.

Als sie das Café verließen und wieder durch die Einkaufsmeile schlenderten, dämmerte es schon fast. Die untergehende Sonne schickte ihr rotes Licht zwischen die Häuser hindurch und leuchtete in Hilars blondem Haar. Sie sah ihn verträumt an und stellte sich vor, wie sie mit ihm stundenlang auf dem Ball tanzen würde. Sie konnte es kaum erwarten.

Doch dann jagte ihr plötzlich ein seltsames Gefühl durch den Körper. Es zwang sie regelrecht dazu, sich umzudrehen und über ihre rechte Schulter zu schauen. Und als sie es tat, blieb sie abrupt stehen und erstarrte. In einiger Entfernung spazierte ihre Schwester Chrissy an den Schaufenstern entlang. Sie hatte ihre gesamte Familie dabei. Die Kinder, die sie so lange nicht gesehen hatte. Sie erkannte sie kaum wieder. Sie waren so groß geworden. Miriams Gefühle stürzten ab. Ein unvorstellbarer Schmerz stach ihr wie ein Säbel mitten ins Herz und ihr schossen sofort Tränen in die Augen. Hilar legte einen Arm um ihre Schultern und drückte sie an sich.

»Geh zu ihr«, flüsterte er.

Sie schüttelte sofort wild mit dem Kopf.

Sie will mich nicht, gab sie ihm in Gedanken zur Antwort. *Ich erinnere sie daran, dass sie eine Familie hat, mit der sie nichts zu tun haben will. Sie beschuldigt uns für ihr ganzes Leid. Sie will nicht.*

Miriam sah zu, wie Chrissy unbeschwert lachte und wie die Kinder, die sie so sehr liebte, um sie herumliefen. Sie fühlte sich, als würde sie im nächsten Moment einfach umfallen und sterben vor Schmerzen. Dann kam ihr noch Carla in den Sinn, die sie ebenfalls seit einer Weile nicht gesehen hatte; weil sie es nicht verkraften konnte, dass Miriam schwer krank war und sich gegen die Chemotherapie entschieden hatte. Sie fürchtete, dass sie sterben würde und konnte und wollte sich Miriams Leid nicht mit ansehen, weil sie nicht damit zurechtkam. Sie alle waren so voller Kämpfe. So voller Ängste, Wut und Hass. Miriam wusste immer noch nicht, wie sie damit umgehen sollte. Aber sie wusste, dass sie nicht daran sterben wollte. Sie wollte leben. Und wenn sie jetzt, wie ihre Schwestern, gegen all den Schmerz ankämpfte, würde sie durch diesen Kampf womöglich ihre Krankheit neu aufflammen lassen. Die Krankheit, von der Chrissy immer noch nichts wusste. Also atmete sie tief ein und akzeptierte alles so voller Inbrunst, dass sich ihr Körper sofort entkrampfte. Sie ließ Chrissy vorbeigehen, sah ihr traurig nach und wandte sich dann wieder Hilar zu. »Manchmal wünschte ich, sie würden die Welt so sehen wie du, Hilar«, sagte sie leise. »Ohne Kampf und frei von Leid.«

Hilar sah sie voller Mitgefühl an und berührte ihr Gesicht sanft mit seiner Hand. Es war ganz heiß vor Aufregung und feucht von ihren Tränen. *Das wünschte ich auch*, dachte er. »Und eines Tages wird es auch so sein«, fügte er überzeugt hinzu. »Sie brauchen nur ihre Zeit, um zu erkennen, dass sie ihr Leid selbst beenden können.«

Miriam liefen erneut Tränen über die Wangen. »Und was ist, wenn sie das nie erkennen? Dann werden sie mit ihrem Leid immer mehr Leid verursachen. Dann wird es nie ein Ende haben«, weinte sie. »Und ich werde nie wieder…« Sie sprach nicht weiter, formulierte aber den Satz in ihrem Kopf zu Ende: *meine Schwester in den Arm nehmen können. Mit ihr lachen und Spaß haben – so wie früher. Ich werde nie wieder eine richtige Familie haben. Nur einen Trümmerhaufen von Menschen, die sich gegenseitig bekämpfen.*

»Hab Vertrauen«, sagte er und nahm sie jetzt fest in den Arm. »Vielleicht können wir ein bisschen nachhelfen.«

Er hasste es, wenn Miriam weinte. Er hasste es so sehr. Er wollte sie so glücklich sehen wie zuvor in dem Café und es machte ihn wütend, dass sie so sehr litt. Aber er musste es akzeptieren. Ebenso wie sie akzeptieren musste, dass ihre Familie noch nicht soweit war, ihr Leid aufzugeben. Aber er sah sich schon vor Chrissys und Carlas Haus stehen und etwas mit ihnen und auch mit ihren Eltern tun, das er noch nie getan hatte. Er wollte ihnen helfen. Und wenn es nötig war, dass er seine Kraft opferte, um sie wenigstens für einen Moment durch seine Augen blicken zu lassen, würde er das tun. Nur, um ihnen zu zeigen, dass es ein Leben ohne Leid gab und es nur eine Entscheidung weit entfernt lag.

Er versuchte es zu ignorieren, dass ihm in diesem Moment Taro in den Sinn kam. Erneut. Er hatte absolut nichts mit Taro gemeinsam und es verwirrte ihn, sein Gesicht in seinem Kopf zu sehen, während er über Miriam und ihre Familie nachdachte. Aber ihm wurde beigebracht, aufblitzende Gedanken, Bilder und Gefühle ernst zu nehmen. Also folgte er dem Bild schließlich doch und spürte – wie schon unzählige Male zuvor – das bohrende Gefühl, dass etwas nicht stimmte und dass sich etwas seinem Bewusstsein entzog, das von äußerster Wichtigkeit war. Was dies mit Miriam und ihrer Familie zu tun hatte, war ihm nicht klar. Er konnte ja nicht einmal erkennen, was dieses Gefühl zu bedeuten hatte. Aber da war etwas. Da war etwas, das sich nicht mehr ignorieren ließ. Und es schien direkt mit dem Leid verknüpft zu sein, das Miriam und ihre Familie empfanden. Und das auch er spürte. Irgendetwas entging hier seiner Aufmerksamkeit. Etwas sehr Wichtiges. Das spürte er bis ins Mark.

31

DER TANZ DER GÖTTER

Langsam neigte sich der Tag dem Ende zu. Der Tag auf den sich Lucy mehr gefreut hatte als auf alle Weihnachtsfeste gemeinsam. Er hatte einen geheimnisvollen Zauber gehabt, der jetzt – wo der Abend immer näher rückte – nur noch leuchtender, pulsierender und aufregender wurde. Ein Zauber, wie sie ihn noch nie erlebt hatte. Er hatte sich schon heute Morgen, als sie die Augen aufgeschlagen hatte, wie ein glitzernder Schimmer auf ihre Wirklichkeit gelegt. Es war ein magischer Tag gewesen. Und nun ging er mit voranschreitender Stunde gemütlich dem Höhepunkt entgegen. Dem Höhepunkt, dem dieser Tag seinen Zauber verdankte: Der Tanz der Götter.

Lucy betrachtete sich im Spiegel und lächelte zufrieden. Sich an Linns Liste zu halten war eine gute Idee gewesen. Ihr Körper hatte sich in ein strahlendes Abbild gesunder Schönheit verwandelt. Und das in dieser kurzen Zeit. Es war erstaunlich. Ihre Beine hatten noch nie so schön ausgesehen. Und ihr Teint war noch rosiger und frischer als jemals zuvor. Das Kleid schmiegte sich mit seinem dünnen Stoff weich und warm an ihre Haut und untermalte jede ihrer Bewegungen mit seinem schimmernden Glanz. Sie liebte dieses Kleid. Und sie liebte es deshalb so sehr, weil sie darin in ein paar Stunden mit Nikolas tanzen würde. Bei dem Gedanken daran hüpfte ihr Herz geradezu vor Freude. Es war bald soweit. Noch einmal drehte sie den Kopf hin und her, um zu sehen, ob ihre Frisur richtig saß. Die Locken, die sie sich in die Haare gedreht hatte, wippten mit den Bewegungen und schienen vor Freude schon den Tanz zu tanzen, auf den sie schon den ganzen Tag ungeduldig wartete. Sie hatte sich das Haar hochgesteckt und mit einem fliederfarbenen Seidenband geschmückt, dessen Enden sanft über ihren Rücken streichelten. Sie lächelte sich noch einmal zufrieden an und ging dann aus dem Zimmer.

Nikolas wartete schon am Fuße der Treppe auf sie. Er trug einen Smoking und hatte sich das widerspenstige, lockige Haar erneut mit Gel in Form gebracht. Das zurückgekämmte Haar veränderte seine Gesichtsform völlig. So sah er viel maskuliner aus. Und unglaublich verführerisch. Ihr war, als würde sie sich ein weiteres Mal in ihn verlieben.

Langsam schwebte sie die Treppe hinunter auf sein Lächeln zu und mit jeder Stufe schlug ihr Herz wilder. Das Kribbeln in ihrem Bauch raubte ihr fast die Luft zum Atmen. Und die Tatsache, dass dabei keine Glühbirne platzte oder irgendein Gerät in die Luft flog, steigerte ihre Glücksgefühle nur umso mehr. Sie schien die Sache jetzt gut im Griff zu haben. Als Nikolas ihr erklärt hatte, dass Glaubenssätze keine absolute Wahrheit waren, da man sie ja beliebig austauschen konnte, war ihre Angst – so wie bei Miriam – geradezu von ihr abgefallen. Seitdem hatten ihre Ausrutscher um 80-90 % abgenommen – zumindest was ihre positiven Gefühle anging. Nikolas vermutete, dass die restlichen Ausrutscher mit ihrer enormen Energie zu tun hatten. Aber sie hatte jetzt keine Angst mehr, dass ihre Glücksgefühle irgendeinen Schaden anrichten konnten.

»Du siehst bezaubernd aus«, waren Nikolas' samtweichen Worte, als sie unten ankam. Er nahm ihre Hand und küsste sie wie in einem dieser uralten, romantischen Filme. Lucy schmolz dahin.

Dann holte er etwas hinter seinem Rücken hervor und reichte es ihr. Es war eine flache, schwarze Schachtel. Lucy öffnete sie neugierig und seufzte, als ihr etwas aus der Schachtel entgegenzukommen schien. Es fühlte sich an wie eine warme Brise. Als habe sie eine Tür geöffnet, durch die ein kleiner, warmer Windstoß floh. Und er ging direkt von dem milchig-weißen Stein aus, der dort auf schwarzem Samt lag. Er war oval und hing an einer silbernen Kette.

Lucy sah auf und strahlte. »Sie ist wunderschön!«, sagte sie.

Nikolas griente glücklich, nahm die Kette und legte sie Lucy um den Hals. »Ich sollte dir sagen, dass sie nicht nur deinen hübschen Hals ziert«, sagte er und küsste ihren Nacken.

Lucy wandte sich um und blickte ihn fragend an.

»Sie ist darauf programmiert, dich zu beschützen.«

Jetzt stieß sie ein leises Stöhnen aus und legte den Kopf schräg. »Hast du immer noch Angst wegen Taro?«, fragte sie.

Er zuckte mit einer Schulter und senkte den Blick. »Sie beschützt dich nicht nur vor Taro. Sondern vor allem, was dir schaden kann.«

Lucy berührte den Stein, der sich angenehm warm anfühlte und seufzte, als sie ihn noch einmal an ihrem Hals betrachtete. »Na schön«, flüsterte sie und gab Nikolas einen Kuss. »Ich finde sie trotzdem wunderhübsch.« Dann schenkte sie ihm ein glückliches Lächeln, nahm seine Hand und tänzelte mit ihm aus dem Haus.

Es war warm und die Luft roch nach Blumen und Wiese. Es war ein wunderschöner Frühlingstag. Der Winter war schon lange vergessen. Und auch die Ereignisse, die er mit sich gebracht hatte. Miriam war fast vollständig geheilt und an Marius hatten sie schon sehr lange nicht mehr gedacht. Alles war einfach perfekt.

Die Fahrt zu Miriam dauerte nur ein paar Minuten. Als sie aus dem Wagen ausstiegen und auf das Haus zu gingen, öffnete Hilar schon freudestrahlend die Tür. Er trug ebenfalls einen Smoking und sein Haar war zum ersten Mal nicht auf seine typische Weise in Stoppeln nach oben gestylt, sondern war nun locker und natürlich nach hinten gekämmt. Erst jetzt konnte man sehen, dass seine blonde Haarpracht leicht gewellt war.

Hilar begrüßte Nikolas mit einem Handschlag und nahm Lucy vorsichtig – als wolle er ihr Kleid nicht zerknittern – in den Arm. »Du siehst toll aus!«, sagte er zu ihr.

»Du auch!«, entgegnete Lucy glücklich und deutete auf sein Haar, woraufhin er grinste und sie ins Haus schob.

Im Wohnzimmer saßen Miriams Eltern und die kleine Maja. Alle drei blickten Lucy mit offenem Mund an, als sie den Raum betrat.

»Meine Güte, das muss ja ein toller Tanzverein sein!«, sagte Miriams Vater und hob den Daumen.

Lucy lächelte beschämt. Es war ihr unangenehm, Miriams Eltern zu belügen, aber sie konnten ihnen ja schlecht die Wahrheit erzählen.

»Du siehst wunderhübsch aus, Lucy!«, rief Miriams Mutter aus und stand auf, um Lucy einen Kuss auf die Wange zu geben. Dann nahm sie sie in den Arm und flüsterte etwas in ihr Ohr: »Miriam ist noch gar nicht runtergekommen«, raunte sie. »Vielleicht braucht sie Hilfe mit dem Kleid. Schaust du mal nach ihr?«

Lucy nickte und ging sofort nach oben. Derweil setzte sich Nikolas mit Hilar zu der kleinen Maja, die sich wieder aufmerksam einem ihrer Hobbys widmete. Sie blickte gebannt in den Fernseher, in dem gerade ein Konzert flimmerte und den Raum mit klangvoller Musik und dem euphorischen Gekreische von Fans füllte.

»Wer ist das?«, fragte Hilar die Kleine erstaunt, woraufhin er einen solch empörten, fassungslosen Blick erntete, dass er sich sofort auf die Lippe biss, weil er dachte er habe schon wieder etwas Peinliches gesagt.

»Das *ist* auch peinlich!«, bestätigte sie entrüstet und schüttelte mit dem Kopf. »Jeder kennt doch Michael Jackson!«

Hilar starrte sie entgeistert an und hob dann den Blick zu Nikolas, der Maja ebenso verdattert anblickte wie Hilar. Dann tauschten die beiden einen Blick und wurden sich schnell einig darüber, dass sie eine gedankliche Barriere aufbauen sollten. Maja war in der Lage, ihre Gedanken zu hören.

Hilar hatte geahnt, dass die Kleine anders war als die Menschen, denen er bisher in dieser Welt begegnet war. Aber er wäre nicht darauf gekommen, dass sie Gedanken lesen konnte. Normalerweise taten sich die Menschen in dieser Welt schwer damit. *Es muss an ihrer hohen Energie liegen*, schickte Hilar seine Gedanken an Nikolas. *Sie hat ihr Bewusstsein ganz allein erweitert.*

Nikolas antwortete mit einem kaum merklichen Nicken und betrachtete Maja eine Weile. Von ihr ging ein unglaubliches Gefühl der Faszination aus und eine Begeisterung und Liebe, die ihn regelrecht ansteckte. Er wandte sich dem Fernseher zu und betrachtete gemeinsam mit Hilar den Mann, der diese Gefühle bei ihr auslöste. Nikolas hatte ihn schon früher gekannt. Als er noch ein kleiner Junge und in dieser Welt zu Hause gewesen war. Damals hatte er es geliebt, ihm beim Tanzen zuzusehen und seine Musik hatte eine vibrierende, energetische Anziehungskraft auf ihn ausgeübt. Damals war er sich nicht klar darüber gewesen, was es war, das diese Gefühle in ihm ausgelöst hatte. Erst jetzt erkannte er, was er mit seiner Musik und seinem Tanz tat. Denn erst jetzt konnte er es mit anderen Augen betrachten.

Maja war wie gefesselt. Sie folgte jeder seiner Bewegungen mit einem solchen Leuchten in ihrem Gesicht, dass es fast wirkte, als sei sie hypnotisiert. Dabei stiegen ihre Glücksgefühle so weit an, dass sich die Energie des ganzen Raumes anhob. Hilar warf Nikolas erneut einen verblüfften Blick zu und schaute dann auch eine Weile bei dem Konzert zu. Und während er beobachtete, wie der Sänger so pulsierend zum Rhythmus über die Bühne wirbelte, wurde ihm endlich klar, was es mit der Faszination der Menschen in dieser Welt auf sich hatte.

Es ist das Göttliche, das sie sehen, dachte Nikolas für ihn, während er der Show aufmerksam folgte. *Das wahre Selbst.*

Das war es, was die Menschen faszinierte. Wenn es Menschen gab, die das Göttliche – ihren wahren Kern – auslebten, löste das bei den Menschen Begeisterung aus. Ein Teil dieses göttlichen Inneren waren ganz offensichtlich Talente. Dinge, die man gerne tat und in denen man wirklich aufging. Wenn man mit Leidenschaft etwas tat, das man liebte, das *in* einem war und hinaus wollte, lebte man einen Teil des inneren Gottes. Ob es nun ein Bildhauer war, der mit leidenschaftlicher Präzision arbeitete, eine Konditorin, die mit Liebe und Hingabe zauberhafte Kreationen schuf oder ein Sänger, der im Klang seiner eigenen Musik aufging und seinen göttlichen Kern geradezu explodieren ließ. Das waren Menschen, die aufwachten. Menschen, die mit Leidenschaft etwas taten, das sie liebten, waren erwachende Götter. Und diese elektrisierende Kraft konnten die Menschen spüren. Sie begeisterte und faszinierte sie. Weil sie sich ebenso danach sehnten, aufzuwachen und ihr göttliches Selbst herauszulassen.

Endlich sagte Hilar nun auch der Begriff *majestätisch* etwas. An sich selbst konnte er diese Eigenschaft nicht entdecken, aber wenn er einen anderen Menschen beobachtete, der sich seines göttlichen Selbst oder zumindest einem Teil davon so sicher war, konnte er sehen, was es bedeutete. Und jetzt verstand er auch, warum die Menschen von *ihm* fasziniert waren. Er war sich dieser Göttlichkeit bewusst. Er lebte dieses wahre Selbst. So wie jeder Lumenier. Und manchmal gab es auch in dieser Welt Menschen, die diesen Kern in sich entdeckten und ihn auslebten. Wenn auch nur für

Momente. Aber diese Momente waren es, die faszinierend wirkten.

Während sie dasaßen und über Faszination und Begeisterung sinnierten, kümmerte sich Lucy um Miriam. Sie stand immer noch wie angewurzelt vorm Spiegel und zupfte an ihrem Kleid herum, obwohl sie genau wusste, dass nicht ihr Kleid der Grund war, warum sie sich nicht die Treppe hinunter traute. Lucy spürte genau, was in ihr vorging und redete ihr gut zu: »Es wird schon werden. Mach dir keine Sorgen.«

Miriam seufzte. »Aber, wenn ich heute mit ihm tanze, kann ich doch nicht so tun, als würde ich ihn nicht … lieben.« Jetzt ging sie in ihrem Zimmer auf und ab, hielt sich die Hand an den Kopf, als habe sie Fieber und atmete mehrmals tief ein. »Was mache ich, wenn er dort bleibt und nie wieder zurückkommt? Er wird seine Heimat bestimmt nicht verlassen wollen. Er ist nicht wie Nikolas.«

Lucy nahm jetzt ihre Hände und blickte ihr ermutigend in die Augen. »Bleib ganz ruhig. Ihr werdet bestimmt eine Lösung finden. Er geht nicht einfach weg und verlässt dich. Dazu liebt er dich zu sehr. Das spüre ich genau.«

»Aber er ist nur hier, um mir bei der Heilung zu helfen«, erklärte Miriam. »Nur deswegen verbringt er so viel Zeit mit mir. Ich habe schon total verrückte Gedanken«, seufzte sie.

Lucy sah sie lange an. Doch Miriam sagte nichts mehr. Und Lucy konnte ihre Gedanken auch nicht mehr deuten. Sie waren wieder total chaotisch. »Was für Gedanken denn?«

Miriam lief wieder auf und ab. »Dass es vielleicht besser ist, *nicht* gesund zu werden. Damit er bei mir bleibt.«

Lucy erschrak. »Miriam!«, rief sie erschrocken aus. »Sowas darfst du nicht denken!«

»Ich weiß!«, sagte Miriam verzweifelt. »Das ist total dumm und ich will so auch nicht denken. Aber wenn ich ehrlich bin, hat mir diese Krankheit auch etwas gebracht. Etwas, das ich nicht mehr hergeben will.«

Lucy wurde auf einmal etwas klar. Diese Krankheit hatte einen tieferen Sinn. Sie hatte dazu geführt, dass Miriam ihren Traummann finden konnte. Es war also eigentlich etwas Gutes, dass Miriam krank geworden war. Nikolas hatte mal wieder recht behalten. Keine Situation war jemals gut oder schlecht. Alles hatte seinen Sinn. Doch Miriam war nicht bereit, diese sinnvolle Fügung loszulassen und womöglich zu akzeptieren, dass Hilar sie verließ, wenn sie wieder gesund war. Lucy spürte deutlich, wie Miriams alter Glaubenssatz erneut in ihr aufflammte: Dass sie verlassen werden würde, wenn sie zu glücklich war. Sie rutschte gerade in eine Abwärtsspirale und Lucy musste sie da unbedingt wieder herausholen. »Du musst deine Angst davor loslassen, Miri«, sagte Lucy fest. »Deine Angst, dass er dich verlassen wird.«

Miriam sah sie erschrocken an. Ihre Augen füllten sich sofort mit Tränen. »Das … kann ich nicht.«

Lucy umfasste ihre Schultern. »Doch, das kannst du! Du musst seine Entscheidung akzeptieren, egal wie schmerzhaft sie ist.« Auf einmal wurde Lucy auch bewusst, warum Miriams Heilung so lange dauerte. Sie hatte vor ein paar Wochen einen Gedanken aus Nikolas' Kopf aufgeschnappt, in dem er sich gewundert hatte, dass Miriams Körper immer noch nicht vollständig genesen war und es wohl irgendeine Blockade in ihr gab. Diese Blockade hatte sie jetzt gefunden. Miriams Körper wehrte sich gegen die Heilung, weil sie Angst hatte, dann verlassen zu werden. Deswegen zögerte ihr Körper die Heilung hinaus. »Erstaunlich«, flüsterte Lucy, als ihr bewusst wurde, zu welchen Dingen ein menschlicher Körper in der Lage war.

»Was?« Miriam sah sie irritiert an.

»Ich staune nur über deine geniale Fähigkeit, deine Heilung hinauszuzögern, nur damit Hilar bei dir bleibt.«

Miriam erschrak. »Das mache ich doch nicht mit Absicht!«, sagte sie.

»Nein, aber dein Körper spürt deine Angst und tut genau das, was du willst. Ist das nicht genial, was der Körper alles kann?«, sagte sie begeistert. »Und wie er dir gehorcht?«

Miriam sah sie mit großen Augen an und dachte einen Moment lang darüber nach. »Irgendwie schon«, antwortete sie dann – ebenso erstaunt.

»Lass jetzt diese dumme Angst los«, forderte Lucy sie auf. »Er wird dich nicht verlassen. Er liebt dich.«

Ein Funke Hoffnung leuchtete in Miriams Gesicht auf. »Wirklich? Du spürst, dass er mich liebt?«

Lucy nickte. »So deutlich, dass ich mich manchmal dafür schäme, Gefühle spüren zu können. Du machst dir keine Vorstellung, wie schwer es für ihn ist, dir nahe zu sein und dich nicht küssen zu dürfen.«

Jetzt lachte Miriam. »Und wie schwer es erst für *mich* ist!«, sagte sie mit zittriger Stimme.

Sie war fürchterlich nervös. Aber Lucy half ihr mit einem kleinen, entspannten Energieschubs, den sie in ihren Körper leitete. Nikolas hatte ihr gezeigt, wie das ging. Dadurch beruhigte sich Miriams Herz ein wenig.

»Und sollte er dich doch verlassen«, fügte Lucy jetzt an, »akzeptierst du seine Entscheidung, wenn du ihn auch liebst.«

Miriam holte tief Luft. Ja, Lucy hatte recht. Wenn sie ihn liebte, musste sie ihn auch loslassen können. Es machte sie traurig, aber sie schaffte es, den Gedanken anzunehmen.

Es dauerte noch etwa fünf Minuten, bis Lucy sie dann soweit hatte, dass sie mit ihr hinunter ins Wohnzimmer gehen konnte.

Hilars Augen gingen über vor ergriffener Verzückung, als er Miriam in ihrem himmelblauen Kleid sah und sein Herz schien Purzelbäume zu schlagen. Aber er versuchte, sich zusammenzureißen. Wenn er nach seinen Gefühlen gegangen wäre, hätte er sie sofort gepackt und geküsst und er spürte genau, dass es ihr mehr als gefallen hätte. Aber er hielt sich noch zurück.

Ein paar Minuten später waren sie bereits auf dem Weg zum Fluss. Nikolas parkte den Wagen ein kleines Stück weiter weg, so dass sie jetzt in ihrer Abendgarderobe über die Wiese laufen mussten. Es war ein kurioses Bild, wie sie in der Dunkelheit – mit einem zarten, blauen Schimmer des Mondlichts auf ihren Kleidern – über die Wiese rannten. Ihre Kleider wehten im lauen Abendwind und in Hilars Hand leuchtete bereits der Portalschlüssel. Als sie am Fluss ankamen, verharrten sie dort einen kurzen Augenblick, in dem Lucy und Miriam ihre Energien noch einmal anhoben. Nikolas und Hilar halfen ihnen dabei. Und dann sprangen sie gemeinsam ins Wasser. Ein kurzer Blitz schnappte nach ihnen und ein lautes Rauschen ertönte bis in die entferntere Umgebung und dann waren sie verschwunden.

Glücklicherweise ging dieses Mal alles gut. Sie landeten wie aus dem Nichts leichtfüßig vor den Toren der Stadt. Erneut hob die hohe Energie des Landes sie energetisch so hoch, dass Lucy und Miriam ein wenig schwindelig wurde. Doch das legte sich nach einigen Augenblicken. Sie ließen es einfach zu, dass die Energie jede ihrer Körperzellen nach oben zog und ihr Bewusstsein erweiterte. Die Kraft dieses Landes löste solche Glücksgefühle in ihnen aus, dass sie lachen mussten, so sehr kribbelte es in ihnen. Sie waren geradezu high vor Glück und sie hatten das Gefühl, dass es heute sogar noch schlimmer war, als bei ihrem ersten Besuch in Lumenia.

»Das liegt am Tanz der Götter«, sagte Nikolas und beobachtete amüsiert Lucys glückliches Gesicht. »Heute spielt jeder in Lumenia Euphoria.«

»Und zwar ziemlich intensiv«, ergänzte Hilar lachend. »Das ganze Land ist heute im Rausch.«

Da konnte Lucy deutlich spüren. Und Miriam auch. Sie

schwebten über die Wiesen und hätten am liebsten die ganze Welt umarmt.

Es lag noch ein gutes Stück Weg vor ihnen, bis sie das Ballhaus erreichten. Es lag mitten im Park, in dem – wie Nikolas nebenbei erzählte – auch der Kristall aufbewahrt wurde. In einem großen Gebäude mit einer gläsernen Kuppel. Lucy und Miriam konnten sogar die Spitze der Kuppel hinter einigen Bäumen herausragen sehen. Sie leuchtete so hell in den Himmel, als beherberge sie eine eigene Sonne.

Als sie das von acht korinthischen Säulen gezierte schneeweiße Ballhaus erreichten, entfloh Lucy und Miriam fast gleichzeitig ein überwältigtes Seufzen. Das Gebäude erinnerte an eine Mischung aus einem römischen Badehaus und einem Märchenschloss. Es wurde mit gelben und violetten Scheinwerfern angestrahlt und wirkte fast wie ein Fantasiebild aus einem Traum. Hilar öffnete den anderen nun das Tor und schritt mit ihnen durch zwei große, mit Skulpturen und Gemälden bestückte Hallen. Dann hörten sie bereits die Musik.

Lucy wurde vor Aufregung ganz unruhig und auch Miriam wurde etwas zappelig vor Nervosität. Als Hilar und Nikolas dann gemeinsam die großen, weißen Flügeltüren öffneten, hinter denen diese wunderbare, fröhliche Musik ertönte, strahlte ihnen ein Glanz und Prunk entgegen, der ihnen die Sprache verschlug. Von der Decke hingen vier gigantische Kronleuchter, die in ihrem eigenen Licht glitzerten, wie ein Meer aus Sternen. Der hell erleuchtete Raum war übervoll von tanzenden, stehenden, sich unterhaltenden und lachenden Menschen. Und einer war schöner gekleidet als der andere.

Nikolas nahm Lucys Hand und zwinkerte ihr neckisch zu. »Jetzt spielen wir«, sagte er und zog sie in den Ballsaal.

Hilar folgte ihm mit Miriam durch die Menge.

Das erste bekannte Gesicht, das ihnen begegnete, war Aleas. Sie strahlte sofort, als sie ihre Freunde sah und umarmte sie stürmisch. Von ihr ging eine solche Freude aus, dass Lucy fast schwindelig wurde. Oder waren es gar nicht ihre Gefühle, sondern die *aller* Menschen in diesem Saal? Es war berauschend, diese fröhlichen, euphorischen Emotionen zu spüren. Auch Miriam blickte sich sichtlich benebelt um und konnte ihren Mund gar nicht zu bekommen.

Dann tauchte Linn neben Alea auf und lächelte erfreut. Sie war eine zierliche Person mit einem ganz schmalen, femininen Gesicht, das von seidig glattem, goldenen Haar eingerahmt war. Ihr zauberhaftes Lächeln löste sofort eine Welle der Sympathie in Miriam aus. Nachdem sie alle begrüßt hatte, wandte sie sich Miriam zu und blickte sie einen Moment lang nachdenklich an. Ihr Blick schien sich in ihrem Kopf zu verfangen und nach etwas zu suchen. Dann lächelte sie aber plötzlich wieder und machte ein erfreutes Gesicht. »Gratuliere!«, sagte sie. »Du bist vollständig geheilt!«

Miriam entgleisten die Gesichtszüge. »Was??«

Linn lachte ein zuckersüßes, helles Lachen. »Ich kann es fühlen. Du bist geheilt, Miriam.«

Lucy sah ihre beste Freundin an und konnte die Freudentränen nicht zurückhalten, die ihr nun in die Augen traten. Sie umarmte sie sofort und spürte, dass Miriam die Botschaft noch gar nicht richtig registriert hatte. »Du hast es geschafft, Miri!«, sagte Lucy, um ihr die Tatsache bewusst zu machen. »Du bist wieder gesund!«

War es der kurze Moment in Miriams Schlafzimmer gewesen, als Miriam entschieden hatte, Hilar loszulassen, der die letzte Etappe ihrer Heilung bewirkt hatte? Sie wusste es nicht. Doch sie war überglücklich, dass Miriam es geschafft hatte.

Jetzt kamen Miriam ebenfalls die Tränen. Sie drückte Lucy an sich und flüsterte ihr ein »Danke!« ins Ohr. Sie konnte ihr gar nicht sagen, wie dankbar sie war, sie als Freundin zu haben. Sie hatte sie mit ihrer Rettungsaktion im Winter dazu bewegt, sich nicht aufzugeben. Und sie war es, die Hilar in ihr Leben gebracht hatte. Hilar. Den Mann, der sie gerettet hatte. Sie blickte über Lucys Schulter in sein Gesicht und schickte ihm in Gedanken das inbrünstigste *Danke!* zu dem sie fähig war. Er lächelte und senkte dann den Blick. Aber sie konnte trotzdem genau sehen, dass sich in seinen Augen Tränen sammelten. Freudentränen. Und vielleicht auch … Abschiedstränen.

»Lasst uns tanzen!«, sagte Lucy unvermittelt. Sie wollte Miriam von ihren Sorgengedanken ablenken, die gerade anfangen wollten, in ihr aufzukeimen. Und es funktionierte. Hilar nahm Miriams Hand und führte sie auf die Tanzfläche. Lucy sah ihnen glücklich nach und spürte dann Nikolas' Hand in ihre gleiten.

Seine Augen waren so erfüllt von Freude, dass sie vor Rührung am liebsten schon wieder geweint hätte. Lag es an all diesen Gefühlen in diesem Saal, dass sie plötzlich so sentimental war? Oder lag es einfach daran, dass sich ihr Leben gerade in diesem Moment in ein noch viel schöneres Märchen verwandelte, als sie es sich je erträumt hatte? Es war egal, woran es lag. Sie war einfach der glücklichste Mensch auf Erden. Und als Nikolas sie auf die Tanzfläche führte, sie sanft an sich heran zog und den ersten Tanzschritt mit ihr machte, verlor sie den Boden unter den Füßen und schwebte vor Glück einfach mit ihm davon.

Es war wie in einem Märchen. Ein Märchen, das Stunden um Stunden andauerte, in denen sie mit dem Tanzen gar nicht aufhören wollte. Und auch Nikolas wünschte sich, die Nacht würde nie zu Ende gehen. Sein Traum, diesen Ball eines Tages mit seiner Traumfrau erleben zu dürfen, war in Erfüllung gegangen. Und die Nacht war endlos. Wenn sie gerade nicht tanzten, standen sie an einem langen Tisch, an dem nicht-alkoholische Getränke ausgegeben wurden. Manchmal standen sie irgendwo außerhalb der Tanzfläche und unterhielten sich mit Alea, Linn oder anderen

Freunden von Nikolas. Und dann tanzten sie weiter. Es war eine Nacht, die Lucy für immer in Erinnerung bleiben würde. Zwischendurch suchte sie Miriam und Hilar in der Menge und manchmal sah sie, wie sie sich – endlich – küssten. Auch Paco war irgendwann aufgetaucht und stand nun mit Alea an einem hohen Tisch und unterhielt sich mit ihr. Alles war so vollkommen harmonisch und die Energie schien mit jeder Stunde, die verstrich, mehr anzusteigen. Lucy fragte sich, ob sie irgendwann einen Punkt erreichen würde, an dem es nicht mehr höher ging.

Nikolas antwortete ihr mit einem ratlosen Schulterzucken. »Ich weiß es nicht. Aber wir werden sie bis zum Höhepunkt des Abends ansteigen lassen.«

Und was ist der Höhepunkt des Abends?, fragte Lucy in Gedanken, während sie mit ihm zu einem romantischen, langsamen Lied tanzte und die Arme eng um seinen Hals schlang.

»Jedes Jahr wird jemand ausgewählt, der die Energie des ganzen Abends – also des gemeinsamen Spielens – zu dem Kristall leitet«, antwortete er ihr. »Die Wahl ist sehr begehrt, weil man durch diese Aktion seine Kraft unter Beweis stellen kann und das ganze darauffolgende Jahr den Titel Ballkönig oder Ballkönigin trägt.« Nikolas lächelte amüsiert.

»Und wie wird man dazu ausgewählt?«, fragte Lucy neugierig. Sie fragte sich, ob Nikolas auch schon einmal Ballkönig gewesen war, aber er schüttelte mit dem Kopf.

»Es werden nur die Mächtigsten auserwählt. Die, die sich und ihre Macht am besten kontrollieren können.«

Lucy schaute ihn überrascht an. War er denn nicht einer von diesen Mächtigen, fragte sie sich und sah, wie er erneut mit dem Kopf schüttelte.

»Ich bin, im Vergleich zu manch anderen hier, nur ein Schuljunge.«

Lucy zog erstaunt die Augenbrauen hoch. Wenn Nikolas ein

Schuljunge war, dachte sie, was waren dann die anderen? Wozu waren sie fähig? Lucy ließ den Blick durch den Saal schweifen und versuchte, sich bewusst zu machen, wie mächtig all diese tanzenden Menschen waren. Und wie selbstverständlich diese Macht für sie war. Sie waren alle dazu in der Lage, Energieblitze aus ihren Händen schießen zu lassen. So wie Nikolas. Sie alle konnten sicherlich auch Gedanken lesen; wussten also auch in diesem Moment, was Lucy dachte. Und sie waren noch zu viel mehr fähig. Lucy fragte sich, ob sie auch wie Nikolas fliegen konnten; oder zumindest sehr weit springen. Sie wusste nicht, wie sie Nikolas' Sprünge aus Fenstern von sehr hohen Gebäuden bezeichnen sollte. Und während sie ihren Gedanken nachhing, entdeckte sie plötzlich auf der anderen Seite, dort wo die lange Fensterfront war und den Blick auf die Schwärze der Nacht freigab, wie Paco zielstrebig auf jemanden zuging. Lucy folgte mit dem Blick der Richtung, die er anvisierte und sah Linn, die mit Taro an einem der kleinen, runden Tische stand. Lucy hatte Taro an diesem Abend noch gar nicht gesehen. Er sah beeindruckend aus! Dieses Mal trug er keine blaue Uniform, sondern eine weiße. So wie Alea sie sonst immer trug. Dann rückte Lucy auf einmal etwas ins Bewusstsein, das sie schon ganz vergessen hatte. »Niko«, flüsterte sie beunruhigt und deutete mit einem Nicken auf Paco.

Sie hörten sofort beide auf, zu tanzen. Paco sah aus, als würde er jemanden ermorden wollen. Und dieser jemand war – ganz wie es aussah – Taro.

»Entschuldige mich kurz«, sagte Nikolas schnell, ließ Lucy los und drängte sich hektisch durch die Menge in Richtung Paco, um ihn aufzuhalten. Was auch immer er vorhatte.

Lucy versuchte, zwischen den sich bewegenden Menschen hindurch zu erkennen, was sich abspielte, aber sie hatte Paco aus den Augen verloren. Genauso wie Taro und Linn. Sie wollte sich nun erst mal aus der Menge herausbewegen und ging um die

Menschen herum in die andere Richtung, um irgendwo weiter hinten auf Nikolas zu warten. Allein zwischen tanzenden Pärchen zu stehen, war nicht gerade angenehm. Am Ende des Saales gab es eine große, gläserne Flügeltür, die einen Spalt geöffnet war. Eine kühle Brise kam von draußen herein und Lucy nahm einen tiefen Atemzug frischer Nachtluft in sich auf, als sie davor stand. Dann blickte sie sich suchend um und als sie Nikolas nicht entdecken konnte, trat sie aus der Tür.

Die Nacht war ebenso bezaubernd wie der Ball. Am Himmel funkelten unzählige Sterne und die Luft roch nach süßen Blumen. Lucy atmete noch einmal tief ein, als sie über die Terrasse ging und in die Dunkelheit blickte, in der sich wohl der Park mit seinen hohen Bäumen verbarg. Hinter den schwarzen Spitzen einiger Tannen leuchtete die gläserne Kuppel unter der sich der Kristall befand. Lucy betrachtete sie eine Weile und versuchte, sich vorzustellen, wie dieser Kristall wohl aussah. Der Kristall, von dem sie vor fast einem Jahr ein Stück in ihrem Körper getragen hatte. Da die Terrasse riesengroß war, ging sie bis ans Ende, um vielleicht einen besseren Blick auf die Kuppel zu haben. Doch dann spürte sie plötzlich jemanden hinter sich.

Sie fuhr herum und blickte direkt in Taros versteinertes, emotionsloses Gesicht. Sie standen weit von den Fenstern und der Flügeltür entfernt, doch das Licht, das aus dem Ballsaal heraus leuchtete, ließ sein Züge wie eine erschreckende Maske aus der Nacht hervortreten. Sein Blick haftete so eindringlich an ihr, dass ihr ein kalter Schauer über den Rücken lief und seine gewaltige Größe jagte ihr plötzlich Angst ein. Was war nur mit ihr? Als sie das letzte Mal hier war, hatte sie sich doch gut mit ihm amüsiert. Warum bekam sie jetzt Angst vor ihm? Sie wollte den Gedanken gerade abwerfen, als ihr ein Gefühl von ihm entgegenkam. Es zeigte sich zunächst nur ganz zaghaft. Als würde es hinter einer Mauer hervorschauen und sich dann sofort wieder verstecken.

Aber es wurde mit jeder Sekunde stärker. Schmerz. Ein tief sitzender Schmerz. Vermischt mit Sehnsucht. Lucy spürte es so deutlich, als würde sich sein Schmerz durch ihr eigenes Herz bohren.

Dann zeichnete sich in seinem Gesicht plötzlich ein solches Entsetzen ab, dass Lucy vor Schreck zurückwich.

Wieso spürt sie meine Gefühle?, kam es aus seinem Kopf. *Wie ist das möglich? Wie zum Teufel macht sie das?*

Lucy hob beruhigend die Hände. »Ist schon gut«, sagte sie leise. »Ich werde deine Gefühle niemandem verraten. Ich kann nichts dafür. Die Fähigkeit hat sich von ganz allein entwickelt«, erklärte sie entschuldigend.

Das Entsetzen in seinem Gesicht wurde durch ihre Worte nur noch schlimmer. *Meine Gedanken … Wie kann sie meine Mauer überwinden? Sie ist doch nur ein Mensch! Ein ganz normaler Mensch!*

Jetzt erst wurde Lucy klar, was er meinte. Er hatte eine Barriere um seine Gedanken und Gefühle aufgebaut und war offensichtlich erschrocken darüber, dass sie bei Lucy keine Wirkung zeigte. Wenn sie ehrlich war, war sie selbst erschrocken darüber.

Er versuchte jetzt, krampfhaft seine Gedanken zu kontrollieren, um ihr nicht versehentlich etwas zu verraten, das sie nicht wissen durfte. Aber anstatt sie unter Kontrolle zu bringen, tobten sie jetzt so wild durcheinander, dass Lucy fast selbst eine gedankliche Barriere in ihrem Kopf aufbaute, weil sie das Chaos kaum aushielt. Aber sie versuchte stattdessen, eine gewisse Ordnung in die Wortfetzen zu bringen, die sie hörte. Und als sie das tat, erschrak sie so sehr, dass ihr das Herz fast stehen blieb.

… darf nicht erfahren, was ich vorhabe … sie sich erinnern kann, dass ich sie manipuliert habe? … ihre Ahnungen gelöscht, dass ich mit Marius zusammenarbeite … Warum haben sich ihre Fähigkeiten entwickelt, wenn ich sie blockiert habe? … Was weiß sie? … Sie ist gefährlich.

Als Taro den Schrecken in ihrem Gesicht sah, trat er blitzartig auf sie zu und umfasste ihr Gesicht mit beiden Händen. Dann traf ihn jedoch so etwas wie ein Schlag. Es blitzte an ihrem Gesicht, dort, wo er sie berührte und er zog rasch die Hände wieder weg. Dann verzog er schmerzverzerrt das Gesicht und blickte wütend ihre Halskette an. »Nikolas«, flüsterte er mit einem rasselnden Zorn in der Stimme.

Lucy stand wie angewurzelt da und starrte ihn entsetzt an. Plötzlich kamen die Erinnerungen an ihren Traum zurück in ihr Bewusstsein. Es fühlte sich an, als wären sie nie fort gewesen. Sie sah erneut, wie Taro neben Marius vor ihr stand und sie sah auch noch einmal Miriam auf dem Dach stehen. Im selben Moment wusste sie, dass dies wirklich geschehen war, dass sie aber von Hilar gerettet worden war. Sie hatten ihr das verschwiegen. Sie hatten es in ihren Gedanken geheim gehalten, indem sie einfach nicht mehr daran gedacht hatten. Und sie wusste in diesem Moment auch, dass es Miriam unendlich leid tat, was sie vorgehabt hatte und dass sie Lucy damit nicht verletzen wollte. Ihr kamen die Tränen. Schon wieder.

Taros Wut mischte sich in ihre Gefühle. Und auch sein Schmerz. Sein tiefer, endloser Schmerz. Er streckte die Hand nach ihr aus und deutete damit auf ihre Kette. In diesem Moment ließ er seine Energie so rapide und stark ansteigen, dass Lucy bei der Intensität seiner Kraft fast schwarz vor Augen wurde.

Es muss sein. Es muss sein, dachte er unentwegt.

Dann sah sie Bilder in seinem Kopf. Bilder davon, wie er Marius für seine Zwecke benutzte und ihm zum Dank für seine Hilfe ein Stück von dem Kristall versprach. Lucy hielt die Luft an. Er hatte Hilar und Miriam manipuliert! Sie konnte es deutlich sehen! Und sie konnte sogar den Schmerz fühlen, den Hilar erlitten hatte, als Taro ihn außer Gefecht gesetzt hatte. Ihr liefen unentwegt Tränen über das Gesicht. Je mehr Bilder sie sah und je mehr Emotionen sie von Taro spürte, umso wütender schien er zu werden. Er jagte seine Energie so hoch, dass sich vor Lucys Augen das Gebäude zu wölben schien. Sie wusste von Nikolas, dass dies nur eine Illusion war. Eine Nebenwirkung, wenn einem zu schnell zu viel Energie in den Körper geleitet wurde. Es war eine Überreaktion der Sinne. Eine Überbelastung.

»Hör auf!«, sagte sie zu ihm. Ihre Stimme klang in ihren Ohren, als ertöne sie aus weiter Entfernung aus einer Blechbüchse. »Warum tust du das?«

Die Antwort kam aus seinen Gedanken: *Es ist besser für uns. Für uns alle. Und für dich ebenfalls.*

»Du musst mich nicht manipulieren!«, flehte sie. »Ich sage niemandem etwas.« Ein verzweifelter Versuch, ihn davon abzubringen. Ihr war klar, dass er nicht funktionierte. Aber was sollte sie tun?

Er lachte herzhaft. *Selbst wenn du nichts sagen würdest, muss ich davon ausgehen, dass Nikolas es durch deine Gedanken erfährt. Oder durch deine verfluchten vorhersehenden Träume.*

Er ließ seine Energie noch weiter ansteigen und verstärkte den Schild, den er um die Terrasse aufgebaut hatte, damit niemand etwas mitbekam. Die Muskeln an ihrem ganzen Körper fingen plötzlich an, zu zittern und ihr Herz raste. Und dann spürte sie noch ein alt bekanntes, tiefes Surren in ihrem Bauch, das ihr jetzt blitzartig zu Kopf stieg und ihr den Verstand auszuknipsen schien. Alles wurde mit einem Mal still. Nur ein Rauschen ertönte noch in ihren Ohren. Aber ihr Herzschlag wurde auf einmal ruhiger, ihre Muskeln entspannten sich wieder und das Surren in ihrem Bauch weitete sich in ihrem ganzen Körper zu einer angenehmen Wärme aus. Sie hatte das Gefühl, als würde sie abheben. Oder, als würde sie etwas hochheben. Irgendetwas zog an ihrem Kopf und hob sie in etwas hinein. In etwas Helles. Aus Taros Hand kam nun eine flirrende Welle aus Energie und flog auf Lucys Halskette zu.

Als sie den Blick auf ihre Halskette senkte – um zu sehen, was geschah – bemerkte sie jedoch, dass irgendetwas mit der Zeit nicht stimmte. Sie schien verzerrt zu sein. Sie selbst bewegte sich ganz normal. Normal schnell. Aber Taros Energiewelle schwebte so langsam zu ihr hinüber, dass sie einfach zur Seite treten konnte, um seinem Angriff auszuweichen. Und das tat sie auch. Im nächsten Moment starrte Taro auf die Stelle, an der sie gerade noch gestanden hatte, und machte ein verwirrtes Gesicht. Dann wandte er sich in Zeitlupe zu ihr um und blickte sie erschrocken an. Im nächsten Moment schien die Zeit aber wieder einzurasten, denn sein verwirrtes Wimpernschlagen war plötzlich wieder normal schnell.

Das ist unmöglich, dachte er. *Wie kann das sein? Sie ist doch nur ein einfacher, völlig unbewusster Mensch!*

Sie spürte, dass diese Gedanken mit Abscheu behaftet waren. Aber sie trugen auch etwas Gegenteiliges in sich. Etwas, das sich sanfter anfühlte. So sanft wie … Zuneigung. Sie fühlte genau seinen Schrecken darüber, dass er für jemanden wie *sie* etwas empfinden konnte. Jemanden von der anderen Seite. Von der Welt, die er so sehr verabscheute und hasste. Er wollte diese Welt zerstören. Ihr Dasein vernichten. Das war sein Plan. Und *sie* funkte ihm dazwischen. Nicht nur, weil sie offenbar im Begriff war, mindestens ebenso mächtig zu werden, wie er es war und sie ihn womöglich aufhalten konnte. Sondern – und das machte ihn nur noch rasender vor Wut – weil er sie mochte. Sie. Ein unbedeutendes Wesen aus einer kaputten, unbewussten Welt, die nicht einmal die Mühe verdiente, die er auf sich nahm. Diese Welt, die weniger Wert war als ein Haufen Dreck. Aber nur auf Grund der Menschen, die in ihr lebten. Diese verabscheuungswürdigen Wesen. Schlafende Götter nannte Quidea sie. Für Taro war in ihnen aber nichts Göttliches mehr zu erkennen. In keinem von ihnen. Bis er … Lucy begegnet war.

Er trat auf sie zu und stellte sich so nah vor sie, dass sich sein Atem warm auf ihre Stirn legte. Er war so groß, dass sie weit zu ihm aufblicken musste. Aber sie wich ihm nicht aus. Sie hatte plötzlich keine Angst mehr vor ihm. Sie wusste nicht, ob es daran lag, dass sie all seine Gedanken gehört und seine Gefühle dazu wahrgenommen hatte oder ob es einfach ihre immer noch ansteigende Energie war. Sie wusste nur, dass ihr nichts passieren würde. Egal, was er versuchte.

»Bist du dir da sicher?«, fragte er leise und senkte den Kopf zu ihr hinunter.

Lucy erwiderte seinen starren Blick und wich ihm auch nicht aus, als sich seine Lippen langsam den ihren näherten. »Was hast du vor?«, fragte sie flüsternd. Ihm musste doch klar sein, dass eine Manipulation beim zweiten Mal vielleicht wieder nicht funktionieren würde.

In seinem Mundwinkel zuckte ein Schmunzeln. »Ich werde mir wohl mehr Mühe geben müssen.«

Dann riss er ihr mit einem heftigen Energiestoß die Kette vom Hals und ließ sie über die weiße Mauer fliegen, welche die Terrasse eingrenzte. Er brauchte, um ihren Kopf zu manipulieren, nur ihr Gesicht zu berühren. Es war egal, ob er dies mit seinen Händen tat oder mit seinen Lippen. Es würde in beiden Fällen funktionieren.

Plötzlich kam Lucy eine Idee. »Wird es nicht«, sagte sie leise, aber selbstsicher. Und dann hob sie die kleine, zarte Barriere, die sie sich im Laufe der letzten Monate aufgebaut hatte, um ihre eigenen Gefühle von denen anderer Menschen zu unterscheiden, mit einem Schlag auf. Sein ganzes Sein brach sofort wie eine gigantische Welle über sie herein. Es fühlte sich an, als sei sie *er*. Die Art und Weise, wie er die Welt betrachtete, war ihr nun so deutlich, als sähe sie direkt durch seine Augen. In Bruchteilen von Sekunden übernahm sie alles, was ihn ausmachte. Es gab keine

Grenze mehr zwischen ihnen. Aber sie beließ es nicht dabei. Sie sortierte die Dinge aus, die sie nicht wollte. Wie zum Beispiel die negativen Gefühle und Gedanken, die inneren Kämpfe, die er mit sich und der Welt austrug und sein fast unerträglicher Schmerz. All das warf sie aus sich hinaus, als würde sie ihren Körper entrümpeln. Und es fiel ihr unwahrscheinlich leicht. Übrig blieben nur seine Stärken. Seine Kräfte und seine Macht. Diese unglaubliche Macht, die er besaß und die er nutzen wollte, um die Welt, die er so sehr hasste, zu zerstören. Und die er einsetzten wollte, um sie zu manipulieren. Sie hatte sie übernommen. All seine Kraft hatte sie sich jetzt einverleibt. Und endlich wurde ihr klar, dass ihre Fähigkeit der Empathie kein Fluch war, mit dem sie lernen musste umzugehen. Nikolas hatte recht gehabt. Sie verlieh ihr eine unglaubliche Macht. Sie war ein Segen. Ein Segen, mit dem sie ihn jetzt genauso beeinflussen, manipulieren und außer Gefecht setzen konnte, wie er es mit ihr vorhatte. Und diese Tatsache wurde ihm jetzt, wo er ihre Gedanken hörte, ebenfalls bewusst.

Er wich von ihren Lippen zurück, bevor er sie berühren konnte und sah sie mit einem warnenden Funkeln in den Augen an. »Lucy«, flüsterte er. »Wage es nicht, dich mit mir anzulegen. Diesen Kampf willst du nicht.«

»Ich lege mich mit *niemandem* an«, entgegnete sie selbstsicher. So selbstsicher, dass es sie erschreckte. Oder zumindest einen Teil von ihr, der plötzlich nicht größer war, als eine Rosine und irgendwo in ihrem Unterbewusstsein schlummerte und langsam verkümmerte. Der Teil von ihr, der jetzt ihrem neuen Ich, ihrer wahren, göttlichen Persönlichkeit weichen musste. »Und ich kämpfe nicht. Ich kämpfe nie. Nie wieder.«

In diesem Moment wurde Taro klar, dass er ihr nichts mehr anhaben konnte. Ihre Energie war so sehr angestiegen, dass eine Manipulation keine Wirkung mehr zeigen würde. Und selbst wenn, würde sie die Wirkung sofort wieder aufheben können. Ihm blieben zwei Möglichkeiten: Entweder wartete er, bis sie wieder zurück in ihrer Welt war und ihre Energie wieder absackte oder – und diese Variante gefiel ihm gar nicht – er würde mit ihr verhandeln müssen. Umbringen konnte und wollte er sie nicht. Er hatte noch nie einen Menschen wie sie gesehen. Einen Menschen, der sich in kürzester Zeit so rasant entwickelte und die Fähigkeit besaß, die Macht anderer Menschen einfach zu übernehmen. Nein, sie war zu wertvoll, um sie einfach aus dem Weg zu räumen. Er wollte sie kennenlernen. Herausfinden, was es war, das sie so mächtig machte. So besonders. Aber er würde sich dennoch nicht von ihr aufhalten lassen. Er würde eine Möglichkeit finden, wenn sie sich ihm in den Weg stellte. Schließlich waren nicht alle Menschen, die sie kannte und liebte, so mächtig wie sie. Und es würde ihr sicher nicht gefallen, wenn einem dieser Menschen etwas zustieß. Diesen Gedanken schickte er ganz bewusst an sie weiter.

Wenn du deine Familie liebst und dir Nikolas etwas bedeutet, dann wirst du vergessen, was hier passiert ist, erklang seine drohende Stimme in ihrem Kopf.

»Was hast du vor?«, flüsterte sie und versuchte, in seinem Kopf mehr Bilder von seinem Plan zu erhaschen. Aber er hatte seinen Kopf vollständig geleert und dachte ausschließlich an sie. An ihr Gesicht, an ihre Augen und an ihre unglaubliche Macht.

Das braucht dich nicht zu interessieren. Es betrifft dich nicht.

»Aber ich will nicht, dass…«

Du hast ein Jahr, um dich von dieser Welt zu verabschieden. Von der Welt, die dich krank gemacht hat.

Erneut lag Abscheu in seinen Gedanken. Aber in Lucy breitete sich Erleichterung aus. Sie hatte ein Jahr Zeit. Ein Jahr, in dem sie versuchen konnte, ihn von diesem verrückten Plan abzubringen. Sie versuchte, diese Gedanken hinter einer Mauer in ihrem Kopf zu verstecken, aber offenbar gelang es ihr nicht. In seinem Gesicht las sie deutlich ab, dass er sich sehr darüber amüsierte.

»Du kannst mich nicht davon abbringen, Lucy«, sagte er sicher. »Es wird passieren.«

»*Was* wird passieren?«, fragte sie ihn.

Sein Gesicht bekam jetzt einen gequälten Ausdruck und sie spürte eine Traurigkeit von ihm ausgehen, die sie fast in ein emotionales Loch stürzte. Aber sie war gemischt mit Entschlossenheit und Wut. Dann entdeckte sie in seinem Blick fast so etwas wie eine Entschuldigung. Er biss die Zähne zusammen, trat ein paar Schritte zurück und verabschiedete sich mit den Gedanken: *Ich habe mich emotional mit dir verbunden. Ich werde es also sofort merken, wenn du etwas verrätst. Denke daran.*

Und als er wieder durch die Tür ging und den Ballsaal betrat, fügte er hinzu: *Weder Nikolas noch deine Familie werden dieselbe Behandlung genießen, die ich dir zuteil werden ließ, Lucy. Du trägst die Verantwortung für sie.*

Er war sich sicher. So sicher, dass sie nichts sagen würde. Und leider musste sich Lucy eingestehen, dass seine Selbstsicherheit berechtigt war. Er würde jeden ihrer Gedanken verfolgen, jede Gefühlsregung sofort mitbekommen und womöglich sofort vor ihr stehen, wenn sie von dieser Zukunft träumte, die er für ihre Welt vorgesehen hatte. Und dann wäre sie dafür verantwortlich, wenn ihrer Familie oder Nikolas etwas zustieß. Würde er seinem Bruder wirklich etwas antun? Sie erinnerte sich an die Szene, als er sie das erste Mal manipuliert hatte und beantwortete sich die Frage damit selbst. Er hasste Nikolas. Er hasste ihn so sehr, wie er Lucys Welt hasste. Sie musste also einen Weg finden, diese Informationen vor allen Menschen, die sie liebte, zu verbergen. Und als sie sah, wie Nikolas mit Panik im Gesicht – weil er sie die ganze Zeit gesucht hatte – auf die Terrasse stürzte, empfand sie dieselbe Entschlossenheit wie Taro. Sie liebte Nikolas. Sie liebte ihn mehr als ihre ganze Welt. Und sie würde nicht zulassen, dass ihm etwas zustieß. Niemals.

Sie atmete tief ein und vergrub die letzten Minuten unter allem, was sie aufbringen konnte und verbot es sich selbst, Taro und seinen Plan je wieder ans Tageslicht ihres Bewusstseins treten zu lassen.

Fortsetzung folgt in Band 3: »Euphoria – Die Welt der Götter«

euphoria

teil 3

Die Welt
der Götter

Nina Nell

Klappentext:

Nachdem Lucy herausgefunden hat, welchen unglaublichen Plan Taro verfolgt, steht sie unter ständiger Beobachtung des gefährlichen Gardisten und wird zum Schweigen gezwungen. Bedroht und unter Druck gesetzt, versucht sie aber dennoch, immer wieder zurück ins Spiel der Götter und dessen Leichtigkeit zu finden. Aber als sich in Lumenia ein erschreckendes Ereignis ankündigt und die Bewohner in Lucy und Miriam ihre einzige Hoffnung auf Rettung sehen, stürzt Lucy unter der Last dieser Verantwortung ab. Sie schafft es nicht mehr, sich an die wichtigsten Grundregeln des Spieles zu halten. Und nicht nur das: Auch ihre Kräfte scheinen seit dem Tanz der Götter unberechenbare Ausmaße angenommen zu haben. Und sie ist sich nicht sicher, ob sie es mit diesen Kräften schaffen kann, alles wieder ins Lot zu bringen. Denn neben der Gefahr, die von Taro ausgeht und dem Ereignis, das die Lumenier fürchten, wird sie erneut von Menschen gejagt, die es auf sie und den Lumenischen Kristall abgesehen haben. Dass all diese Ereignisse zusammenhängen, erfährt sie erst, als es schon fast zu spät ist.

Am Ende findet sie sich ganz allein vor der Entscheidung wieder, ob sie die Göttin erkennt, die Nikolas schon immer in ihr gesehen hat oder ob sie sich ihren Ängsten und Zweifeln ergibt. Denn nur mit einem festen Glauben an sich selbst, kann sie die Geschichte noch zu einem guten Ende bewegen.

Mehr Informationen zu diesem Buch, zu den Charakteren, dem Spiel der Götter und weiteren Büchern gibt es auf:

www.euphoria-lane.de